司馬遼太郎の平和観

『坂の上の雲』を読み直す

はじめに　「平和論」の構築と『坂の上の雲』

司馬遼太郎の歴史小説『坂の上の雲』における歴史観をめぐっては、生前から論争が起きていましたが、イラク戦争の影響や東アジア情勢の緊張を受けて、「〝坂の上の雲〟をめざして再び歩き出そう」という勇ましいタイトルでの対談が雑誌に掲載されるなど、『坂の上の雲』を「日露戦争」を賛美した小説とする言論が再び増えています。

たしかに『坂の上の雲』の前半では皇帝の独裁である「野蛮な」ロシア帝国と、「文明国」イギリスと同盟した憲法を持つ「民主的な」明治国家との戦争という図式が顕著でしたし、様々な場面で「国家」のために尽くした当時の「国民」が描かれてもいました。それゆえ「情念」に強く訴える力を持つ司馬遼太郎の『坂の上の雲』は、解釈によってはこれまでの日本における「平和論」の流れを決定的に変える「二〇三高地」ともなりうる危険性を持っています。

しかし、司馬は『坂の上の雲』の終章を「雨の坂」と名付けることで、〝坂の上の雲〟が日露戦争後には明るい白雲から、「国を惨憺《さんたん》たる荒廃におとし入れた」「大東亜戦争」にまで続く黒い雨雲に変わっていたことを象徴的に示していました。

すなわち、戊辰戦争から西南戦争など国内の戦争の考察を通して「軍人勅諭」が出されるに至った経緯を考察していた司馬は、「軍神」の問題や戦争の実態を凝視し続けることによって、日清戦争後の「帝国化」や日露戦争後の「皇国化」の問題にも鋭く迫っているのです。さらにロシア帝国と日本帝国の近代化の比較をとおして、自らを「文明」と称する西欧列強に対抗した両国の悲劇の共通性にも注意を払うようになる司馬は、秋山真之が観察した米西戦争を通して、現在、超大国となった「民主的な帝国」アメリカにおける「情報」の問題や「文明国」との「軍事同盟」の危険性にも鋭く迫っていたのです。

司馬遼太郎の弟分とも見なされるほどに親しかった後輩の青木彰氏は、司馬の「ファンと称する政治家、官僚、財界人といった人々」が、司馬作品を誤読していることに対して、「もっとちゃんと読めばいいのにと私は思いますが」と厳しい苦言を呈しています（『司馬遼太郎と三つの戦争――戊辰・日露・太平洋』）。

『坂の上の雲』をきちんと読み直すことは、「他国」の「脅威」を強調し、「自国の正義」を主張して「愛国心」などの「情念」を煽りつつ「国民」を戦争に駆り立てた近代の戦争発生の仕組みを知り、「現実」としての「平和」の重要性に気づくようになる司馬の歴史認識の深まりを明らかにするためにも焦眉の作業だと思えます。

司馬遼太郎の平和観
『坂の上の雲』を読み直す

目次

第二章　日清戦争と米西戦争――「国民国家」から「帝国」へ

第三章　三国干渉から旅順攻撃へ――「国民軍」から「皇軍」への変貌

凡例

1 『坂の上の雲』からの引用は文春文庫（全八巻）により、引用箇所は本文中にローマ数字で示した巻数とともに章の題名を示す。『竜馬がゆく』（文春文庫、全八巻）、『酔って候』（文春文庫）、『世に棲む日々』（文春文庫、全四巻）、『殉死』（文春文庫）、『空海の風景』（中公文庫、全二巻）、『胡蝶の夢』（新潮文庫、全四巻）『ひとびとの跫音』（中公文庫、全二巻）などもそれに準じる。

2 本文中においては、人名や地名、および数字の表記は統一した。

3 原則として、書名は『　』、論文名は「　」で示した。

4 年号については本文中では司馬遼太郎の表記にあわせて元号で示し、巻末の年表では世界史との関連を示すために西暦で示した。本文の明治、大正、昭和、平成の年号から西暦を知るためには、それぞれ一八六七、一九一一、一九二五、一九八八を足して頂きたい。

5 頻出する左記の司馬遼太郎作品については以下の方法で略記し、巻数をローマ数字で示す。

『「明治」という国家』（NHK出版、上下）――『明治』
『「昭和」という国家』（NHK出版）――『昭和』
『この国のかたち』（文春文庫、全六巻）――『この国』
『司馬遼太郎全講演』（朝日文庫、全五巻）――『全講演』
『街道をゆく』（朝日文庫、全四三巻）――『街道』

6 引用文献については、本文中では書名のみを示し、出版社や発行年度などについては、巻末で主な参考文献とともにまとめて表示する。

序章

『坂の上の雲』と「司馬史観」の深化

一、『坂の上の雲』と「辺境史観」

日露戦争を主題とした『坂の上の雲』は、ちょうど明治百年にあたる昭和四三年の四月二二日から四七年八月四日まで産経新聞に連載されました。この長編小説の冒頭は次のような言葉で始まっています。

「まことに小さな国が、開化期をむかえようとしている。その列島のなかの一つの島が四国であり、四国は讃岐、阿波、土佐、伊予にわかれている。伊予の首邑《しゅゆう》は松山。城は、松山城という」。

ようやく第二章の冒頭で「日露戦争というものをこの物語のある時期から書こうとしている」ことを明らかにし、「小さな、世界の片田舎のような国」であった日本が、「はじめてヨーロッパ文明と血みどろの対決をしたのが日露戦争である」とした司馬は、「この当時の日本人たち」を、「精一杯の智恵と勇気と、そして幸運をすかさずつかんで操作する外交能力のかぎりをつくして」、「その対決に、辛うじて勝った」と讃えたのです。

『坂の上の雲』前半の「司馬史観」の特徴をよく示していると思われる箇所なので、もう少し引用しておきましょう。すなわち、日露戦争の勝利を「いまからおもえば、ひやりとするほどの奇蹟といっていい」とした司馬は、「その奇蹟の演出者たち」の代表者として、顕官ではなく、松山の秋山兄弟を選んだとし、その理由を「この兄弟がいなければ日本はどうなっていたかわからないが、そのくせこの兄弟がどちらも本来が軍人志願でなく、いかにも明治初年の日本的諸事情から世に出てゆくあたりに、いまのところ筆者はかぎりない関心をもっている」と記していたのです（I・「真之」）。

青木彰氏は、「司馬史観」の特徴を、「英雄史観」や「愛国史観」ではなく、「辺境史観」であるとし、司馬が描いた坂本龍馬、大村益次郎、土方歳三らの主人公も、多くは「当時の京都、江戸から離れた辺境（地方）の下級武士や武士にもなれない階級の人たち」で、「辺境からの目」、「庶民の目」で歴史をとらえたことが、「多くの人々をひきつける魅力になっている」と説明しています（『司馬遼太郎と三つの戦争』）。

たしかに、『竜馬がゆく』において坂本龍馬を「田舎生まれの、地位も学問もなく、ただ一片の志のみをもった若者」としていた司馬は、『坂の上の雲』の第三巻では子規の死を伝えにゆく途中で高浜虚子が、ふと「世の人は四国猿とぞ笑うなる／四国の猿の子猿ぞわれは」という子規の歌を思い出したとし、こう続けていたのです。「子規は、自分が田舎者であることをひそかに卑下していたが、

松山城天守閣［毎日新聞社提供］

その田舎者が日本の俳句と和歌を革新したぞという叫びたくなるような誇りを、このうたにこめている。子規は辞世をつくらなかったが、かれの三十五の生涯を一首があらわしているようにも、虚子にはおもえた」(Ⅲ・「十七夜」)。

司馬が「この物語の主人公は、あるいはこの時代の小さな日本ということになるかもしれない」としていたことを想起するならば『坂の上の雲』は、四国という「辺境」に生まれた秋山兄弟や子規が中央に出て、軍隊の有能な将校や立派な俳人となる「個人の歴史」を描いているとともに、極東の「辺境」にある「明治国家」が、「眠れる獅子」と謳われた大国清や強大なロシア帝国を破るという壮大な「国家の物語」を描いているといえるでしょう。

しかし、「まことに小さな国」が日清戦争の勝利の後で、「大日本帝国」へと変化しはじめたとき、「辺境からの目」で歴史をとらえていた司馬の「辺境史観」は大きな変化を余儀なくされ、これから見ていくように比較文明学的な視野を得ていくことになるのです。

二、事実の認識と「司馬史観」の深化

『坂の上の雲』の具体的な考察に入る前に、本章では簡単に司馬の作風の変化について考慮しつつ、「司馬史観」のいくつかの特徴を検討することで、全作品における『坂の上の雲』の位置を確認しておきたいと思います。

まず注目しておきたいのは学者の歴史記述と、小説家としての司馬遼太郎の歴史記述の違いです。

つまり、学者の場合は充分に調べたことの結果を論文として発表するのですが、司馬はそうした結論を書くのではなく、関心をもった歴史上の人物の行動や思想、あるいは出来事を調べるなかで受けた感動を——ちょうど事件の現場からいま起きている出来事を報道するアナウンサーのように——、読者に伝えながら小説を書き進めているのです。そのために読者は作者と同時にその主人公について考えているという臨場感をも得ることになったのです。

さらに司馬は、「たれにでも自分の思想が伝えられるように、感情が伝えられるように、わかりやすい平易な文章を書け」と塾生に言っていた福沢諭吉には、「『脱亜入欧』というような極端な、鮮明すぎる言葉を使いたがるところ」があったと記していましたが、それはある程度、司馬自身の表現にも当てはまるようです。

つまり、『竜馬がゆく』において「奇蹟」という言葉を用いて坂本龍馬の素晴らしさを表現していた司馬は、『坂の上の雲』においては、日露戦争の会戦や海戦の大きさを「世界史上初」という言葉で記しており、そのような情感的な表現が多くの読者の共感を呼ぶとともに、専門家からの反感も呼んだように思われるのです。

さらに歴史小説を書き始めた頃に司馬は、「私の小説作法」として、次のように自分が鳥瞰的な手法をとることを明言していました。「ビルから、下をながめている。平素、住みなれた町でもまるでちがった地理風景にみえ、そのなかを小さな車が、小さな人が通ってゆく。そんな視点の物理的高さを私はこのんでいる。つまり、一人の人間をみるとき、私は階段をのぼって行って屋上へ出、その上からあらためてのぞきこんでその人を見る。同じ水平面上でその人を見るより、別なおもしろさがある」(『歴史と小説』)。

司馬の歴史小説のおもしろさの一端がここにあったのは間違いないでしょう。歴史家の磯田道史氏は頼山陽や徳富蘇峰、そして司馬の歴史観が「大衆から圧倒的支持をうけた」のは、「ものの見方が実に大局的であり、わかりやすい言葉で語りかけたからである」と説明しています(『一冊の本』)。実際、多くの読者は歴史上の場面を見ながら、鳥瞰的な視野を持つ書き手である司馬の断言的で明快な解説により、それまで複雑で難解だと思っていた歴史に対する興味を持つようになったのです。

ただ、それとともに注目したいのは、戦前・戦時の「小学教科書」には尊王攘夷史観が書かれており、「私たちは、そういう体制維持のための、麻薬の入ったままをおしえられた」と書いた司馬が、「史観というの非常に重要なものだが、ときには自分のなかで、史観というものを横に置いてみなければ、対象のすがたがわからなくなることがある」とも記していたことです(『手掘り日本史』)。つまり、ここで「史観というフィルター」を離れて自分の目で実際に見ようとすることの重要性を強調していた司馬の歴史観は固定化したものではなく、歴史的な事実への認識が深まるにつれて大きく変わる可能性をも秘めていたのです。

しかも青木彰氏が指摘したように「聞き上手」だった司馬の小説や対談、講演などでは、読者、対話者、聴衆などを強く意識し、その関心にある程度合わせた形で物語や対談などが進められています。そのために司馬の小説や対談には、時には甘い記述や認識の間違いもありますし、話し相手によっては、認識の多少の揺れも見られます。しかし注意しなければならないのは司馬が、小説を書いたり対談を行う中で知った事実を重要視して、それらを活かしつつ次の作品を書いているので、次第に小説における「事実」の密度が高くなっていることです。

初期の作品で「幻術とか忍術といった」材料を扱っていた司馬遼太郎が、「事実＝細部に忠実な目を働かせようとする歴史小説家」へと変移していくことに注目した日本思想史研究者の松本健一氏は、「歴史を事実において捉える度合い」によって、司馬の作風を「伝奇ロマン、歴史を舞台にしたヒーロー小説、歴史小説、そうして文明批評」の四期に分けることができると分析しました（『司馬遼太郎　歴史は文学の華なり、と。』）。

残念ながら松本氏は『坂の上の雲』における変化には注目していませんが、近代の戦争の悲惨な実態から目を背けずに書き続けた長編小説『坂の上の雲』には、その後の「司馬史観」の深化の萌芽となる多くの観察や考察がなされているのです。

三、「司馬史観」の連続性と「皇国思想」の批判

司馬遼太郎は「昭和ヒトケタから同二十年の敗戦までの十数年は、ながい日本史のなかでもとくに非連続の時代だった」と記していました（『この国』・Ｉ）。それゆえ、歴史家の中村政則氏などによって、「司馬史観」は「明るい明治」と「暗い昭和」を対置させた「単純な二項対立史観」であり、非科学的であるという厳しい批判もなされてきました（『近現代史をどう見るか――司馬史観を問う』）。

しかし、『坂の上の雲』の「あとがき」では、「この作品は、執筆時間が四年と三か月」かかり、さらに「執筆期間以前の準備時間が五か年ほどあったから、私の四十代はこの作品の世界を調べたり書いたりすることで消えてしまった」と記されていました。すなわち、昭和三七年から四一年にかけて書かれた『竜馬がゆく』執筆の中頃から、司馬は『坂の上の雲』の準備に入っていたのであり、実際『竜馬がゆく』を丹念に読むとき、すでにここには幕末の攘夷思想と昭和初期の思想の類似性と継続性が明確に記されていることに気づきます。

たとえば、長州藩が「幕末における現状打破のダイナマイトであった」ことを認めつつも、外国船に砲撃を仕掛けた馬関戦争にふれて司馬は、「攘夷戦争という気分はもうこの藩にあっては宗教戦争といっていいようなもので、勝敗、利害の判断をこえていた」が、「昭和初期の陸軍軍人は、この暴走型の幕末志士を気取り、テロをおこし、内政、外交を壟断《ろうだん》し、ついには大東亜戦争をひきおこした」と厳しく批判していたのです。

さらに、なぜ作家になったのかを説明した文章で司馬は、戦時中に戦車兵の下士官だったときに戦車の閉ざされた空間の中で、「国家とか日本とかいうものは何かということ」を考え込んでいるうちに、もし生きて帰れたら「明治国家成立の前後や、その成立後の余熱の限界ともいうべき明治三十年代というものを、国家神話をとりのけた露わな実体として見たいという関心」をおこしたと書いていました。

「戦前の教育を受けた」司馬や自分が、「軍国少年」「愛国少年」だったことを認めた青木彰氏は、「いろいろあった軍国美談の中で最大のもの」が「乃木神話」であったが、『殉死』や『坂の上の雲』

において司馬が「だれにも文句がいえないような取材」で、「軍神に祭り上げられた〝乃木神話〟のベールを一枚一枚はぎとって」いることの重みに注意を促しています（『司馬遼太郎と三つの戦争』）。

つまり司馬における「昭和別国」という発言は、歴史認識の問題というよりも、その時代に対する反発が強すぎる時に生じるような心理上の問題といえるでしょう。実際、司馬は先の文章に続けて「『あんな時代は日本ではない』と、理不尽なことを叫びたい衝動が私にある」と書き、「この十年間の非日本的な時代を、もっと厳密に検討してその異質性をえぐりだすべきではないかと思う」（傍点引用者）と続けていたのです。

実際、『坂の上の雲』の完成から半年後に書き始めた『空海の風景』において、司馬は山鹿素行や本居宣長などの日本的な思想家と比較しつつ、空海を「国家や民族」という「特殊性から脱けだして、人間もしくは人類という普遍的世界に入りえた数すくないひとりであった」としているのは重要だと思えます。なぜならば、司馬は『世に棲む日々』や『殉死』での考察を踏まえて、山鹿素行の「国粋的」な思想が、吉田松陰や山県有朋《ありとも》、そして乃木希典《まれすけ》にどのように受け継がれたのかを、『坂の上の雲』において驚くほど深く考察していたからです。

このように見てくるとき、重要な課題として浮かび上がってくるのは、初めは福沢諭吉の書物から強い影響を受けて「自由平和の理想」を唱えながら、日露戦争の後では『大正の青年と帝国の前途』において、「力の福音の信者となり、遂ひに帝国主義者として」、「忠君愛国」の理念を唱えるようになる徳富蘇峰の歴史観と「司馬史観」との比較の問題でしょう。

なぜならば、歴史教育の改革を求める人々の理論的な柱の一人であった坂本多加雄氏が『近代日本精神史論』において、徳富蘇峰の『近世日本国民史』を、「客観的かつ公平な立場」で書かれた「『叙事詩的』とでも形容すべき歴史書」であり、蘇峰を「巧みな『物語』制作者」であると高く評価し、「そうした『物語』によって提示される『事実』が、今日なお、われわれに様々なことを語りかけてくる」として、歴史教育においても「物語」的な手法を取り入れることを主張していたからです。

さらに『大君の使節』などの名著を著したすぐれた比較文学者の芳賀徹氏も『近世日本国民史』は、国民の歴史を「無数の細部を含む壮大で生彩溢《あふ》れるパノラマ」として描いているとし、「史論と小説とのジャンルのちがいこそあれ」、司馬遼太郎の多くの歴史小説が「この蘇峰の大事業を継ぎ、それを発展させた『近代日本国民史』となるであろうことは今日ではもはや動かないところである」としていました（『酔って候』「解説」）。これらの解釈が「司馬史観」論争にも強い影響力を持ち、「司馬史観」を「徳富史観」と同じ様な歴史観であるとする見方をも強めたことはたしかだと思えます。

しかし、「少年のころの私は子規と蘆花によって明治を遠望した」と記し、全作品を読むほど蘆花の愛読者だったことを認めた司馬は、『殉死』や『坂の上の雲』を書く中で、トルストイの強い影響下に「平和」の重要性を主張するようになる蘆花と兄蘇峰との激しい葛藤に注意を払うようになっていました。

たとえば、『坂の上の雲』を執筆中の昭和四七年五月に書いた「あとがき　五」で司馬が、幸徳秋水が死刑に処された時に行った徳冨蘆花の「謀反論」にふれて、蘆花は「国家が国民に対する検察機関になっていくことを嫌悪」したと書き、蘆花にとっては父や「父の代理的存在である兄蘇峰」が「明治国家というものの重量感とかさなっているような実感があったようにおもわれる」と書いているのは、このような考察の深まりを端的に示しているでしょう。

実際、司馬は山県有朋のロシア帝国観に注意を払うことによって、ロシアにおける皇帝の神聖化や、「自国の優秀性」を強調する「国粋思想」が、日露戦争後には日本でも顕著に見られるようになったことを鋭く指摘したのです。

私たちは司馬が若い頃愛読した『不如帰《ほととぎす》』や『寄生木《やどりぎ》』など蘆花の作品だけでなく、蘇峰の著作をも考察の対象とすることで、『坂の上の雲』の時代的背景や思想的な背景にも迫りうるだけではなく、昭和初期の日本の指導者を「無敵皇軍とか神州不滅とかいう」用語によって、「みずから他と比較すること」を断ったと厳しく批判していたその矛先が、徳富蘇峰の「愛国史観」に向けられていることも明らかにできるでしょう。

四、「司馬史観」の深化と「国民国家史観」の批判

司馬の親しい友人で日本の比較文明学の創始者の一人でもある梅棹忠夫氏は、『坂の上の雲』を「明治という国家像を非常によく描き出し」ているとして高く評価していました。注目したいのはその梅棹氏が、維新後に「異民族」の「征伐」を正当化した「征韓論」があらわれたことに言及して、「明治政府というのは国民国家を標榜して、たちまちにして帝国になった」と述べて、その理論的な

指導者であった福沢諭吉への疑念を示し、「国民国家と帝国とのねじれた関係」についての議論の深化を求めたことです（『近代世界における日本文明——比較文明学序説』）。

このような梅棹氏の示唆を考慮しつつ『坂の上の雲』を読むとき、当初、福沢諭吉の指導した『時事新報』の記事や「地政学」における「半島国家」の視点から、「文明国」となった日本による「朝鮮」の支配をも認めていた司馬の歴史観が、大きく変わっていることに気づきます。すなわち、バルカン半島の覇権をめぐって激しく戦われたクリミア戦争や、ベトナムでの覇権を争ったフランスと清国との戦争との類似性に言及しつつ、日清・日露戦争の原因を「朝鮮半島という地理的存在にある」としていた司馬は、日露戦争を詳しく調べる中でロシア帝国とポーランドとの関係と、「日本帝国」と朝鮮の関係の類似性にも気づくようになり、「大国」に従属するのが当然としていた「半島国家」観が変わるのです。

さらに司馬は、アジアの大国清国を新興国日本が破った日清戦争を、当時のヨーロッパの大国フランスを破って新興国プロシャがドイツ帝国を成立させた普仏《ふふつ》戦争（明治三〜四年）と比較しながら描く中で、「国家のすべての機能を国防の一点に集中する」という「プロシャの参謀本部」の果たした重要性に注目し、この方式がヒトラーに直結しているだけでなく、日本を無謀な太平洋戦争にまで引きずりこむことになることを『坂の上の雲』において明確に描いていたのです。

しかも、秋山真之が観察した米西《べいせい》戦争を通して、「遅まきの帝国主義国」アメリカにおける「情報」の問題を分析した司馬は、「情報の誇張」や「偽りの情報」、さらには「情報の隠蔽」によって「憎しみ」を煽ることで、国民を「正義の戦争」へと邁進させた一九世紀的な古い「国民国家」史観の問題に気づくことになったのです。

そして日本が当時の超大国イギリスと同盟を結ぶことで「野蛮な」ロシア帝国を破ろうとしたことを高く評価していた司馬は、戦争後にトルストイのもとを訪れた徳冨蘆花が、「勝利の悲哀」という論文で戦争という手段や軍事同盟を厳しく批判したように、「文明国」との「軍事同盟」の危険性をも認識するようになるのです。

文芸評論家の中島誠氏は、半藤一利氏の指摘を受けて、司馬は『坂の上の雲』を書くことで「文明論者」となったと記しています（『司馬遼太郎と「坂の上の雲」』）。たしかに「世界史的な視野」で日露戦争を見ようと試みたことで、司馬はそれまでの「自国」から「世界」を見る視点から、世界史の視点から日本を見るような、広い視野を獲得したのだと思えます。

一方、司馬の死後に『坂の上の雲』を論じた教育学者の藤岡信勝氏は、「司馬史観」の特徴として「①健康なナショナリズム、②リアリズム、③イデオロギーからの自由、④官僚主義への批判」の四点を挙げて、それらは「そのまま『自由主義史観』の視点として、歴史教育改革の拠り所になる」と主張しました。しかし、それらの特徴は後期の「福沢史観」や『坂の上の雲』の初期には当てはまるものの、『坂の上の雲』を書き終えた後の「司馬史観」とは、無縁であるばかりか激しく対立しているのです。

このような藤岡氏の主張に対しては、それがかつての「愛国史観」につながるとして多くの批判も出されましたが、多くの場合は「藤岡史観」の鏡に映し出された「司馬史観」の批判にとどまっていたように見えます。たとえば、「司馬史観」は、「大正史」を欠落させているとの批判が多くなされましたが、それは正岡子規の死後養子の正岡忠三郎など「大正デモクラシーの時代に青春を送った世代」の人々を描き、シベリア出兵や日中戦争などを厳しく批判しつつ「愛国心」教育の問題にも鋭く迫った『ひとびとの跫音』（昭和五四〜五六年）や、軍事力による紛争の解決を目指すことを厳しく諫めた江戸時代の商人を主人公とした『菜の花の沖』などを除外して、「司馬史観」を定義した藤岡氏の轍《てつ》を踏んでいると言わねばなりません。

また、歴史学の視点から司馬が作品の対象とした時間と作品が書かれた時期、さらにそれを読む現在の「三つの時間軸を意識しながら」、『坂の上の雲』を厳密に読み込んだ歴史家の成田龍一氏の考察も、「司馬史観」の到達点の視点からこの長編小説の意義を考察するという視点が弱かったと思えます。そのために、三〇年前に書かれたこの長編小説の問題点の指摘に重点が置かれて、たとえば『殉死』と『坂の上の雲』、さらに『ひとびとの跫音』との内的な関連に注意を払っていないために、司馬の「平和観」の深化において『坂の上の雲』が果たしている役割を十分には明らかにしていないのです。

一方、司馬を「新しい『公』について提示した人でもあった」と高く評価した青木彰氏は、「『公』というのは自他の人権を守ることであり、また、ヒトや他の生物が生命を託しているこの地球を守ろうという意識のことである」という『風塵抄』における司馬の言葉を紹介しながら、「司馬史観」の現代的な意義に迫っています。

しかも、「司馬史観」の特徴として「①自己中心主義（私人権のみの主権）への戒め、②人間中心主義のおごりへの戒め、③国家・民族にとらわれない地球主義」を挙げた青木氏は、それらの視点が「多くの人々から見落とされてはいないでしょうか」と続けて、戦前の「愛国史観」との強い類似性を有する「自由主義史観」と「司馬史観」との違いを明確にしているのです。

実際、「愛国心」を鼓舞して戦争へと突き進んだ「国民国家」における「公」の問題に気づいた司馬は、「明石海峡と淡路みち」では「公」の概念が「国民教育の上で、国権という意味にすりかえられてきた」と記し、「義勇奉公とか滅私奉公などということは国家のために死ねということ」だったと厳しく批判しているのです（『街道』・Ⅶ）。

こうして藤岡氏の主張に反して、『坂の上の雲』の後半で司馬は、むしろ自尊心や憎しみの「情念」を煽り立てることで「国民」を戦争へと駆り立てた、新聞やナショナリズムの危険性を鋭く指摘し、「愛国史観」を国民に押しつけた当時の文部官僚を厳しく批判しているのです。

しかも司馬の批判は近代の「国民国家」に向けられているだけではなく、近代の自然観にも向けられています。「海浜も海洋も、大地と同様、当然ながら正しい意味での公そのものであらねばならない」が、間違った「公」の概念のために、「戦後社会も、土地に関する暴慢な私権」の上にのって、「日本人そのものが身のおきどころがないほどに大地そのものを病ませてしまっている」と指摘したのです。このとき司馬は、「自己中心的な考え」が、「国益」を最優先した「自国中心的な歴史観」ときわめて密接に結びついていることを認識し、「地球」を「公」とする「比較文明学」的な広い視野を持つようになっていたのです。

それゆえ『坂の上の雲』を書き終えた後で司馬は、「戦争時代を兵隊として多少体験した」というその立場から提言すれば、「日本というこの自然地理的環境をもった国は、たとえば戦争というものをやろうとしてもできっこないのだという平凡な認識を冷静に国民常識としてひろめてゆく」ことが、「大事なように思える」と書いているのです（「大正生れの『故老』」『歴史と視点』）。

つまり、かつての列強各国がナショナリズムを煽りつつ軍拡を続けていた大正時代に、徳富蘇峰が軍備の増強と「愛国心」教育の徹底を唱えたのと同様に、グローバリゼーションの強い圧力下に、「新しい戦争」の拡大の危険性が強まっている今日でも、「平和」は理想に過ぎず、「平和ぼけ」では厳しい国際状況に対応できないとの認識が強くなっています。しかし、『坂の上の雲』を書く前には、勝つための軍事力を重視し、兵器発明の努力を高く評価していた司馬は、この長編小説を書き進める中で、戦後に僧侶になろうとした秋山真之と同じように、戦争という手段への野蛮性や原子爆弾の発明と投下に至る近代兵器の破壊力の大きさ気づいて、紛争解決の手段としての戦争をむしろ「非現実」なものと、そして平和を「現実」として見るようになっているのです。

五、比較という方法と「司馬史観」の成熟

以下本書においては、『坂の上の雲』の前後に書かれた司馬自身の長編小説や多くのエッセー類をも視野に入れて、司馬が重視した比較という方法を用いることによって、蘆花やトルストイなどの作

品との比較や、福沢諭吉やバックル、ダニレフスキーなどの思想家との比較も行いつつ、『坂の上の雲』をきちんと読み直してみたいと思います。

この作業をとおして、『坂の上の雲』が一九世紀的な「国民国家」史観を克服して、「地球」を「公」と見るようになる「司馬史観」の発展の上で、いかに大きな役割を果たしているかや、司馬の到達した「平和観」の現代的な意味をも明らかにできるでしょう。

ただ、『坂の上の雲』は文庫本で全八巻にもなる長編ですので、本書における考察の流れを見やすくするために、まず簡単な「航海図」を示しておきます。

第一章「『国民国家』の成立——自由民権運動と明治憲法の成立」においては、福沢諭吉の教育観や憲法観に注目しながら、正岡子規や秋山兄弟の青春時代に注目することによって明治初期から憲法の発布に到るまでの過程が『坂の上の雲』においてどのように描かれているかを見ます。

第二章「日清戦争と米西戦争——『国民国家』から『帝国』へ」では、バックルなどの「国民国家」史観を受け入れた福沢諭吉が、「文明」による「半開」や「野蛮」の支配や征伐を正当化しはじめていることに注目しながら、日清戦争と米西戦争の分析を行った司馬が「国家のすべての機能を国防の一点に集中する」、「プロシャの参謀本部方式」を日本軍が採用したことの問題点にも迫っていることを確認します。

第三章「三国干渉から旅順攻撃へ——『国民軍』から『皇軍』への変貌」では、近代兵器を重視した秋山好古と「突撃の思想」を美化した陸軍とを比較しつつ、乃木希典の思想を考察することによって、「国民軍」から「皇軍」へと変貌することになる日本陸軍の問題が鋭くえぐり出されていることを明らかにします。

第四章「旅順艦隊の敗北から奉天の会戦へ――ロシア帝国の危機と日本の『神国化』」では、平民出身のマカロフ提督やバルチック艦隊の大航海、さらには「血の日曜日事件」などについて「ロシア帝国」を内側から考察する中で、ヨーロッパの大国ロシアを破った日露戦争と、ロシアがヨーロッパの大国フランスを破った「祖国戦争」の類似性に気づくとともに、「文明国」による「情報」の二重性の問題に司馬が気づいていく過程を追います。

第五章「勝利の悲哀――『明治国家』の終焉と『帝国』としての『皇国』」では、日本海軍の戦いや合理性を高く評価しつつ描いていた司馬が、日本海海戦での勝利を導いた秋山真之の苦悩や蘆花のトルストイの再評価をとおして、「明治国家」が日露戦争の勝利後には「憲法」を持ちつつも、「統帥権」に支配される「別国」となり始めて、「ロシア帝国」と似た相貌を示すようになることの理由に鋭く迫っていることを明らかにします。

終章「『愛国心』教育の批判――新しい『公』の理念」では、『坂の上の雲』との関連に注意を払いながら、蘇峰の『大正の青年と帝国の前途』と比較しつつ、『ひとびとの跫音』やそれ以降の司馬の作品を読み解き、シベリア出兵からノモンハン事件を経て「大東亜戦争」へと突入する日本の歩みを考察することにより、「現実としての平和」の重要性を深く認識した「司馬史観」の成熟とその意義に迫ります。

第一章

「国民国家」の成立

自由民権運動と明治憲法の成立

一、「皇国」から「国民国家」へ――坂本龍馬の志

司馬は『坂の上の雲』のあとがきで「維新によって日本人ははじめて、近代的な『国家』というもの」をもち、「たれもが『国民』になった」と記し、「のぼってゆく坂の上の青い天にもし一朶の白い雲がかがやいているとすれば」、主人公たちは「それのみをみつめて坂をのぼってゆくであろう」(傍点引用者、Ⅷ・「あとがき 一」)と記しています。

この作品が書き始められた当初は、「坂の上の雲」というのはあまりに抽象的で分かりにくいという反応もあったようですが、この題名の意味が読者にもよく理解されるようになったのは、おそらく『坂の上の雲』の主題を明確に物語っているこの説明が記された後のことだと思われます。この説明は『竜馬がゆく』とのつながりをも語っているようです。

すなわち『竜馬がゆく』においては、勝海舟の神戸海軍操練所の廃止が決定された後で、龍馬が「男子は生あるかぎり、理想をもち、理想に一歩でも近づくべく坂をのぼるべきである。そう思うひとのみ、わしとともに残られよ」と呼びかけた言葉が記されていたことです(傍点引用者)。

つまり正岡子規が、坂本龍馬が暗殺された慶応三年(一八六七)に松山に生まれていることなどを想起するならば、「白い雲」を見つめて苦しい坂を登っていく『坂の上の雲』の主人公たちは、司馬の中では、龍馬の志を受け継いだ者として意識されていたと言っても過言ではないように思えます。

すなわち、『坂の上の雲』の第二巻では「日本人というのは明治以前には『国民』であったことは

なく、国家という概念をほとんどもつことなくすごし」、「かれらは村落か藩かせいぜい分国の住民であった」が、「維新によってはじめてヨーロッパの概念における『国家』というひどくモダンなものをもったのである」と書かれているように、『坂の上の雲』の前半では司馬は、明治維新による「国民国家」の達成の意義を強調していました。

『竜馬がゆく』という歴史小説を高く評価した歴史家の飛鳥井雅道氏は、江戸期の「国」とは、今でも「おくにはどちらで」というふうに用いられている「大名」などが封ぜられた「国」のことであり、多くの武士たちはまだ「御国意識」に金縛りになっていたことに注意を促しました（『坂本龍馬』）。

しかし、「外国の脅威」が次第に強く意識されるようになると、「御国」を超える統一された国家像が求められるようになり、このようなかで「皇国《みくに》」が浮上してきたのです。すなわち飛鳥井氏によれば、「『皇国』とは、もともと中国の熟語にはない、日本製の漢語」で、この言葉を創った国学者の本居宣長は「儒教の中国中心主義にたいする激しい反撥」から、儒教道徳を「漢心《カラゴコロ》」としてしりぞけて、『古事記』を信ずるように主張したのです。そして「日本が『漢国《カラクニ》』などとは比較できないすぐれた国」であると教えられた弟子の服部中庸《なかつね》は、「もっともすぐれた国は天地生成のときから位置が違うのだ」として、「皇国の在り処」は、「図の如く大地《オホツチ》の頂上《イタヾキ》」

図1 「皇国」の位置の図

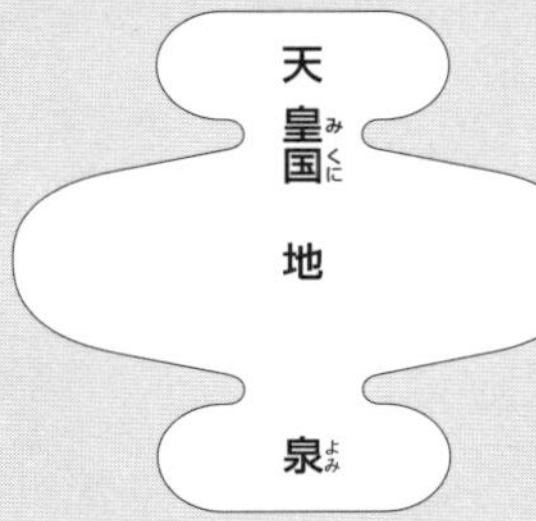

で、「ただしく天と上下相対《アヒムカ》へる、蒂《ほぞ》の処」であるとする説を唱えたのです。

飛鳥井氏は「天に一番最後までくっついていて、今でも天と正面から向かい合っているのが『皇国』だというのはめちゃくちゃだ」としつつも、外国の脅威が次第に強く意識されてくる中で、「日本中心主義は、一種の精神的ナショナリズムの先駆として、国学のなかに根をおろし」、「『漢国』排斥から『皇国』の絶対化へと走っていった」と指摘し、こうした中から出てきたのが、「尊皇攘夷」の思想であると説明しています。

しかも、歴史学者の井上勲氏が説明しているように、明治における「文明開化」はかつて日本が「中国文明」を受け入れた時とは全く異なるものだったのです。「中国の文明も、それなりに普遍を主張」しましたが、一九世紀の西欧列強は「地球の全てにわたるべき普遍を主張」し、地球を一つの世界にするために日本の開国を求めていたので、「鎖国をつづけることは不可能」な状態だったのです（『文明開化』）。

「開国」を強いられた当時の状況を司馬は『竜馬がゆく』において具体的に描きつつ、「攘夷論」が生まれる過程を説明しています。すなわち、嘉永六（一八五三）年にペリー提督の艦隊が「品川の見えるあたりまで近づき、日本人をおどすためにごう然と艦載砲をうち放った」行動を、司馬は「突如玄関のカギをこじあけて見知らぬ者がやってきて、交際を強い、しかも兇器をみせながら恫喝をもってした」のと同じものであると厳しく批判し、「近代日本の出発も、この艦載砲が、火を吐いた瞬間からであるといっていい」と記しています。実際、武力的な要求に屈して「開国」を認めた幕府の信

図2 「自国と世界」の認識の図

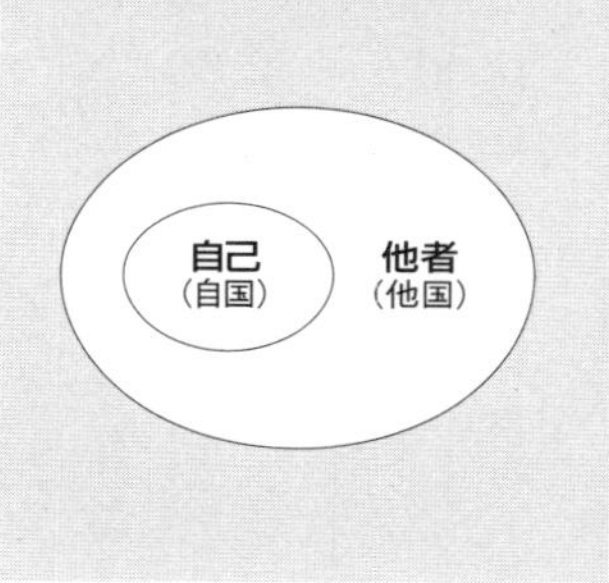

図3 強国による圧迫の図

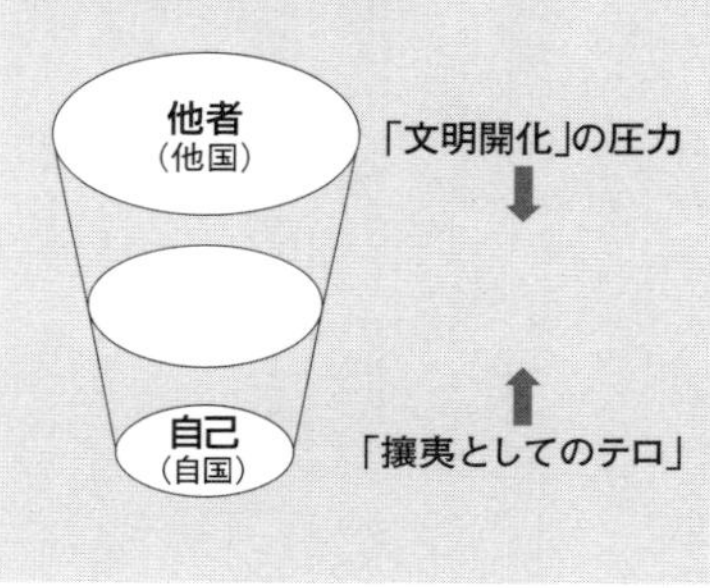

頼は急速に低下し、外国人に対するテロを「正義」とする尊王攘夷を唱える志士が各地で討幕を主張して、「日本史は一転して幕末の風雲時代」に入ったのです。

そして司馬は、勝海舟の暗殺を図った千葉重太郎に「わが大八洲《おおやしま》は神々の住み給う結界にして、穢人《おじん》どもの一歩でも踏み入れるべき国ではありません」と語らせていたのです（Ⅲ・「勝海舟」）。

実際、それまで世界と自国を対等と考えていた人々は、自国が「野蛮」と規定されたことで、「自尊心」を深く傷つけられたのです。このような世界観と「傷ついた自尊心」を服部中庸のように図で表すと次のようになるでしょう。

ただ、さらに言葉を継いで司馬は、「この神国思想は、明治になってからもなお脈々と生きつづけて熊本で神風連《じんぷうれん》の騒ぎをおこし、国定国史教科書の史観となり、昭和右翼や陸軍正規将校の精神的支柱となり、おびただしい盲信者」を生んだと痛烈に批判しました。後に龍馬に「おれは薩長の番頭ではない。同時に土佐藩の走狗《そうく》でもない。おれは、この六十余州のなかでただ一人の日本人と思っている」と語らせていたことは、きわめて重要だと思えます。すなわち司馬はこのとき、坂本龍馬という若者に託して、統一国家としての日本を、「皇国」思想によるのではなく、「国民国家」を建設するという理念で記していたのです。

実際、司馬は龍馬が打ち出した「船中八策」のなかでも、「上下議政局を設け、議員を置きて、万機を参賛《さんさん》せしめ、万機よろしく公議に決すべき事」という第二策は、「新日本を民主政体《デモクラシー》にすることを断乎として規定したものといっていい」と高く位置づけていたのです（Ⅶ・「船中八策」）。そして「明治維新の綱領が、ほとんどそっくりこの坂本の綱領中に含まれている」とし、その用語が明治元年の『御誓文』にそのままこだましているだけでなく、明治七年に、「板垣、後藤が民選議院設立運動を始めるときの請願の論拠となる」として高く評価していた研究者ジャンセンの考察も紹介しています。

この意味で注目したいのは司馬が福沢諭吉は「個人の独立があってこそ国家の独立がある」と考えていたし、「その個人の『独立』の中身は、自由と平等」で、「つまりは、勝海舟や坂本龍馬が考えた国民国家の樹立ということ」であった、と記していることです（『明治』）。しかも「近代思想は自由と権利というふたつの言葉の概念によって集約されるだろう」と説明した司馬は、「竜馬の気質にこういう思想を吹き入れた書物を具体的にあげようということになれば『西洋事情』一冊しか妥当性のある推測はできない」と想定し、「小冊子ながら当時の先進文明社会を早わかり風に紹介」し、自由と権利という言葉を日本語に訳した福沢諭吉のこの書を高く評価していたのです。

筆者は前著『この国のあした——司馬遼太郎の戦争観』で、坂本龍馬より一年前に大坂で生まれ

「天は人の上に人をつくらず」と高らかに平等を唱えた福沢諭吉の初期の思想や比較という方法は、長編小説『竜馬がゆく』にもきわめて強い影響力を持ち、司馬が福沢諭吉の思想を通して、龍馬の思想や行動を理解しようとしていたと思われると記しましたが、それは明治期における「国民国家」の建設を描いた『坂の上の雲』の前半においても当てはまると思われます。

そして司馬が作品の意図に触れつつ、主人公たちは白く輝く雲のみを見つめて坂をのぼってゆくであろうと記したことは、『坂の上の雲』という小説が「明治国家」や「日露戦争」を讃美しているという見方をも広める一因になったと思えます。

二、江戸時代の多様性と秋山好古

実際、「春や昔」の章で始まり、「真之」「騎兵」「七変人」「海軍兵学校」「馬」「ほととぎす」「軍艦」と続く第一巻や、「日清戦争」から始まり、「根岸」「威海衛」「須磨の灯」「渡米」「米西戦争」「子規庵」そして、「列強」へと続く第二巻において司馬は、秋山兄弟や正岡子規などの目をとおして、アジアで最初に憲法を発効させることになる「明治国家」と、憲法もなく皇帝の専制政治が行われている「ロシア帝国」との違いを強く意識しながら描いていきます。

しかし、ロシア帝国の問題を真正面から見据えつつ描き始めるころから、司馬は日露戦争後の日本との類似点を見出すようになり、「文明」による「野蛮」の支配を認めた後期の「福沢史観」との違和感を強く感じるようになるのですが、その重要な発端の一つが、新しい国家体制が始まる頃に生まれた正岡子規と秋山真之の二人だけでなく、秋山好古をも主人公として選んだことにあると思われます。

すなわち、明治二八年に故郷の町に帰って「春や昔十五万石の城下かな」と歌った子規の句からとった「春や昔」という章で司馬は、正岡子規や秋山真之を描く前に、井伊直弼《なおすけ》が大老職にあった幕末の安政六（一八五九）年に生まれ、幕府から明治政府へと政権が代わる激動の時代を体験していた秋山好古について描きつつ、「旧幕時代、教育制度という点では、日本はあるいは世界的な水準であったかもしれない。藩によっては、他の文明国の水準をあるいは越えていたかもしれなかった」と書いているのです。

そして司馬は、伊予松山藩にも「明教館」という藩校があっただけでなく、そこには「小学部が付属しており」、好古も八歳の時にそこに入っていたと記し、第二章でも「徳川三百年は江戸に将軍がいるとはいえ、三百諸侯が地方々々にそれぞれの小政権をもち、城下町を充実し、そこを政治、経済、文化の中心たらしめていた」と記して、江戸時代の教育水準の高さに注意を促していたのです。

それとともに私たちは、明治元年に秋山真之が生まれて、厳しい貧しさのために「いっそ寺へやってしまおう」となった時に、それを聞いた一〇歳の好古が伊予ことばで、「あのな、お父さん、赤ン坊をお寺へやってはいやぞな。おっつけウチが勉強してな、お豆腐ほどお金をこしらえてあげるぞな」と言ったために寺にはやられずにすんだと司馬が書いていることに注意を払っておきたいと思います。実際、それまでの秩序が一転してしまった維新後に、好古は真之の父親代わりともいえる役割を担うことになるのです。それは子規と若い叔父の加藤恒忠《つねただ》との関係についても当てはまるでしょう。

そして司馬は児玉源太郎や大山巌《いわお》などの司令官や、下瀬火薬の発見者で広島藩出身の下瀬雅允《しもせまさちか》など、いずれも幕藩体制の多様性のなかで育ち幕末の動乱で苦労した人々が、専門教育だけを受けて育った若者たちには思いつかないような発想をして、日露戦争の際の危機を救うことになることをも描いていくのです。

こうして、幕末の江戸期も視野に入れたことによって、「明治国家」における日露の衝突をこの長編小説で描いた後で司馬は、日露の衝突を防いだ江戸時代の商人高田屋嘉兵衛を描いた『菜の花の沖』(昭和五四〜五七年)で主人公に「好んで軍《いくさ》を催し、人を害する国は国政悪しき故」と語らせることになるのです。このとき司馬は、三百諸侯が多様性を有しつつ自立して、世界史においてもきわめて独自で魅力的な「文明」を形成した江戸時代後期に語られた思想が、坂本龍馬や「自由民権運動」を経て、ようやく「平和憲法」として結実することの意味を認識するようになっていたといえるでしょう。

三、福沢諭吉の教育観と「国民国家」の形成

社会学者の桜井哲夫氏は、ナポレオン一世が、近代的な「国民国家」の強化のためには、教育体制の改革が急務と考え、教育機関は「国家によって国家のために存在するのである」と述べて、「中央集権的な教育システムを構想した」と指摘しています(『「近代」の意味——制度としての学校・工場』)。『坂の上の雲』においても「新政府がやった仕事のなかで、もっとも力を入れたのは教育であったであろ

う」（Ⅰ・「春や昔」）と記されていますが、このような事情は明治維新後の日本においても変わらなかったのです。

実際、教育学者の山住正己氏によれば、木戸孝允《たかよし》（桂小五郎）は明治二年に「普通教育の振興は急務であり、欧米風の学校制度を早急に全国的に実施すべきだと新政府に建言し」、続いて伊藤博文も「東西両京に大学を、郡村に小学校を設け、都市郡村の区別なく『人々をして知識明亮《めいりょう》たらしむ可し』」と建言していたのです（『日本教育小史』）。

こうして、日本では明治五年に「学制」が発布され、全国に小学校が設置されることになったのです。司馬は、民衆には将校になる可能性がほとんどなかったロシアの場合と比較しながら、「日本ではいかなる階層でも、一定の学校試験にさえ合格できれば平等に将校になれる道」が開かれていたと述べていますが（Ⅰ・「七変人」）、帝政ロシアとの大きな違いの一つに日本における義務教育の制度があったことはたしかでしょう。

このような教育制度には国家の要請を生徒に伝える教員の育成が急務ですが、英文学者の小池滋氏は「身分は低く貧しいが、学問への情熱と能力を持つ青年に、出世の門戸を開こうとして設けられたのが、教員養成学校であった」と指摘しています（『英国流立身出世と教育』）。教員養成学校の役割に注目した司馬によれば、日本にも師範学校が明治五年に東京にでき、「翌六年、七年の間に、大阪、仙台、名古屋、広島、長崎、新潟にも右と同様のものが設置された」のです。

秋山好古に「貧乏がいやなら、勉強をおし」として勉学を強くすすめた父の言葉を書いた司馬は、

「これが、この時代の流行の精神であった」とし、「全国の武士という武士はいっせいに浪人になったが、あらたな仕官の道は学問であるという。それは食えるための道であり、とくに戊辰《ぼしん》で賊側にまわった旧藩士にとって、それ以外に自分を泥沼から救い出す方法がない」と説明しています（I・「春や昔」）。

極度の貧困にあえぐなかで小学校にも中学校にも入学できずに「銭湯の風呂焚き」をしていた秋山好古も官費《ただ》で学べた師範学校を目指し、受験資格のある一九歳にはまだなっていなかったので検定を受けて教員となったのです。司馬はこの時期の師範学校について、「制度も内容もあやふや」で、修業年限も決まっておらずに、好古は一年で卒業したと記して、「師範学校出といえば、明治九年の当節、日本中でかぞえるほどしかおらず、ほとんどが、卒業後すぐ校長となってそれぞれの小学校に赴任」したと書いています。

このような教育改革において福沢諭吉が果たした役割はきわめて大きく、小学校が創設されると「諭吉の『世界国尽』や、『啓蒙手習之文』その他の初学用著訳書」が教科書として採用され、ことに実用的な学問の効用を説いた『学問のすゝめ』（初編明治五年）は「読本にも使われ、また府県庁から管下人民に対する学問勧奨のための指針」ともされて大ベストセラーとなったのです（富田正文『考証福沢諭吉』）。

司馬も今の日本で誰が一番偉いと思うかと質問した正岡子規の問いに対して秋山好古が、「著書をいくつかあげ」て、福沢諭吉という人だと答えたと記し、さらに「好古の福沢ずきは、かれが齢をとるにつれていよいよつよくなり、その晩年、自分の子は慶応に入れたし、親類の子もできるだけ慶応に入れようとした」と続けています（I・「騎兵」）。

この意味で注目したいのは、師範学校を卒業して「一躍三〇円」の高給取りとなっていた秋山好古が教員の職を捨てて、新しく創設された陸軍士官学校に入学した年に西南戦争が勃発していることに司馬が注意を促していることです。つまり、この戦争のために士官学校の一期生と二期生が動員されただけでなく、校長までもが動員されてしまい、「士官学校の世話をすべき最高の陸軍行政官である」山県有朋も、「みずから『参軍』になって九州にくだり、戦線を指揮していた」のです。司馬は「好古らが東京で入校を待つうち、熊本では三月、四月と激戦がつづいている」と書き、好古が「あらためてこの政府の基礎のもろさにおどろかされた」と書いています。

実際、司馬が竜馬の「船中八策」を高く評価しつつも、「維新政府はなお革命直後の独裁政体のまゝつづき」、明治二三年にようやく貴族院、衆議院より成る帝国議会が開院されたと記していたように、竜馬の構想とその後の歩みの落差は大きく、明治初期の政府とは「一独裁者による専制ではなく、官員団による集団専制というべきもの」であり、新政府によって創り出された「国民」も、税金をとられ、「徴兵される存在であって、ひたすらに受身」で、「法によって権利と義務が明快になった〝国民〟」ではなかったのです（『明治』）。

ここで注目したいのは、福沢諭吉が西南戦争が終わった直後の明治一〇年秋に、「いまからのべることは、私情から出たものではなく、公論として書く」とし、「乱の原因は政府にあり」と断言し、この稿の目的は「日本国民抵抗の精神を保存して、其《その》気脈を絶つことなからしめん」がためであるとしながら、「政府の本能が専制であるからといって、ほうっておけばきりもなくなってしまう」とし、「専制」を防ぐ方法は、「抵抗あるのみ」とした「丁丑《ていちゅう》公論」という論文を書いていることです。

　福沢諭吉がこの論文で、「文明論の立場から西郷とその郷党の士族たちを是認した」と考えた司馬も、「国民」という名前が「実質」をともなうには、「憲法下の法体系をもち、法治国をつくりだす」しかなく、「自由民権運動」は「西洋かぶれの思想ではなく、国民になりたいという運動」であるとしたのです（『明治』）。

四、二つの方向性――「開化と復古」

　司馬遼太郎は「王政復古」で新政府によって設けられた「神祇官」について、これは奈良朝時代からある「祭祀」や、「うらない」や「鎮魂《たましずめ》」をしたりする役所で、「維新早々の復古現象のなかでも最たるものです」と説明しています。

　そして、この神祇官が「仏教も外来のもので、日本古来のものじゃない」という理由で、廃仏毀釈という「明治国家初期の最大の失政であるお寺こわし」をやったとして、明治維新期の「開化と復古」の対立に注意を促しています（『明治』）。

　ここで注目したいのは、明治四年から六年にかけて松山に六つの小学校ができていることを記した司馬が、正岡子規が従順な子だったにもかかわらず小学校で、「まげ升《のぼ》さん（子規の幼名）」と呼ばれることを「子供心に苦にしていた」と書いていることです。つまり、通称「断髪令」と呼ばれる明治四年の法令は、「散髪、制服、略服、脱刀等、自今、勝手タルベク」として、ちょんまげや帯刀を禁じてはいなかったのですが、この年に流行った俗謡は「丁髷《ちょんまげ》頭をたたいてみれば　因循姑息《いんじゅんこそく》の音がする／惣髪頭をたたいてみれば　王政復古の音がする／ザンギリ頭をたたいてみれば文明開化の音がする」として、「ちょんまげ」を「因循姑息」としていたのです。

しかし、子規の母方の祖父で旧松山藩随一の学者でもあった大原観山は、「大の西洋ぎらいで、自分もちょんまげのまま生涯を通し、初孫の子規にもまげを切らさず、外出には脇差一本を帯びさせた」のです（I・「真之」）。このように見てくるとき、小学校における幼い子規のちょんまげで脇差を差した姿は、「立身出世」の道から外れて苦悩しながら、文芸に「己の道」を見出すようになる子規のその後をも象徴的に物語っていると思えます。

このような「復古と開化」の二重性は新たに実施された暦の改革や徴兵制にも見られました。すなわち、近代的な教育制度を築いた学制の施行が行われた明治五年には、「天皇や要職の人物の宮中服」が「洋装」に変えられ、それまで用いていた太陰暦がヨーロッパに合わせて太陽暦に変えられましたが、それとともに「日本帝国の紀元を、神武天皇の即位の年に決定」するという暦の改革もなされていたのです。さらに、天皇による「徴兵の詔書《しょうしょ》」を受けて、十二月一日には「我が朝上古の制、海内挙げて兵ならざるはなく、而して天子之れが元帥たり」とする太政官告諭書が全国に頒布されました。それは西洋の「文明国」では「血税」とも呼ばれているような徴兵令が布かれているとする一方で、日本ではこれまで「兵権」が「武門の手に墜ち」ていたが、かつては国民皆兵だったことを強調し、明治維新で「国民」が再び「皇国の民」となった現在では、「国民」が「兵役に就くは固《もと》より自然の理」であると説明していたのです。

ここで興味深いのは、「船中八策」を詳しく考察した飛鳥井雅道氏が、龍馬が第五策において「古来ノ律令ヲ折衷シ、新ニ無窮ノ大典ヲ撰定スベキ事」としたことについて、「『古来ノ律令』とは、文字どおり古代のたとえば大宝律令などの『律令』をさす」とし、「問題は、竜馬がきわめて現実的に思考しながら、新国家の原則に『古来ノ律令』をもちださねばならなかった点だ」と問いかけ、明治元年の『御誓文』における「誓いの儀式は完全な復古、それも新しく発明された神道の形式のなかで挙行された」と指摘し、「開化」と「復古」の流れを含んだ明治維新の二重性を指摘していることです（『文明開化』）。

それゆえ、「尊王攘夷」を正義と信じた者たちは「王政復古ノ大号令」の出た一二月以降も、攘夷活動を新政府下でも続け、翌年の一月には西宮警護を命ぜられた備前岡山藩兵が、神戸で発砲して外国人二人を殺し、一人に傷を負わせたのです。またその六日後には今度は堺の警備にあたっていた土佐藩兵数十名が発砲して、多くのフランス兵を殺傷し、さらに二月には司馬が『幕末』（初出時の題名は「幕末暗殺史」）で描いたように、イギリス公使パークスが京都で襲われるという事件が起きたのです。

これらの事件に際し新政府は莫大な賠償金を払っただけでなく、「『万国公法』の名で切腹を命じた」

のでした。それゆえ、「復古主義を信じて維新に参加した人々のあいだには、維新が『復古』を実現していない、むしろ『開化』へとばかり移行するとの不満が累積していった」のです（飛鳥井雅道、前掲書）。実際、このような問題はちょんまげ一揆や血税一揆だけではなく神風連の乱として現れ、新しい政府を崩壊の危機に陥れた西南戦争において顕在化したのです。

このような当時の状況を象徴的に示していたのが、明治二年一月に「専ら洋風を模擬し、神州の国体」を汚したとして殺された新政府の高官・横井小楠《しょうなん》の暗殺です。司馬はこの事件について、勝海舟や坂本龍馬の思想的な新しさと関連させて『竜馬がゆく』で触れています。私たちにとって興味深いのは、勝海舟とともに訪れた第一回目の会見の数年後にも、「薩長連合」を策していた龍馬が小楠のもとを訪ねていることを司馬が紹介し、さらに彼らの会談の際に同席していた小楠の弟子で徳富という若者が後年龍馬について「旅で真黒に陽焼けしたびっくりするほどの大男だった」と、長男の猪一郎（蘇峰）と次男の健次郎（蘆花）に語ったことを記している点です。そして司馬は言葉を継いで、横井小楠は「国家の目的は民を安んずるにある」という思想の持主で、「開国して大いに産業をおこし、貿易をさかんにして国を富ましめ、強力な軍事力をもって外国からのあなどりを」ふせごうとしたが、そのような思想すら危険視され、「右翼壮士に暗殺された。よほどの先覚者といっていい」と説明しているのです。

この事件を扱った森鷗外の歴史小説『津下四郎左衛門』を考察した比較文学者の平川祐弘氏は、「尊王攘夷の『正義』の主張」は「島国日本という鎖された空間」で醸成されたのであるとし、「日本のような均質な国民を動かすには、情緒に訴える言葉がある程度まで有効に作用する」として、危機的な状況下で情念的な言葉を使用することの危険性に注意を促しています。そして平川氏は日本だけでなく「アジア・アフリカ諸国が近代国家形成の過程で過激な反西洋の攘夷運動」を引き起こしていたことを指摘しながら、その理由を「心理上の安定感の欠如からナショナリズムが高唱され、人々の心理は極端から極端へと振子のように振れたのである」と分析し、幕末だけではなく他国との切迫した状況下では、「尊王攘夷」というような強い情念的な四字熟語につられて「将来は別の津下四郎が飛び出てくる」危険性があるとも指摘しました（『西欧の衝撃と日本』）。

実際、そのような事件が明治二四年に大津で起きました。まだ二四歳だったロシア皇太子のニコライが訪日した際に「沿道を警備中の巡査津田三蔵が突如、そのもちばをはなれ、皇太子の人力車に駈けより、抜刀して二度にわたって斬りつけた」のです。司馬は津田巡査について「精神医学でいう狂人ではない」とし、「憂国的感情という、ときにもっとも危険な心情」に駆られた彼は「論理を飛躍させ、行動で自分の情念を表現」しようとしたのだとし、「津田は素朴な攘夷主義の信者であった」と記しています（Ⅱ・「列強」）。

そして司馬は、「頭蓋骨にまでは達して」いなかったものの「傷の深さは」、「骨膜に達するほど」であり、「皇太子にとって生涯の傷あとになった」と記し、この時の屈辱感が後に皇帝となったニコライを復讐としての日露戦争に駆り立てる一つの要因となったことを示唆し、ナショナリズムの問題と戦争との関係についても考察を始めていたのです。

この意味で興味深いのは、司馬が自分の祖父は「少年期にペリーがきた衝撃がそのままのこっていて、はげしい攘夷主義者だった」とし、「学校についての極端な否定者」だっただけでなく、「明治維新後の通称『断髪令』にもしたがわず、総髪にしてまげを結び、三〇余年、それでくらし」、「バルチック艦隊が対馬沖で沈んだとき、やっとまげを切った。ペリーの艦隊とバルチック艦隊とが、イメージとしてかさなったものだったにちがいない」と続けていることです（「祖父・父・学校」）。

それはバルチック艦隊との日本海海戦を描いた章の冒頭で、秋山真之が終生、日本海海戦は最初の三〇分間で大局が決まったと語り、「ペリー来航後五十余年、国費を海軍建設に投じ、営々と兵を養ってきたのはこの三〇分間のためであった」と語ったと記すことになる言葉と直結しているのです（Ⅷ・「死闘」）。

五、自由民権運動と国会開設の詔勅

福沢諭吉は明治六年に森有礼などとともに明六社を興して、演説や出版などの啓蒙活動を活発に行っていましたが、司馬は「福沢諭吉は言葉の文明をおこそうとした人でした」とし、彼は「三田に『演説館』をつくり」、「そこで学生に稽古をさせ、ここから日本人のスピーチは始まりました。福沢が考える文明とは、自由と権利、そして演説だったのでしょう」と書いています（『全講演』・Ⅲ）。

このことに注目するとき、『坂の上の雲』の前半では初期の自由民権運動における福沢諭吉の重要性とともに、松山中学における正岡子規と自由民権運動のかかわりがかなり詳しく描かれていることに気づきます。たとえば、司馬は明治七年にこの愛媛県の権令となった土佐人の岩村高俊《たかとし》が松山でも先頭に立って自由民権運動を奨励し、彼が「草間時福という慶応義塾出身の青年」を松山中学校の前身である「英学所」の校長としたことに注意を向けています（I・「真之」）。

正岡子規と秋山真之はその松山中学校に入ることになるのですが、司馬は中学四年生のころには子規も「当時はやりの自由民権運動の演説に熱中し」、「自由とはなんぞやといった演題で、子規は市内の会場をぶってまわったりした」と書き、「高名な植木枝盛《えもり》が松山にきて鮒屋旅館にとまったときも、中学四年生の子規はなかまと一緒に旅館におしかけ、意見をきいた」と続けました。東京に遊学して福沢諭吉らの明六社の演説を聴いて強い印象を受けた植木枝盛も、土佐に帰国してからも活発な活動を続けていたのです。

すなわち、坂本龍馬の長姉千鶴の息子で維新後に叔父坂本権平の養子となり、坂本家の家督を相続した民権運動家の坂本南海男は、明治一三年の国会開設の請願が却下された後に、「私立国会論」を唱えて、自主憲法の草案作りを促していました（『自由のともしび』第二九号）。このような流れの中で植木枝盛も「日本人民ハ何等ノ教授ヲナシ何等ノ学ヲナスモ自由トス」という一条をも含む『日本国国憲案』（明治一四年）を起草したのですが、山住正己氏はここには「一様一体の精神を養成し、国民を操り人形のようにしてしまう画一主義が実は国家発展にとって最大の障害になる」との判断があるとし、「自由民権運動は教育の自主性を求めた先駆的な運動でもあったのである」と述べています。

注目したいのは、子規が学んだ頃にも数学の先生が「うめぼし」、漢文が「あんころ」などというあだ名をつけられていたことを紹介しつつ司馬が「先生にあだなをつけることがさかんなのは、後年、子規の友人でこの中学の英語教師になってやってきた夏目漱石が小説『坊っちゃん』でそのことを書いているが、すでに開校当時からその風があったらしい」と書いていることです（I・「真之」）。

しかも、この「あだ名」の問題には後でも触れられており、子規が英語の教師を「まるでだるまさんじゃな」といったことが「この教師の生涯のあだ名になった」とし、「教師は高橋是清といった」と書いています（I・「騎兵」）。このように見てくる時、『坊っちゃん』において重要な役割の一端を担っている「あだ名」の問題は、単なる「揶揄」ではなく、むしろ「既成の権威」を批判する自由民権的な批判精神の現れとして用いられていたと読むことができるでしょう。

このような自由な雰囲気の中で勉学を続けた子規と真之はそれぞれ叔父の加藤恒忠（拓川）と兄の好古を頼って上京し、「大学に付属した機関で、のちの旧制高校もしくは大学予科に相当する」大学予備門に入学しました。その予備門では子規が「剛友」と呼んだ秋山真之や、「畏友」と呼んだ後の夏目漱石など、全国の秀才たちと出会うことになるのです。この頃の状況について司馬は、「『明治二三年を期して国会をひらく』という詔勅《しょうちょく》はすでに同一四年に出ており、このため天下の青年の志は政治にむかっていた」とし、「子規も真之も、中学のころにルソーの『民約論』を服部徳の翻訳でよんでいたし、東京に出てきてからは、モンテスキューの『万法精理』もよんだ」と書いています（I・「七変人」）。

この意味で注目したいのは、司馬が明治一六年に正岡子規が上京した時にはまだ二五歳であった若い叔父の加藤恒忠が、廃刀令が出た明治九年に東京大学法学部の前身で「給費の官吏養成所である」司法省法学校に入ったものの、「校長以下薩摩閥」で運営されていた学校の運営態度を旧津軽藩出身の陸羯南《くがかつなん》や岩手出身の原敬《はらたかし》などとともに批判して退学となっていたことを記していることです（『ひとびとの跫音』）。そして明治一二年に加藤恒忠が中江兆民の私塾に入っていることに注意を促した司馬は、「兆民の第一の門弟」ともいうべき幸徳秋水が、『兆民先生』で「先生は仏蘭西学者として知られて居たけれど一面立派な漢学者であった」と記していることを紹介しつつ、「この言葉は、拓川についてもあてはまる」ことに注意を促しているのです。

そして、「四民平等と国民の成立がすでに実現されているのに、政治という高楼に薩長閥などの高級官僚がとじこもって、全国民に君臨しているというのも、異常だった」と指摘しました。そして、そういう時期に「中江兆民らによって種が蒔《ま》かれた〝天賦人権説〟は、じつに時代にとって魅力的でした」とし、それは「平等思想よりももっと突出したもので、活性に富んだ、その意味では目にもまばゆいものです」と続けています。

私たちは加藤恒忠が中江兆民の仏蘭西学会に入塾した明治一二年に、福沢諭吉も『民情一新』において、「我日本にても、国会を開《ひらい》て立憲の政体を立《たつ》るの必要なるは、朝野共に許す所にして、嘗《かつ》て之を非《ひ》する者あるを聞かず」として憲法と国会の必要性を説いていることに注目したいと思います。

このような福沢諭吉の考えなどに影響されて、暗殺された横井小楠の甥である徳富蘇峰は、新島襄の同志社で学んだ後に若者たちの教育に当たるために、明治一五年には故郷の熊本で大江義塾を創設するのです。司馬は、「泣いて読む盧騒《ルソー》民約論」という詩をつくり、西南戦争の時に「民権の世をつくる」ためにと挙兵に加わって亡くなった宮崎八郎が、宮崎滔天《とうてん》の長兄であることをも紹介しています（『明治』）。興味深いのは蘇峰の義塾の生徒であった宮崎滔天が自伝『三十三年の夢』（明治三五年）において、「塾生は自ら議して塾則を設け之に従へり、すなわち所謂自治の民なり」とし、大江義塾を「自由民権の天国なりき」と高く評価していた点です。

そして蘇峰自身も明治一八年に書いた『第十九世紀日本之青年及其教育』（後に『新日本之青年』と改題）において、「青年の向かうべき進路はどこにあるか」を探り、復古主義でも、偏知主義でも、さらには横井実学的な折衷主義でもなく、「知識や文化の表面だけでなく、その精神も含めて」、西欧の文化を全面的に導入すべきで、「その担い手はもはや『天保ノ老人』ではありえず、青年をおいてほかにない」と主張したのです（隅谷三喜男「明治ナショナリズムの軌跡」『徳富蘇峰・山路愛山』）。さらに蘇峰は翌年に著した『将来之日本』において、具体的な統計資料に基づいて数字を挙げながら欧米列強における戦争や軍事費がいかに国力や民力を疲弊させてきたかを指摘し、「わが邦に流行する国権論武備拡張主義」を、「その新奇なる道理の外套を被るにもかかわらず、みなこれ陳々腐々なる封建社会の旧主義の変相に過ぎざるなり」と一刀両断に論駁しました。この書は新島襄、田口卯吉、さらには中江篤介（兆民）などからも温かく受け入れられて評判となり、その翌年に蘇峰は雑誌『国民之友』を発刊して、「平民主義」を唱え、日本の論壇をリードする主要な役割の一翼をになうことになったのです。

六、自由民権運動への危惧――「軍人勅諭」から「教育勅語」へ

『坂の上の雲』の前年に司馬は、「要塞」と「腹をきること」の二つの短編からなる『殉死』を書いていますが、注目したいのは司馬がここで西南戦争における乃木の戦いを描きながら、軍旗が奪われた問題を考察していることです。

すなわち司馬はここで、西南の役が起こると鎮台司令官少将谷干城《たてき》の命を受けて小倉を出発した乃木隊が、「薩軍の抜刀による夜襲に抗しきれず」に「算を乱して退却した」と書き、さらに連隊長の乃木が「みずから伝令になって走った」ために、「敵前で孤隊になった」者たちが襲撃を受けて、軍旗を奪われたことに注意を向けていたのです（『殉死』）。

そしてこの時期には山県有朋でさえ軍旗はさほど尊貴なものとはしていなかったことに注意を促した司馬は、帝国陸軍が軍旗を「そこに天皇の神聖霊が宿っているがごとく」に扱い、「異常に神聖視」するようになる精神的慣習はおそらく乃木希典から始まったであろうと考察していたのです。

この小説の冒頭において司馬は、自分には「大正期の文士がひどく毛嫌いしたような、あのような積極的な嫌悪もない」と断りつつ、これを「小説以前の、いわば自分自身の思考をたしかめる」つもりで書くと記していましたが、「この書きもの」の重みについては同じ年代の哲学者である梅原猛氏の言葉がよく説明しているでしょう。

すなわち、ここでは「乃木希典は純真きわまりない人間」としてだけでなく、「戦争は大変下手で、

無謀な突撃によっていたずらに多くの兵隊の血を流した将軍」として描かれていると指摘した梅原氏は、「乃木大将は東郷元帥とともに戦前の日本ではもっとも尊敬された軍神であった」ので、「戦前ならば、死刑にならないまでも、軍神を冒瀆するものと作者は社会的に葬られたにちがいない」として、この作品を書いた司馬の勇気を高く評価しているのです（「なぜ日本人は司馬文学を愛したか」『幕末～近代の歴史観』）。

この指摘は重要です。なぜならば司馬は、『竜馬がゆく』を執筆中の昭和三九年に書いた「軍神・西住戦車長」というエッセーで、「明治このかた、大戦がおこるたびに、軍部は軍神をつくって、その像を陣頭にかかげ、国民の戦意をあおるのが例になった。最初はだれの知恵から出たものかはわからないが、もっとも安あがりの軍需資源といっていい」とすでに厳しく批判していたからです（『歴史と小説』）。

しかも司馬は日本を二分した西南戦争がおさまったあとで、「もういっぺんこんなことがあったら明治政府はしまいだ」と考えた山県有朋が、その翌年に「軍人訓戒」を出し、さらに西南戦争から五年たった明治一五年に軍人勅諭が出され、ここでは「朕は汝等軍人の大元帥なるぞ」という言葉に「大変なアクセントがおかれて」いることに注意を促しています（『昭和』）。

実際、山県有朋は後年「軍人勅諭ノコトガ頭ニアル故ニ教育ニモ同様ノモノヲ得ンコトヲ望メリ」と回想していますが、自由民権運動の高まりに対して「国会開設」を約した政府は、憲法発布の準備をするとともに、日本古来の「伝統」と「道徳」を重視した「教育勅語」の渙発《かんぱつ》への準備も始めていたのです。

すなわち、自由民権運動のような「欧化」の流れに危機感を強めた天皇の侍講元田永孚《ながざね》は、すでに明治一二年に「教学大旨」を著して欧風の新教育を「専《もっぱ》ら智識才芸のみを尚《とう》とび、文明開化の末に馳《は》せ、品行を破り風俗を傷ふ者少なからず」と鋭く批判し、これを受けて文部省は翌年、「小学修身訓」を編むとともに、福沢の書いた本や自由と民権にふれる本を教科書として用いることを禁じたのです。

しかも明治一四年の小学校教則綱領では、「歴史教育の目的は『尊王愛国の志気』の養成にあるとし、これによって内容を日本史に限定」しています。ここに注意を向けた山住正己氏は、「万国史」を教えた場合にはフランスの人権宣言やアメリカの独立宣言などにもふれなければならなかったからであろうと推測しています。そして元田永孚は明治一五年には「教育勅語」の発布にも強い影響を与えた「幼学綱要」を編纂して宮内庁から発行し、「修身」の授業を学校教育の基本にすえるという方向性を定めたのです（『教育勅語』）。

これに対して、伊藤博文は「君主は臣民の良心の自由に干渉せず」として、教育の宗教からの自立を説いていましたが、『世界国尽』などにおいて「地理教育によって世界各国の歴史を把握させよう」としていた福沢諭吉も、「専ら古流の道徳を奨励して、満天下の教育を忠君愛国の範囲内に跼蹐《きょくせき》せしめんと試み」るものであり、「文明進歩の大勢を留めん」とするものであるとの厳しい批判を行いました。

しかしこのような反論があまり力をもたなかった理由の一因は、「文明国」に配慮して政府が行った上からの「欧化政策」に対する強い反発があったからだと思えます。たとえば、「平民主義」を唱えて藩閥政治を鋭く批判していた徳富蘇峰も、弟の蘆花に、「鹿鳴館」を舞台にして伊藤博文、井上馨、山県有朋、さらには板垣退助、後藤象二郎など実在の多くの政治家たちをモデルにした歴史小説『黒潮』を書くように勧め、自らその筋を弟に示していました。

この歴史小説を考察した比較文学研究者の阿部軍治氏は、大町桂月《けいげつ》が「明治社会のあらゆる舞台とあらゆる人物は詳写せられ、明暗の両画歴として掌紋を指すが如し」と『黒潮』を賞賛していたことを紹介しています。実際、蘆花は未完に終わったこの小説で、主人公の父である東老人に人民には重税を課しながら、その税で着飾って舞踏をし、妾をおき、芸者娼妓を買っている政治家を、「西洋人に阿諛《おべっか》」をする一方で「皆公を忘れて、私ばかり営」んでいると指摘して、明治政府を「人民に大不義の亡国政府」と断じさせて、政府の欧化政策や藩閥政治を厳しく批判させていたのです（『徳冨蘆花とトルストイ』）。

こうして西欧列強の要求にも応えながら、なんとかして近代化をはかろうとした政府は、近代化が同時に「欧化」の側面をも伴っていたために大きな困難と直面することになったのです。ただ、ここで興味深いのは、司馬との対談でライシャワー元日本大使が、若い頃にイギリスに留学したことのある伊藤博文が「憲法」の意味を理解していたことを強調していたことです（『東と西』）。実際、大日本帝国憲法の草案から「臣民の権利義務を改めて、臣民の分際と修正」すべきだという案が出された際に、伊藤博文は、「憲法」を創る意味は、第一に絶対的な「君権ヲ制限シ」、第二に「臣民ノ権利ヲ保護スル」ことであるとして厳しく反論したのです。そして伊藤は、「憲法ニ於テ臣民ノ権利ヲ列記セズ、只責任ノミヲ記載セバ、憲法ヲ設クルノ必要ナシ」とし、そのような憲法ならば、憲法を有しても「君主専制国ト云フ」と批判していたのです（飛鳥井雅道『明治大帝』）。

こうしてともかくも大日本帝国憲法は明治二二年に発布されることになりました。それゆえ、司馬は「明治憲法は上からの憲法だ」と言われるが、「下からの盛りあがりが、太政官政権を土俵ぎわまで押しつけてできあがったものというべき」と明治憲法の発布にいたる過程を高く評価したのです（『明治』）。

しかし、憲法発布の式典があげられる当日の朝に「大礼服に威儀を正して馬車を待っていた」文部大臣の森有礼《ありのり》が殺されたことは、その後の大日本帝国の歩みをも象徴的に表しているように思えます。

実際、このあと総理大臣の山県有朋は「勅語」の作成に熱心でなかった文部大臣の榎本武揚《たけあき》を退任させ、代わりに内務大臣の時の部下であった芳川顕正を起用して急がせ、憲法発布の翌年で国会開設の年に「教育勅語」が渙発されることになったのです。しかも山住正己氏の指摘によれば、この時「教育勅語」は「軍人勅諭」を入れる箱と同一の「黒塗御紋付箱」に入れられ、さらに「教育勅語」の末尾に記された天皇の署名にたいして職員生徒全員が順番に最敬礼をするという「身体的な強要」をも含んだ儀礼を伴うことが閣議で決定されていたのです。

このためキリスト教の敬虔な信者でもあった第一高等学校教師の内村鑑三は、少し頭を下げただけにとどめました。これに対する非難は「まず一高内部の教員や生徒から起こり」、さらにキリスト教徒による「不敬事件」としてマスコミに広まり、内村は「国賊」「不敬漢」という「レッテル」を貼られて、石を投げられたりする中で肺炎にかかり、つききりで看病にあたった新妻は病死し、彼も退職を余儀なくされることとなったのです。こうして、比較文明学者の山本新が位置づけているように「不敬事件」として騒がれた明治二四年の内村鑑三の事件は、「大量の棄教現象」を生み出す契機となり、「国粋」思想の台頭を象徴する事件となったのです（『周辺文明論』）。

このような流れについて宗教学者の山折哲雄氏は司馬との対談で、「明治の近代化の過程で」、「伝統的神道は天皇儀式と一体化して、いわば一神教化したのではないか」と考察しています（『日本とは何かということ――宗教・歴史・文明』）。

実際、評論家の御手洗辰雄氏によれば「軍隊の歴史から始まって五ヵ条の心得、忠節、礼儀、武勇、信義、質素の順に並べて解説し」、前文、本文、後文合わせて「約三千字の長文のものである」軍人勅諭は、「軍隊だけでなく教育勅語と並んで国民教育の基準として久しいあいだ一般人にも」読まれるようになります（『山県有朋』）。こうして司馬が指摘しているように「軍人勅諭」は次第に、「クリスチャンにおける聖書よりも強い、きつい一種の強制力をもったものとして」独り歩きを始め、昭和の初めぐらいには「軍人勅諭は神の声」となり、「軍人勅諭を一カ所読み間違えたというので自殺したというまじめな青年将校」も出ることになるのです（『昭和』）。

第二章

日清戦争と米西戦争

「国民国家」から「帝国」へ

一、軍隊の近代化と普仏戦争

司馬遼太郎はいち早く「文明開化」に踏み切った日本が、「開国するとともに髷《まげ》を切り、洋服を着」、さらには鉄道を敷くなど、「勃然《ぼつぜん》として洋化を志し、産業革命による今世紀の文明の主潮に乗ろうとした」ことは、「旧文明のなかにいる韓国からみれば狂気とみえたであろうし、ヨーロッパ人からみれば笑止な猿まねと思えたに違いない」と記しました（I・「馬」）。

興味深いのはこれらの言葉が、「西洋人の眼」で見るならば、異教徒の国である日本を「外道国視せざる」を得ない以上、襲撃を免れ滅ぼされないためには「文物制度も彼に似せ、習慣宗教も彼に似せ、一切万事、西洋と其色を同じ」くしなければならないとし、ダーウィンの「自然淘汰」説に言及しながら「保護色の効用は、動物の生存上に取りて、実に偉大なり」と明治一八年に主張した福沢諭吉の言葉を連想させることです。

このように積極的な「欧化」を勧めた福沢諭吉の言葉は、鹿鳴館の時代に記されたこともあり激しい反発をも呼びましたが、ここには「優勝劣敗による適者生存説」を信じるようになった福沢諭吉の強い危機感が表れているといえるでしょう。

司馬もフランスに留学をした秋山好古が「ヨーロッパ文明」と日本との「技術能力」や「富力」の差の大きさに、「ただぼう然とした」と記して、日本は「一国のあらゆる分野をあげて秀才たちにヨーロッパの学問技術を習得させ」ていたが、「一軍事技術者である好古の立場は、ことがらが軍事だけにその物まねは息せき切った火急の事柄になっていた」と続けていました。

さらに司馬は、明治一九年に海軍兵学校に入校した弟の真之が、「その日の昼食にライスカレーが出たこと」でまず驚き、「さらに一同を当惑させたのは、洋服」であり、シャツのボタンをどうはめていいのかわからずに苦心していた者もいたとし、「それほどこの当時の日本のふつうの生活と海軍兵学校の生活には差があった。いわば、この築地の一郭五万坪だけが生活様式として外国であったといえるであろう」と書きました。しかも、それは概観だけではなく海軍兵学校で使う「教科書も原書であり、英人教官の術科教育もすべて英語で、返答もいちいち英語」で、「私語だけが日本語」の世界だったのです（I・「海軍兵学校」）。

こうして、まったくイギリス的な環境のもとで教育を受けた真之は、イギリスへの軍艦の引き取り航海に参加し、アメリカへの留学を経て日本海海戦の参謀という重たい任務をこなすことになるのです。

一方、陸軍騎兵大尉になっていた兄の秋山好古は、「代々禄を食んできた恩」があるとしてフランスの士官学校に入学した旧藩主の補導者として自費でフランスへの留学を決意するのですが、司馬はそのとき好古が「陸軍における栄達をあきらめた」と記し、その背景を比較文明学的な広い視野から次のように説明しています。

「明治三年七月、プロシャはフランスに宣戦し、いわゆる普仏戦争がおこった。九月、プロシャ軍はセダンの要塞を包囲して陥落させ、十万人の捕虜を得、ナポレオン三世を降伏させ、この戦勝によって大陸における最大の強国とされたフランスの栄光を消滅させた」（Ⅰ・「海軍兵学校」）。

そして司馬は、好古より先にフランスに来ていた親友の加藤恒忠の口をとおして、陸軍のドイツ傾斜が、「陸軍長州閥の寵児として山県から愛されている少将桂太郎」の献策によるものであったことをあきらかにしているのです。つまり、普仏戦争でフランスがドイツ軍に席巻されつつあることを知り、留学先をドイツに変更していた桂太郎は帰国後には、「機会あるごとに日本陸軍をドイツ式にかえることの利点を省内で力説し、とくに山県陸軍卿を説き、ほとんど十年がかりで山県を教育し、ついに彼をドイツ好きに変えてしまった」のです。

司馬はこのとき外務省交際官として山県の世話をした加藤恒忠が、「生涯山県有朋という人物」を好かなかったと書いていますが、それは司馬自身にもあてはまるでしょう。司馬は旧長州奇兵隊士の出身であった山県にとって幸運だったのは、大村益次郎が「維新成立後ほどなく兇刃にたおれたこと」で、「『長の陸軍』は山県有朋のひとり舞台になった」としました。そして「山県に大きな才能があるとすれば、自己をつねに権力の場所から放さないということであり、このための遠謀深慮はかれの芸というべきものであった」とし、ことに「官僚統御がたれよりもうまかった。かれの活動範囲は、軍部だけでなくほとんど官界の各分野を覆った」と厳しい評価を記したのです（Ⅰ・「馬」）。

そして司馬は明治一八年に来日したドイツ人将校メッケルが陸軍大学で「宣戦したときにもう敵を叩いている、というふうにせよ」と教え、「いわば悪徳弁護士のような法解釈だが、違法ではない」と説明したことによって「『宣戦と同時攻撃』というのは日本人の伝統的やりかた」になったとして、メッケルが日本の陸軍に及ぼした深い影響について詳しく考察しています。

　さらに司馬は当時陸軍部隊の最大単位であった「鎮台」が、「国内治安のためのものであり」、「外国が攻めてきたときの防御用の軍隊」だったが、メッケルが新しく提示した「師団という単位思想」は、「いつなんどきでも、『師団』を輸送船にのせて外征するという活動的な姿勢をおびる」と説明しました。そして、「メッケルのドイツ陸軍はフランスを仮想敵国としてつくられている」ことを確認して、「日本陸軍がこのドイツ式に転換したときこそ、その軍隊目的が、国内の鎮《しず》めから外征用に一変したときであった」と記したのです。

　そして司馬は、日本がアジアの大国である清国と戦った日清戦争の考察では、プロシャがヨーロッパの大国であるフランスとの戦争に勝ってドイツ帝国を成立させた普仏戦争と比較しながら、「日本は国が小さすぎたが、しかし清国との戦争に勝とうとした」とし、勝つために日本が採用した「システムと方法」こそが、「プロシャの参謀本部方式」であるとし、その特徴を、「国家のすべての機能を国防の一点に集中するという思想である」と説明しました。そして司馬は憲法の発布にいたるまでの市民運動の盛り上がりを高く評価しつつも、伊藤博文によって導入された明治憲法には、その元となった「プロシャ憲法」と同様に、「天皇は陸海軍を統率するという一項」のために、「いわゆる統帥権は首相に属して」おらず、「作戦は首相の権限外」だったことにも注意を促して、「このことはのちのちになると日本の国家運営の重大課題になってゆく」としたのです（Ⅱ・「日清戦争」）。

二、「文明・半開・野蛮」の序列化と「福沢史観」の変化

司馬は「西洋が興隆したそのエネルギー源はなにか、という点では、日本の国権論者はそれが帝国主義と植民地にあるとみた」とし、「民権論者も『自由と民権にある』とは言いつつも…中略…帝国主義と自由と民権は渾然として西洋諸国の生命の源泉である」と多くの者が考えて、「それをまねようとした」と書いています（Ⅱ・「日清戦争」）。この文章は日清戦争前の福沢諭吉や徳富蘇峰の思想的な位置をよく説明していると思われます。

日本における「文明開化」の父ともいえる福沢諭吉は、『学問のすゝめ』において、「天理人道に従て互の交を結び、理のためにはアフリカの黒奴にも恐入り」と高らかに記していました。しかし、イギリスの歴史家バックルなどの「国民国家」史観を受け入れた後で福沢諭吉は、『文明論之概略』（明治八年）で近代の国際関係を「平時は物を売買して互ひに利を争ひ、事あれば武器を以て相殺すなり。言葉を換えて云えば、今の世界は商売と戦争の世の中と名くるも可なり」と分析するようになるのです。

このような福沢諭吉の歴史認識の変化は、単に国際情勢の認識の変化と結びついているだけではなく、国家や民族の発展段階を「文明（中心）―半開（周辺）―野蛮（辺境）」と序列化したフランスの歴史家ギゾーやバックルからの強い影響があると思われます。なぜならば、バックルはクリミア戦争の最中に執筆し、一八五六年に出版された『イギリス文明史』において、イギリスも参戦したクリミア戦争を取り上げつつ、この「大戦争の特徴は、文明化した国家間の利益の衝突によってもたらされた

のではなく、ヨーロッパで最も遅れた二つの国家の衝突によってもたらされたという点にある」としてトルコとロシアの「野蛮性」を強調していたのです。政治思想史の研究者丸山真男が指摘したようにバックルにおいては、「イギリスの優越的地点に立って『遅れた』諸文明を裁く」という傾向が強かったといえるでしょう（『「文明論之概略」を読む』）。

それゆえこの著作からの強い影響下に書かれた『文明論之概略』で福沢諭吉も、「文明、半開、野蛮の名称は世界の通論にして、世界人民の許す所なり」と主張し、これらの「名称は相対したもの」であり、「我日本上国の人民を以て蝦夷人に比するときは、これを

図4　国家の序列化の図

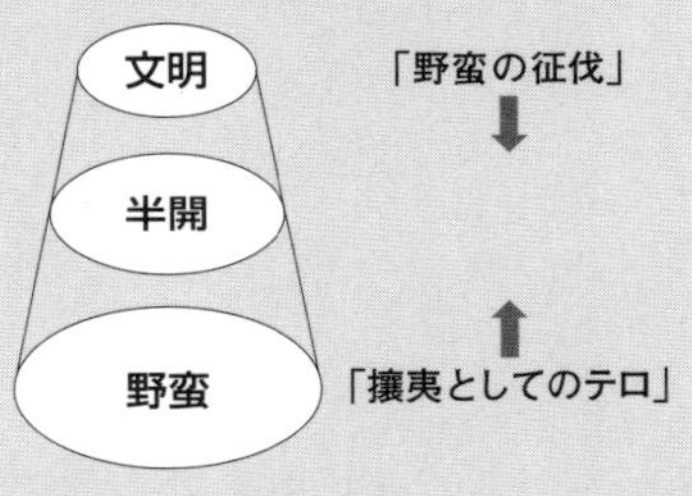

文明と云う可し」と述べているのです。

この意味で注目したいのは、嵐で沈没したトルコの軍艦の生存者を練習艦でトルコにまで送ることになり、広島県江田島の海軍兵学校を首席で卒業した秋山真之も参加したことが描かれた場面で、教官の講義をとおしてトルコと日本やロシアが比較されていることです。すなわち、教官にイスラム教国のトルコも近代化すべく努力しているが、「わが明治十年から翌年にかけてロシアと戦争し、敗北した」と語らせた司馬は、「アジアにあってはトルコは凋落したり。かわって日本が立つべきなり」と唱えるようになった士官をとおして、国威発揚に燃える乗組員の気持ちを表現しているのです

（Ⅰ・「軍艦」）。

しかもその後で司馬は、「ロシアは貴族以外の階級の者は士官になれないが、トルコはたれでも一定の能力があれば士官になれる」と誇ったトルコ士官の言葉を書き記して、将来敵国となるロシアの「野蛮」性をも強調していたのです。

この意味で興味深いのは福沢が『通俗国権論』（明治一一年）で、国と国との関係は、「滅ぼす」か「滅ぼさるる」かの二つに一つしかないと結論して、「百巻の万国公法は数門の大砲に若かず」と述べ、「一国の人心を興起して、全体を感動せしむるも方便は、外戦に若くものはなし」として、「富国強兵」と戦争の必要性をも強調するようになっていたことです。そして明治一八年に書いた「脱亜論」では、「西洋の文明と進退を共にし」、中国や朝鮮に対しては「隣人なるが故にとて特別の会釈に及ばず、正に西洋人が之に接するの風に従て処分す可きのみ」として、福沢諭吉は幕末に日本の志士たちを憤激させたペリーと同じ方法によって、朝鮮の「文明開化」をはかろうとしたのです。

このような福沢諭吉の主張に対しては『日の出新聞』が、それはあたかも「西洋の某国」が、「人の災難に付込んで、小さな国を横奪せんとする弱い者いじめの顰《ひそみ》に倣《なら》」っているようであり、「先生は萬国公法ぐらひは充分御存知なるべし」と批判していました（安川寿之輔『福沢諭吉のアジア認識――日本近代史像をとらえ返す』）。

しかしこのような文明観を持つに至ったのは福沢諭吉だけではありませんでした。この意味で注目したいのは、司馬が第一次桂内閣のもとで外務大臣を務めることになる小村寿太郎の言動をとおして、日清戦争にいたる日本や世界の情勢を説明していることです。

司馬はまず、明治三年に征韓論がおこり、征韓派であった参議西郷隆盛や板垣退助たちが辞表をたたきつけて郷国に帰り、「書生たちも両派にわかれて論議した」時に、東京の大学南校（後の東京大学）で法律を学んでいた小村が、日本人が「同士討で同胞が大金をかけて殺しあうくらいなら、海をこえて朝鮮を討ったほうがよい」と語ったことを伝え、「討たれる朝鮮こそいい面の皮だが、この時代のこの国の人間の政治感覚はほぼこういうものであった」と説明しています（Ⅱ・「日清戦争」）。

この後で小村は、明治八年には文部省の留学生として渡米し、ハーヴァード大学で三カ年、法律を学び、あと二カ年はニューヨークの弁護士事務所で法律の実務を学んだ後に、外務省の翻訳官となります。明治二六年に翻訳局が廃止となり、彼も職を失いかけたところを外務大臣陸奥宗光《むつむねみつ》に見出されて、中国のことはなにひとつ知らずに当時、公使が空席だった中国に派遣されることになったのです（Ⅱ・「日清戦争」）。

赴任した小村寿太郎が、日清開戦のために在任一年たらずで東京にひきあげたとき、北京について次のように語ったと記しています。「往来の不潔さは、聞きしに違《たが》わぬもので、みな道路上に大小便をし、臭気紛々」。司馬は当時の外務省では、「アジアの任地を卑しみ、欧米の任地を貴んだ」と記していましたが、この言葉からはアメリカ帰りの若き公使の中国に対する激しい蔑視がうかがえます。

それとともに司馬は、古参の館員から「清国はわれわれを外交団とはおもっていませんや」と聞かされた小村が「ひとつ、戦争でもぶっぱじめなきゃきかんな」と語ったことを伝え、「小村はつねに主戦論であり、国家に勝算があるかぎり、戦争の気がまえをすることによって国力の伸張と国際社会における地位の向上をはかるという思想のもちぬしであり、この点、列強の外交思想とすこしもかわらない」と説明したのです。

このような小村の戦争観は、明治二六年の「軍事意見書」で「富国強兵」への「断固たる姿勢を示し」ていた山県有朋の思想とも深く関わっているでしょう。日清戦争に勝利して戦費をはるかに超える巨額な賠償金を得ると山県は、「東洋の盟主」となるためには、国境だけでなく「利益線の拡張」も計らなければならないとする「軍事拡充意見書」を天皇に上奏して、「利益線」を朝鮮半島から満州にまで拡大することになるのです（田中彰『小国主義――日本の近代化を読みなおす』）。

三、日清戦争と参謀本部――蘆花の『不如帰』と『坂の上の雲』

こうしていよいよ日清戦争が勃発することになるのですが、この戦争を具体的に描写する前に司馬は、「日清戦争とはなにか」と問いながらも、一九世紀という時代には、「列強はたがいに国家的利己心のみでうごき世界史はいわゆる帝国主義のエネルギーでうごいている。日本という国は、そういう列強をモデルにして、この時点から二十数年前に国家として誕生した」として、この時代に生きた人々の視線から描いていくという方向性を示しました（Ⅱ・「日清戦争」）。

これらの記述は後にいわゆる「司馬史観」論争を引き起こすことになるのですが、それについては次章で考察することとし、ここでは日清戦争に至るまでの過程を記述する中で司馬が「半島国家」や

「統帥権」の問題をどのように描いているのかを見ておきたいと思います。

この戦争の原因を「朝鮮半島という地理的存在にある」とし、「朝鮮を他の強国にとられた場合、日本の防衛は成立しない」とした司馬は、ヨーロッパにおけるバルカン半島や明治一七年に宗主権を主張した清国とベトナムを植民地にしようとしたフランスとの間で起きた清仏戦争に言及しながら、「地政学」的な意味から「半島国家というものは維持がむずかしい」と説明していました。

このような見方は、『坂の上の雲』の後半では大きく変わることになるのですが、ここで司馬は「この戦争は清国や朝鮮を領有しようとしておこしたものではなく、多分に受け身であった」と主張したのです。そして「統一国家をつくりいちはやく近代化」した日本と比較しつつ、「李王朝はすでに五百年もつづいており、その秩序は老化しきっているため、韓国自身の意思と力でみずからの運命をきりひらく能力は皆無といってよかった」とし、明治二七年二月に甲午《こうご》農民戦争が勃発して、「韓国の秩序をゆるがすほどのいきおい」になったことで、日清戦争が勃発することになったとしたのです。

こうして司馬は、日清戦争を具体的に描いていくのですが、正岡子規と徳冨蘆花によって「明治を遠望した」と認めた司馬は、その一方で少年期には漱石の小説は難しく、子規もそのころの感受性にはまったく無縁で、「蘆花ばかりは、やや色気づいた中学初年級の年齢にとってはおもしろかった」とも書いています。私たちは『坂の上の雲』における描写を見る前に、日清戦争終結後に発表された蘆花の新聞小説『不如帰《ほととぎす》』を通して日清戦争の光と影をみておきたいと思います。

蘆花はここで、日本の存亡を賭けた清国の北洋艦隊との黄海海戦に際して、旗艦松島に乗艦して戦った川島武男大尉の勇敢な活躍と負傷を描くとともに、武男と結婚した「陸軍中将子爵片岡」の長女浪子が、温かい家庭を築きながらも、川島家を守るためとして離婚させられるという悲劇を描き、読者の涙と共感をさそいたいへんな人気を得ていたのです。

しかも司馬は将軍大山巌を『坂の上の雲』において高く評価していますが、蘆花は大山巌将軍の実の娘をモデルにして描いたこの長編小説でも、娘の苦悩に対してもやさしさで接し、また戦争が終わってから浪子の墓参りにきた武男にも「わたしも辛かった！」、「浪は死んでも、な、わたしはやっぱり卿《あんた》の爺《おやじ》じゃ」と深い情愛のこもった言葉をかける父親の将軍の姿を描いていました。さらに蘆花は川島大尉が参戦した黄海の海戦を「敵は単横陣を張り、我艦隊は単縦陣をとって、敵の中央《まなか》をさして丁字形に進みしが、あたかも敵陣を距《さ》る一万メートルの所に至りて、わが先鋒隊はとっさに針路を左に転じて、敵の右翼をさしてまっしぐらに進みつ」ときわめて具体的に描いていたのです。

妻の健康を案じつつも、「この国家の大事に際しては」、「一身の死活浮沈、なんぞ問うに足らんや」と自ら叱責して、「職分の道に従い、絶望の勇をあげて征戦の事」に従った武男の活躍や黄海海戦を華々しく活写していた蘆花の『不如帰』を、若き司馬が熱中して読んだであろう事は想像に難くないのです。

しかし蘆花は日清戦争の光の面だけではなく、軍隊における立身出世主義の問題や政商と軍部との癒着など、日本陸軍の負の側面をも『不如帰』で具体的な形で鋭く描き出していました。

まず注目したいのは、蘆花が『不如帰』を書き始める明治三〇年に、兄蘇峰からの強い勧めによって書き始めていた伝記『トルストイ』をようやく書き上げ、そこで歴史小説『戦争と平和』について、これはナポレオンがロシアに侵攻する前後の「露国社会の大パノラマ」であり、「其頃はナポレオン戦争もさほど遠いことではなく、云わば今日の史家が幕末の歴史を書く様なもので」、「此小説を書く為めに翁が蒐集した材料は実に莫大なものである」と考察していたことです。阿部軍治氏は「生涯、著作、総編」から成るこの書物を、「日本におけるこのロシアの作家の研究ならびにロシア文学研究にとっても大きな収穫であり、この時期としては画期的な労作であった」と指摘するとともに、この時期に蘆花の「作家としての基盤が形成された」と記しています（『徳冨蘆花とトルストイ』）。

実際、蘆花はここでトルストイの主な作品を詳細に分析することで、その方法論をも習得していたと思えるのです。たとえば、トルストイは『戦

日清戦争・黄海の海戦で砲撃する敷島など［毎日新聞社提供］

争と平和』において将校アンドレイと貴族の娘ナターシャの婚約が、卑劣な貴族の若者アナトーリの策略によって破綻にいたるいきさつなどをとおして、貴族社会の負の側面をも鋭く描き出していました。蘆花もまた従兄弟の千々岩安彦《ちぢわ》の画策によって、浪子がかかった結核の危険性を吹き込まれて、武男が艦隊演習で留守の間に離婚させられるという悲劇を描いていたのです。

しかも、蘆花は「世渡りの道に裏と表の二条《ふたすじ》あることを見ぬいていた千々岩が、陸軍士官学校では「郷党の先輩にも出入り油断なく」、交際も頼りになる者を選んで、「軍国の大事もあるいは耳に入る」参謀本部で勤務したことや、「投機商人の利を博す」との嫌疑がかかって左遷され、「死すとも去らじと思える参謀本部の位置」から、「牛馬《うしうま》同様に思いし師団の一士官」とさせられて、彼が激しく恨んだことも記していたのです。

そして千々岩と結託した政商・山木兵造の邸を「不義に得て、不義に築きし万金の蜃気楼」と描いていた蘆花は、新聞の号外で「清国の出兵」を知った山木が「さあ大分おもしろくなッて来たぞ。これで我邦《こっち》も出兵する――戦争《いくさ》になる――さあもうかるぜ」と語って前祝いをしている様子を描くとともに、主人公の川島武男に近ごろの軍人を「実にひどい。ちっとも昔の武士らしい風《ふう》はありやせん」、「御用商人と結託して不義の財をむさぼったり」していると厳しく批判させて、参謀本部の問題を提起していたのです（『不如帰』）。

実際、首相の伊藤博文は陸軍大臣大山巌に「派遣軍に対しては『清国との勢力均衡をはかるという埒外《らちがい》に出るな』ということを」言いふくめ、「参謀総長とその参謀本部」が勝手な行動をとる危険性を感じた大山巌も、日本と清国が戦うことになれば、「西洋の列強が漁夫の利を占め、ついには両国の大害になり、アジアの命脈も回復しがたきにおち入る。されば絶対に戦争を誘発する行動はとるな」との「厳重な訓示」をしていたことを強調したのです。

しかし参謀次長川上操六《そうろく》が、戦争が長引けば、「日本の財政が破綻し、さらには国際関係の点でもロシアと英国が清国側につくにちがいない」が、「短期決戦のかたちをとれば成算あり」と判断して、「外相陸奥宗光と内々で十分なうちあわせ」をしていたことに司馬は注意を促して、「この戦争は、このふたりがやったといっていいであろう」と指摘しています。

こうして、七月二九日に「牙山に布陣中の清国軍にむかって戦争行為を開始」した日本軍は、「成歓《せいかん》の清軍陣地を猛攻して抜き、清軍三千をして平壌へ敗走させた」のですが、このとき「宣戦布告」はまだ行われておらず、「清国に対して宣戦布告が発せられたのは八月一日」であったのです（Ⅱ・「日清戦争」）。

つまり、「プロシャ主義にあっては、戦いは先制主義であり」、はじめに敵の不意を衝いて宣戦布告なしに始まった清国への攻撃に勝利したあとでは、その戦術が日露戦争や太平洋戦争の際の真珠湾攻撃にも用いられており、より強大な「帝国」との戦いに際しては、総力を挙げての「軍国化」だけでなく、奇襲攻撃すらもが正当化されていたのです。

こうして司馬は日清戦争の詳しい描写に入る前に、「首相の伊藤博文も陸軍大臣の大山巌もあれほどおそれ、その勃発をふせごうとしてきた日清戦争を、参謀本部の川上操六が火をつけ、しかも手ぎわよく勝ってしまった」が、「昭和期に入り、この参謀本部独走によって明治憲法国家がほろんだ」として、「憲法上の『統帥権』という毒物のおそるべき薬効と毒性」を繰り返し指摘していたのです（Ⅱ・「日清戦争」）。

四、秋山好古と大山巌の旅順攻略――軍備の近代化と観察の重要性

日清戦争を司馬は陸戦と海戦の両面から描いていますが、陸戦において司馬が主要な光を当てているのが、山県有朋のもとで「日本陸軍のすべての体制がドイツ式に転換しようとして」いたときに、ドイツ騎兵の欠点を指摘して騎兵はフランス式にすることを献策して、近代的な騎兵第一大隊を率いた秋山好古の人柄と戦功についてです。司馬は好古が「戦国の豪傑の再来」などといわれたことを紹介した後で、彼が軍刀として戦場でも竹光の指揮刀を腰に吊るしていたことにふれて、好古は個人的には人を殺傷することを好まなかったのだろうと推測し、国家から「ヨーロッパふうの騎兵の育成者として期待」された好古は、「自己教育の結果、『豪傑』になったのであろう」としています。『竜馬がゆく』において司馬が、坂本龍馬を剣豪でありながらも、剣で人を殺さなかった人物として描いていたことを思い起こすならば、このエピソードは秋山好古への司馬の愛着の深さを物語っているでしょう。

しかし司馬がより大きな意味を持たせているのが、秋山好古による旅順攻撃計画の作成です。すなわち、清国は明治一七年に旅順に「水師営」を置き、軍港の設備を設けていたのですが、さらに陸上

要塞の設備も日清戦争の段階ではすでに完成していたのです。司馬はここが東洋一の近代要塞であったとし、クリミア戦争時の激戦地となった要塞セヴァストーポリとも比較しながら、旅順にやってきたフランスの提督クールベーが「この旅順をおとし入れるには五十余隻の堅艦と、十万の陸軍を投入してもなお半年はかかるであろう」と言ったことを紹介しています。

しかし、多数の騎兵斥候を出して敵情を探った秋山好古は、司馬が「旅順の分析とその弱点の考察、攻撃法の案出の的確さという点で、これほどみごとな捜索報告は戦史上すくないであろう」とまで絶賛するような報告書を提出したのです。事実、「この好古の意見書によって攻撃計画をたて」た第二軍司令官大山巖は、「半年はかかる」と言われた旅順要塞を、「まる一日で」攻略したのです。

ここで注目したいのは司馬が「日露戦争においては、好古は旅順を担当しなかった」ことに注意を促し、「日露戦争において旅順攻略をするにあたってこの程度の捜索報告があればその死傷はおそらく半減したであろう」と記していることです。海軍では開戦前の明治二十六年に、薩摩出身の山本権兵衛《ごんべえ》が大佐の身分でありながら、「将官八名、左官・尉官八十九名という大量の首切りを断行し」、「兵学校教育をうけた士官を海軍運営の主座」にすえており、これに司馬が触れていることを想起するならば、ここには次章で見るように、日露戦争時に旅順攻撃の指揮をとった乃木大将への厳しい批判があるといえるでしょう。

しかも、司馬は連合艦隊の司令長官となった中将伊東祐亨《すけゆき》が、「敵の北洋艦隊と相まみえるとき、幕僚をかえりみて、『おいの戦技は坂本竜馬仕込みじゃ』と自慢した」と『竜馬がゆく』において書いていました。ここでも彼が海軍の技術を坂本龍馬が塾頭であった神戸海軍練習所でまなんでいることに注意を促しつつ、日本艦隊が「まるで一ついきもののように秩序をたもち、一定の間隔と速力をととのえつつやってくるさまは賛嘆するほかなかった」という米国軍人の証言を記して、その指揮能力を評価していたのです（Ⅱ・「日清戦争」）。

しかも、「富国強兵」の「象徴が軍艦」であると考えた司馬は、日清戦争開戦時の日本と清国の海軍力を詳しく分析して、「連合艦隊の全勢力は、軍艦三十八隻、水雷艇二十四隻、合計トン数は五万九千六十九トンであり、これに対し清国海軍は四大艦隊をもち六十四隻の軍艦と二十四隻の水雷艇をもち、合計トン数は八万四千トン」であり、数の上では日本海軍は劣っていたことに注意を促しました。

しかし、司馬は「世界最強の戦艦」であった定遠と鎮遠を含んだ清国の艦隊に対して、日本の軽艦隊が「敵を轟沈するというのぞみをすて」、快速力という「高度の運動性を利用して小口径や中口径の大砲を大いにはたらかせ、敵の艦上施設を破壊し、兵員を殺傷することに主眼をおいた」「この思想と戦法が全海戦を通じてみごとに成功し」、快速の軽艦隊でも、「重装備・巨砲をそなえる艦隊をやぶることができる。というあたらしい戦例」を確立したと高く評価したのです。

こうして司馬は「要するに日清戦争は、老朽しきった秩序（清国）と、新生したばかりの秩序（日本）とのあいだにおこなわれた大規模な実験というような性格をもっていた」と結んだのです（Ⅱ・「威海衛」）。

五、立身出世主義の光と影――「公」としての国家

福沢諭吉は『学問のすゝめ』において、「人は生まれながらにして貴賤貧富の別なし。唯学問を勤《つとめ》て物事をよく知る者は貴人となり」として学問の効用を説いていましたが、司馬も「立身出世主義ということが、この時代のすべての青年をうごかしている」とし、「個人の栄達が国家の利益に合致するという点でたれひとり疑わぬ時代であり、この点では、日本の歴史のなかでもめずらしい時期だった」と強調しています（I・「海軍兵学校」）。『坂の上の雲』の前半で特徴的なのは、明治維新によって可能となった四民平等の理念や個人の自由がこれら明治の若者たちの夢をはぐくみ、新しい国作りへと参加させていたことの重視なのです。

実際、師範学校を卒業後に士官学校に入った秋山好古は成績が優秀だったために陸軍大学へとすすみました。この時期に正岡子規と部屋代を折半して同宿して勉強に励みつつも、学費がかかる大学への進学をあきらめねばならなかった秋山真之も士官学校と同様に「月謝も生活費もただ」であった海軍兵学校への入学を決めたのでした。こうして、真之は同宿者の子規に「予は都合あり、予備門を退学せり、志を変じ海軍において身を立てんとす」という置き手紙を書いて別れを告げるのです。

このことを司馬は「私は少年のころに子規を知ったころから、真之が子規の下宿へ置き手紙をして去ってゆくという、下宿を去ってゆく真之の背まで見えるようなその別れに、目に痛いほどのおもいをもって明治の象徴的瞬間を感じた」と書き、「私はこの心的情景をいつか書きたいとおもっていた。

それが、自分の中でいろいろなかたちにひろがって、おもわぬ書きものになった」と認めています（Ⅷ・「あとがき 五」）。

実際、この情景は「個人の栄達が国家の利益に合致する」と信じて、勉学に邁進する秋山真之と、まだ自分のなすべきことを明確に見つけ得ないまま取り残された子規とのあまりにも大きな違いとなる象徴的なシーンだと思えます。

つまり、「プロシャの参謀本部方式」の特徴を司馬遼太郎は、「国家のすべての機能を国防の一点に集中するという思想である」と説明していましたが、このような方向性は当然教育にも反映されることになったのです。

すなわち、当時の日本では、「青年はすべからく大臣や大将、博士にならねばならず、そういう『大志』にむかって勉強することが疑いもなく正義とされていた」とされていたのですが、そのような風潮の中で「東京大学政治学科の学生」で、後に「大蔵省の参事官」や「総理大臣の秘書官」を歴任した佃一予《つくだかずまさ》のように、「常磐会寄宿舎における子規の文学活動」を敵視し、「正岡に与《くみ》する者はわが郷党をほろぼす者ぞ」とまで批判する者が出てきていたのです。

そして司馬は「官界で栄達することこそ正義であった」佃にとっては、「大学に文科があるというのも不満であったろうし、日本帝国の伸長のためにはなんの役にも立たぬものと断じたかったにちがいない」とし、「この思想は佃だけではなく、日本の帝国時代がおわるまでの軍人、官僚の潜在的偏見となり、ときに露骨に顕在するにいたる」と続けたのです。この指摘は非常に重要だと思います。

なぜならば、次章でみるように日露戦争の旅順の攻防に際しては与謝野晶子の反戦的な詩歌が問題とされ、「国家の刑罰を加うべき罪人」とまで非難されることになるのですが、ここにはそのような流れの根幹に人間の生き方を問う「文学」を軽視する「軍人、官僚の潜在的偏見」があったことが示唆されているのです。

こうして、寄宿舎から追い出されただけでなく、「常磐会給費生という名簿からも削られてしまった」正岡子規は退学せざるをえなくなるのです。ここで注意を払っておきたいのは、教育社会学者の竹内洋氏が福沢諭吉の『学問のすゝめ』が、「立身出世の焚き付け読本」ともなったとし、こうした立身出世主義が日本に広く素早く定着した理由には、「優勝劣敗による適者生存」という「社会ダーウィニズム」があり、「立身出世主義」は、「脱落や落伍の恐怖と不安の原風景からの脱出航路でもあった」と指摘していることです（『立身出世主義――近代日本のロマンと欲望』）。

実際、『学問のすゝめ』において、平等の重要性と学問の有用性を強調した福沢諭吉は、「無学なる者は貧人となり下人となるなり」と続けたことで、「実学」を学ばないと没落してしまうという不安感をも煽ってしまった可能性も強いのです。

司馬は在学中に喀血して自ら子規《ほととぎす》と号するようになった正岡子規が、日本ではまだ俳諧と和歌の研究がいままでなされていないことは、日本国の恥であるとして、「私がそれをやります」とも恩師に語っていたことも記していましたが、大学を退学したとき、豊かな才能を持っていた正岡子規も「貧人となり下人となる」危険性は大きかったのです。

このような子規を救ったのが叔父・加藤恒忠の親友である陸羯南《くがかつなん》でした。羯南はそのような子規を自分の新聞の社員にしただけでなく、彼の健康を案じて住居も隣家に住まわせたのです。興味深いのは、すでに入社前に新聞『日本』に俳句についての評論「獺祭書屋俳話《だっさいしょおくはいわ》」を連載したこともあった子規が、「古今の俳諧をたんねんに調べることによって文芸思想」に深くなっていくことを司馬が確認していることです。

たとえば司馬は、日清戦争を歌い上げた正岡子規の「進め進め角一声月上《のぼ》りけり」という詩歌を引用して「詩人の思想は、一国の社会の成熟の度合いと緊密なかかわりがある」とし、日本人は「戦争という国家最大の盛事に対し、ことごとくが子規のこの句にうかがえるような無邪気な昂奮に心をおどらせていた」としました。しかしその後で司馬は、「そのくせ子規は、この駄句とはまったくべつに、しかも同時期に、かれのその後の評価を決定するあたらしい詩境をひらいている」と指摘し、「五月雨《さみだれ》や大河を前に家二軒」という蕪村の句を引用しながら、「日清戦争がはじまろうとしているころ、子規は百十年前、貧窮のうちに死んだこの天明期の俳人の再評価に熱中していた」と書いたのです。そして、日清戦争の従軍記者を希望して戦場へ赴きながら、ほとんど戦争を見ることもなく帰路の途中で喀血した子規が、「須磨の灯か明石のともし時鳥」という句を詠んだことを紹介しながら子規の「写実」という方法に深い関心を示したのです（Ⅱ・「根岸」）。

実際、子規は故郷の松山で静養している時に「大学時代からの友人である夏目漱石が松山中学の英語教師として」赴任してくると、下宿の階下二間を借りてそこで俳句会を始めて、ついには漱石も引き込み、『源氏物語』における「写実」のすばらしさを讃えつつ、「あしは俳句復興の松明《たいまつ》になるつもりじゃ」と宣言したのです（Ⅱ・「須磨の灯」）。

そして司馬は、闘病生活の中で方法論を深めた子規によって書かれた『歌よみに与ふる書』に注目し、「和歌の聖典のようにあつかわれてきた古今集を、くだらぬ集だとこきおろしたところに、子規のすごみがある」とし、「かれによれば歌をよむための歌よみの歌というのは芸術ではないという。歌は事実をよまなければならない」としたと強調したのです（Ⅱ・「子規庵」）。問題は次章において確認するように、司馬が「歌は事実をよまなければならない」とする子規の詩歌論を記したとき、それは司馬自身の創作方法にも強い影響を持ち始めることです。

六、日清戦争の勝利と「帝国主義」――徳富蘇峰と蘆花の相克

日清戦争における旅順の陥落の報道に際し、慶應義塾の教員と学生は、塾長の小幡篤次郎のつくった「野蛮を懲らす文明の／軍《いくさ》の前に敵はなし」という歌をうたいながらたいまつをかざして行進していましたが、その理由を歴史家の鹿野政直氏は、この戦争を「文明」と「野蛮」の戦いと唱えた福沢諭吉の考えに鼓舞されたからだと説明しています（『福沢諭吉』）。

実際、自由民権運動に大きな影響力をもっていた福沢諭吉も、「国会開設」が約された後の明治一五年に自らが指導する『時事新報』の社説「朝鮮との交際を論ず」では、「日本は既に文明に進て、朝鮮は尚未開なり」と断じ、「国力を以て隣国の文明を助け進る」は、「日本の責任」であるとすると

ともに、場合によっては朝鮮の「文明開化」を助けるために武力を用いることもやむを得ないとしたのです。

そのような変化はそれまで「自由平和の理想家」として政府批判の急先鋒だった徳富蘇峰にも起き、日清戦争を境に彼は自己を「帝国主義者」と明確に規定するようになるのです。たとえば、明治二九年秋にロシアを訪れた徳富蘇峰は、帰国後に「トルストイ翁を訪ふ」という訪問記を自分の『国民新聞』に発表し、そこでロシアと日本の帝政の違いについて議論したことや、「人道と愛国心」とは両立しないことを説いたトルストイに対して、自分は日本が「世界列強と対等の位地」に立つことを望むと明言していたことを記していました。しかもそこには「理想家」トルストイの教えに反して長男夫妻が肉食であり、次男が軍人となっていることなどトルストイ家の実態を批判するような文章が記されていたのです。蘇峰はトルストイの考えは承知していたのであまり議論したくなかったと書いているのですが、この訪問記からは蘇峰がはじめからトルストイとの議論をとおして自分の主張を明確にするために訪れたという感すら受けるのです。

問題は蘇峰のこの訪問記が、トルストイの意義を賞賛した蘆花の伝記『トルストイ』にも再録されていることです。つまり、文壇にデビューした頃には「平民主義」を唱えていた兄蘇峰からの強い勧めによって書き始めていたこの伝記で蘆花は、ロシア文学の発達の理由を「露国政治上の圧政は万の迹出口を塞いで内に燃え立つ満腔の不平感懐は仮寓文字の安全管を通じて出るの外なかったのである」と書き、トルストイを「今日世界の一奇観である」としながらも、「四海同胞を最後の目的と認めながら国は国と噛み合い、人人を喰ふ十九世紀の今日に独り平和を呼号《こごう》するの勇気ある者が無かったら、所謂四海同胞に到達するは何の日であろう！」として、彼を「全露皇帝よりも世界に重い」と高く評価していたのです。

このように見るとき、この書に収められた蘇峰と蘆花兄弟のトルストイ観の違いは強い違和感をすら覚えさせるものであり、それは後に顕著となる両者の不和をも象徴的に物語っていたと思えます。実際、蘇峰は日清戦争後に出発した欧米旅行から帰国して内務省勅任参事官に任じられると、新たに成立した山県内閣がすすめた大増税・軍備拡張に協力するようになります。そのため読者からその「変節」を厳しく批判されて、蘇峰の雑誌『国民之友』は廃刊に追い込まれることになるのですが、蘇峰は明治三二年には「帝国主義の真意」と題する記事で、「帝国主義」を「平和的膨張主義」であるとして、「帝国主義」の正当性をいっそう声高に主張するようになるのです。

このような徳富蘇峰に真っ向から異を唱えたのが、日露戦争後に大逆事件で処刑されることになる幸徳秋水で、彼は日清・日露戦争のほぼ中間の明治三四（一九〇一）年に、『廿世紀之怪物　帝国主義』を発行して、新しく到来した二〇世紀の文明を破壊し尽くしかねない「帝国主義的ペスト」の危険性を鋭く指摘しました。しかも日清戦争の開戦時にはこれを「義戦」として讃えていたキリスト者の内村鑑三も、「余は君の如き士を友として有《も》つを名誉とし、ここにこの独創的著述を世に紹介するの栄誉に与《あず》かりしを謝す」との序をこの書に寄せて、これを書いた秋水の勇気をイデオロギー的には激しく異なりつつも讃えていたのです。

司馬は『坂の上の雲』においてはこの『帝国主義』についてまったく言及していませんが、終章で詳しく見るように『ひとびとの跫音』においては、清仏戦争（明治一七〜一八年）に際してベトナムへの侵略を正当化したフランスのナショナリズムを厳しく批判した子規の叔父・加藤恒忠の文章を紹介して、もし彼が「思想と文章による在野活動をしていれば」、「幸徳秋水よりもさきに似たような思想を先唱する人になっていたかもしれない」と記すようになるのです。

こうして明治維新後には「まことに小さな国」として出発した「明治国家」は、日清戦争後には「帝国」に変貌していたといえるでしょう。物語の流れからすると、この後は三国干渉に対する反発からロシアとの緊張が高まる過程が描かれるのが自然だと思われますが、司馬はアメリカに留学することになった秋山真之の目を通して、キューバの独立をめぐって、二〇世紀直前の明治三一年に起きたスペインとアメリカとの戦争を考察することで、「情報」の問題をとおして「遅まきの帝国主義国」アメリカの問題点にも迫ろうとしています。

七、米西戦争と「遅まきの帝国主義国」アメリカ

アメリカでの秋山真之を描く前に司馬は、大尉となって「横須賀水雷団第二水雷艇隊付」に任じられた真之が、そこで兵学校の一期上級生で柔道と漢詩に熱中していた広瀬武夫と再会して翌年には同居し、のちにイギリスで落ちあった際には、同国で建造されていた戦艦三笠や、姉妹艦朝日を見学して「後甲板でならんで記念写真をとった」ことなどを記し、広瀬と真之との友情を描いています

（Ⅱ・「渡米」）。

ここで注目したいのは、この小説を書き進めていた昭和四四年に、広い視点から情報を集めることの重要性を指摘し、産業は「農業、工業、情報産業という三段階の展開」ですすんでゆくと記していた梅棹忠夫氏との対談を司馬が行っていたことです。司馬も広瀬と真之の辞令が、「海軍司令部諜報課課員ニ補ス」というものであったことを紹介して、「海軍では戦略・戦術の才能ある士官をえらんでこの任務につかせたのはむろんきたるべき大戦を予想してのことであった」と説明し、後に真之がアメリカへ、兵学校の卒業席次が劣等だった広瀬もロシア語を学習していたために抜擢されてロシアへゆかされることを紹介しつつ、海軍が期待したのは情報収集であっただろうと推測しています。

そして司馬は真之が渡米するまでのアメリカ海軍の歴史を簡単に振り返りながら、ペリーが日本に来航したころ「世界の二流か、それ以下」でしかなかったアメリカ海軍が、膨張を欲するようになった「きっかけ」は、それまでロシアの領土だったアラスカを「わずか七二〇万ドル」で買ってからであるとしました。

実際、アラスカ買収とおなじ慶応三（一八六七）年に太平洋のミッドウェー島を簡単に領有することに成功したアメリカは、その一〇年後には南太平洋のサモア群島の一島を租借して海軍基地をもうけたのです。司馬は明治二〇年にハワイの「真珠湾に軍港をもうける権利」をハワイ国の女王から得た後で、アメリカ人を主力とする革命軍が王宮を包囲して女王を退位させてついにハワイを合併したと記し、「遅まきの帝国主義国」アメリカの海軍は、この頃には飛躍的に拡充されて「二流の上位へのぼっている」と説明しています（Ⅱ・「渡米」）。

このような記述からは、すでに日本とアメリカとの「文明の衝突」といえる太平洋戦争も視野に入ってきていることが感じられますが、実際に司馬は米西戦争の原因を考察しつつ、真之がアメリカへ行った時期に「良質な新聞はべつとして、低級な新聞（黄色紙）が紙面をあげて戦争気分」をあおっていたとし、こうした「通俗世論」に押された米国政府が、「キューバ島の独立をみとめよ」という要求を突きつけたことに注意を促しています。この要求が蹴られて「アメリカ的な善意」を傷つけられると、米国議会は大統領に対して「武力干渉が必要であれば、それを発動する権能」をあたえ、このようなアメリカの姿勢に対してスペイン政府はついに四月二三日に宣戦を布告したのです（Ⅱ・「米西戦争」）。

私たちの視点から興味深いのは、このようなアメリカの態度を「なんの利害もない第三者が喧嘩をかって出た」とした司馬が、「アメリカ合衆国というのは、それをつくりあげた連中にとっては理想社会」にちかく、その「自負心」がアメリカ人は「自由な社会」を「他の地域におよぼす親切心をもつべきである」という意識につながると指摘していることです。そして、司馬はそれは「アメリカ合衆国の伝統的発想法なのかもしれず、後年、満州事変以後の日本はアメリカのこの強力な『善意』のためにさんざんなめにあい、ついに対米戦争にのめりこまざるをえなかったし」、さらにはそれよりも後年のベトナム問題に対するアメリカの介入の発端も、「世界史に類のない『善意』にもとづいている」と続けていたのです。

これらの比較には多少強引な面も感じられますが、しかし司馬のこの言葉は「国連」による「査察」をも無視して、「ならず者国家」としたイラクを「民主化」するために先制攻撃を始めたアメリカのブッシュ政権にも当てはまるように思われます。

ただ、「自由と平等」を標榜する「国民国家」が「帝国」へと変貌するのは、これが初めてのことではありません。たとえば、「ナポレオン戦争を支えたフランス民族のナショナリズム」に注目した社会学者の作田啓一氏によれば、「フランス革命によって到達した民主主義的な諸価値を世界に拡げること」を当時のフランス人は「使命」としていたのです（『個人主義の運命——近代小説と社会学』）。

実際、一八一二年にナポレオンは自国の利益に適わない政策を採るロシア帝国を「野蛮」と見なして、イギリスを除くヨーロッパの一八カ国の兵士から成る「大陸軍（多国籍軍）」を率いてロシアへと侵攻していました。このことの意味を攻められた側のロシアの知識人はよく理解しており、たとえばトルストイはこの「祖国戦争」を描いた『戦争と平和』において、ボロジノの戦いに勝利してモスクワの町を見下ろしたナポレオンに「野蛮と専制のこの古い記念物の上に、正義と慈悲の偉大な言葉を刻みつけてやろう」、「おれは彼らに正義の掟をあたえてやろう。真の文明の意味を示してやろう」と語らせています。そしてトルストイはこの言葉を記すことで、ナポレオンがフランスを「文明」としたギゾー風の「国民国家史観」を受け継いでいることを明らかにし、このような歴史観が戦争を正当化させていることを指摘していたのです。

しかも、ナポレオンがロシアに侵攻した年にモスクワで生まれた思想家のゲルツェンは、この戦争が「国民的自覚と祖国愛との感情をいちじるしく発達させた」と記しているように（『過去と思索』）、ナポレオンがロシアへの侵攻を「正義の戦争」としたことは、「野蛮」と見なされたロシア人のナショナリズムを喚起し、貴族から厳しい生活にあえぐ農民までが結集して戦って、「大陸軍」に勝利したばかりでなく、この戦いでナポレオンが大敗を喫すると、それまでフランス帝国の軍事力の前に面従腹背していたヨーロッパの諸国は一斉に反攻に転じて、「諸国民の解放戦争」の結果、フランス帝国は滅びることとなったのです。

しかもロシアが「大国」フランスと戦ったとき、イギリスはロシアの側にたっていましたが、ここで興味深いのは駐米公使として訪れた小村寿太郎が、北米の先住民では「イロコワ族がもっとも勇敢で俠気に富んでいる」ことに気づいたイギリス人が、「これに利をくらわせて自分と同盟させ、この種族の力をかりて北方では仏軍の南下をふせぎ、さらには西部のインディアンを平らげさせた」ことを秋山真之に紹介し、これが「英国の伝統的なやりかた」であり、「英国は日本をイロコワ族として使おうと考えている」が、「相手のこんたんを知りぬいたうえでここは一番、イロコワにならざるをえない」と語ったと記されているのです。

司馬はこのとき小村は、「のちの日英同盟の構想を暗に語っていたのであろう」と続けていましたが、後に司馬はこのような「文明国」が結ぶ軍事同盟の問題点を第七巻で詳しく考察することになるのです。

さて、こうして米西戦争に至る経過が簡単に説明された後で、この戦争を観察した秋山真之の思考法と報告の意味が考察されています。すなわち、「戦略戦術の天才といわれた」真之は、西洋史における「海上権のうつりかわり」を考察した大著『海上権力論』などで知られる予備役海軍大佐のマハンに教えを乞い、「過去の戦史から実例をひきだして徹底的にしらべ」て、「自分で自分なりの原理原則をうちたてる」ことの重要性を学んでいたのです（II・「渡米」）。

それゆえ米西戦争が近づくと秋山真之は、はるかに多くの戦艦を擁していたスペインの無敵艦隊がイギリス海軍との海戦で敗れた原因を調べて、それはイギリス船の性能がよく、「機動性」がまさっていたうえに、「乗組員の訓練の精度」が高く、「士官の指揮能力がすぐれていた」ことなどを知ります。このことは強大な海軍力を有するロシア帝国を仮想敵国として日本海軍の作戦を組み立てようとしていた真之の気持ちを少しは明るくしたことでしょう。

しかもスペイン関係の書物を調べて、文明論的な視点から「その歴史や民族性」を知ろうとしていた真之は、スペイン人は「個人的な冒険精神」を活かすことができた一五世紀の「大航海時代という世界史の段階では、大いにその能力を発揮した」が、一六世紀の後半以降は「組織と組織秩序を重んじ」たイギリスが制海権を握ったのだろうとも判断したのです。

さらに「米西戦争の戦訓は、のちに日露間でおこなわれた海上封鎖と決戦のためにどれほど役に立ったかわからない」と司馬は書いていますが、実際、ここでは敵艦隊を軍港にとじこめて、「その港口において汽船を自沈」させる閉塞作戦が採られていただけでなく、大艦隊をひきいて「長大な航海」をしたスペイン艦隊とそれを迎え撃ったアメリカ艦隊との戦いも行われていたのです。司馬はスペイン司令官セルベラ将軍の苦悩は、「バルチック艦隊司令長官ロジェストウェンスキーがただひとり理解しうるものではないか」と書いています（Ⅱ・「米西戦争」）。

そして司馬は、真之が書いた海戦の報告は、「戦術上の問題点を摘出し、分析し、それに意見を加えたもので、日本海軍がはじまって以来それが終焉するまでこれほど正確な事実分析と創見に満ちた報告書はついに出なかったといわれている」とし、彼が日露戦争で東郷艦隊の参謀にえらばれたのは、この報告が「日本海軍の上層部を驚嘆させた」ことにもよるだろうと記しています。

こうして米西戦争に勝った「遅まきの帝国主義国」アメリカは、新たにフィリピン、グアムなどの領土を得てアジアにもその影響力を強めることになるのです。司馬はハーヴァード大学で学んでいたときには、米国人の「精神はわが国の武士に似ている。名誉と義侠の念に満ち、弱い者を愛する」と考えていた小村寿太郎が、駐米公使として一八年後に来たときには、カリフォルニア州での激しい排日運動に「米国は複雑だ」との感想を持ったと書いています。米西戦争に勝った「遅まきの帝国主義国」アメリカは、強大なロシア帝国との戦いに勝った「大日本帝国」と、アジアでの覇権をめぐって戦うことになるのです。

第二章

三国干渉から旅順攻撃へ

「国民軍」から「皇軍」への変貌

一、三国干渉と臥薪嘗胆――野蛮な帝国との「祖国防衛戦争」

司馬は日清戦争に勝利してから日露戦争にいたる経過を「列強」「権兵衛のこと」「外交」「風雲」「開戦へ」などの章で詳しく描いています。たとえば、「列強」の章の冒頭で、一九世紀末を「帝国主義の時代である」と規定した司馬は、「地球は列強の陰謀と戦争の舞台でしかない。謀略だけが他国に対する意志であり、侵略だけが国家の欲望であった」としたのです。事実、日清戦争に勝って日本が「二億両《テール》の賠償金」と「台湾および澎湖島、および遼東半島」などの領土を得ると、講和条約の調印から一週間もたたないうちにロシアがフランスやドイツと語らって、遼東半島を清国に返却するようにとの「横やり」を入れ、さらにその二年後には「ロシアはみずから遼東半島に軍隊を入れてうばってしまったのみならず、満州まで占領」していたのです。

ここで注目したいのは、この事態を福沢諭吉の指導を受けた『時事新報』が社説「今の外交心得は如何す可きや」で、「古来、他国の土地を取るには、多少血を流して始めて目的を達する」のが普通だが、今回は日本がその報酬を得ることができなかったのに対し、「単に口舌の力を以て、寸兵を動かさずして、幾千里の土地を得たる」ことは、「古今の歴史にも希《ま》れなる新筆法」であると記して、「我国人たるものは、此事実を見て如何《いか》に考ふるや」と日本人に戦争への覚悟を問い質していたことです。

司馬も「この当時の日本人が、どれほどロシア帝国を憎んだかは、この当時にもどって生きねばわからないところがある。臥薪嘗胆《がしんしょうたん》は流行語ではなく、すでに時代のエネルギーにまでなっていた」と記しています。この当時の人々と同じ視線で事態を見ようとしていたためと思われるこれらの章における司馬の記述はかなり激しく、ロシア帝国への憎しみと好戦的な色彩を帯びているといえるでしょう。

たとえば、司馬は「スラヴ人という民族は、本来、侵略的ではない」と断りつつも、「英国が帝国主義の老熟期にあったとすればロシアやドイツは、その青年期にある」とし、それだけに「欲望と行動が直結し、そのあくのつよさは、十九世紀末の外交史上、類がない」と断言しています。そして司馬は干渉した三国が「日本の遼東放棄は東洋の平和のためである」ということを名目としたが、帝国主義の外交にとって「真実は武力しかない」とし、ドイツはいきなり「膠州湾《こうしゅう》（青島）」を奪い、「シナに遼東をかえせ」と要求したロシア公使の背後には「極東水域におけるロシア艦隊があり」、「命令一下東京湾に侵入して砲弾の雨を東京市に降らせるだけの態勢をとっていた」ことを指摘したのです（Ⅱ・「列強」）。

こうして司馬は、「ロシアの態度には、弁護すべきところがまったくない。ロシアは日本を意識的に死へ追いつめていた」と書き、日露戦争を「世界史的な帝国主義時代の一現象であることはまちがいがない」が、「日本側の立場は、追いつめられた者が生きる力のぎりぎりのものをふりしぼろうとした防衛戦であったこともまぎれもない」（Ⅲ・「開戦へ」）と規定し、「強いてこの戦争の戦争責任者を四捨五入してきめるとすれば、ロシアが八分、日本が二分である。そのロシアの八分のうちほとんどはニコライ二世が負う」（Ⅲ・「権兵衛のこと」）と記したのです。

さらに小村寿太郎が「ロシアおよび英国がそれぞれ他国とむすんだ外交史をしらべさせたところ、

おどろくべきことにロシアは他国との同盟をしばしば一方的に破棄したという点で、ほとんど常習であった」が、「英国には一度もそういう例がなく、つねに同盟を誠実に履行してきている」し、ヨーロッパでは「ロシア国家の本能は掠奪である」と言われていたとも説明しています（Ⅲ・「外交」）。

この時期の司馬の関心が日本人と日本人の歴史を描くという主題に向かっていたために、「司馬史観」を批判する歴史家の中村政則氏などが指摘しているように、「帝国」と「帝国」との戦いの戦場となり侵略された韓国や中国の人々への同情は感じられません。

ただ注意深く読むとき、第一章で見たように司馬がすでにニコライ二世の日本への憎しみの大きな原因が、来日した際に巡査に襲われて大けがをした大津事件に遭遇していたためであることや、日清戦争直前には戊辰戦争の際の「蛮勇」を買われて京城の公使として駐在していた大鳥圭介が、外国から「銃剣の威をかりて強盗のようなことをする」と批判されつつも、「一個師団」の軍事力を背景に、「強引な外交」で日本の要求を認めさせていたとも記していたことに気づきます。

しかも、司馬は日清戦争を考察した後で、「侵略とは単に他民族の土地に踏みこむという物理的な行為ではなく、その民族のそういう心のなかへ土足で踏みこむという、きわめて精神的な衝撃をいう」とし、「結局はナショナリズムを誘発し、このため一民族が他の民族の領域にふみこんで成功した例は、歴史のながい目でみればきわめてまれである。結局は報復される」ときわめて明確に記していたのです（Ⅱ・「列強」）。

それゆえ、日本と強大な敵国である「ロシア帝国」との戦いを具体的に考察する過程で司馬は、

「支配と服従」の問題や武力で侵略され属国となった人々の苦しみを描くことで、日本帝国に侵略された中国や韓国の苦しみにもより注意を払うようになっていくのです。それについては次章で見ることにして、ここでは司馬のロシア帝国の評価の特徴を確認しておきたいと思います。

その意味で興味深いのは、日清戦争を考察した章で司馬が「維新後国をあげて欧化してしまった日本」について、政府の要人は「西洋を真似て西洋の力を身につけねば、中国同様の亡国寸前の状態になる」と考えていたとし、「日本のこのおのれの過去をかなぐりすてたすさまじいばかりの西洋化には、日本帝国の存亡が賭けられていた」と続けていたことです（Ⅱ・「日清戦争」）。

なぜならば、日本における比較文明学の創始者の一人である山本新氏も、「欧化」の問題に注意を払うことによって、ビザンツ文明と中国文明の「周辺文明」として出発していたロシアと日本が、「高度の宗教、しっかりした政治制度」などの文明の成果を受け入れることで「周辺文明」から自立し、さらに近代に入ると「圧倒的に優勢な西洋列強に対抗して、その植民地にならぬため富国強兵の政策をいそいでとり、『上から』の近代化を西洋化によって強行した」としてロシアと日本の類似点を指摘していたからです（『周辺文明論』）。

司馬もロシアの歴史を考察する中で、日本の元禄時代の頃に「当時の西ヨーロッパ人からみれば半開国にひとしかった」ロシアで、「保守家のあいだで『攘夷論』」がおこった」にもかかわらず、ピョートル大帝が使節団を西欧に派遣したり、「ひげをはやしている者には課税」するなどの改革と「西欧化を断行」していたことに注目して、日本よりも約一五〇年前に「文明開化」を行ったロシア帝国と日本の「文明開化」の問題の同質性に注目するようになるのです（Ⅱ・「列強」）。

そして、ニコライ二世の父、アレクサンドル三世の時代にロシアでは、「ブルジョワジーという富裕階級も出来、同時に都市労働者が社会の大きな存在として登場」したが、皇帝は「あくまでロシア的な専制体制を堅持しよう」として、「貴族の封建的特権を擁護」し、「教育制度を変えたり、大学の自治をうばったりした」と説明しています（Ⅱ・「列強」）。

興味深いのは、このような司馬の記述が自由民権運動と国会の開設への要求が高まりを見せていた明治一二年に、福沢諭吉が『民情一新』で批判したことと構造的に似ていることです。すなわち福沢は、ピョートル大帝が明治維新に先立って西欧の学者を招き、若者を留学させるなどの改革を行ったとして「魯国《ろこく》の文明開化」を高く評価する一方で、クリミア戦争の直前からはニコライ一世が、西欧の「良書を読むを禁じ、其雑誌新聞紙を見るを禁じ」、大学においては「理論学を教へ普通法律を講ずる」ことを禁じて、「未曾有《みぞう》の専制」を行ったと批判していたのです。

ただ、ロシア史と思想史の研究者外川継男氏はこのような福沢諭吉のロシア観がほとんどイギリスからの情報によっていることを明らかにしていますが、日露戦争が勃発するとロンドンで三巻からなる戦史"Japan's Fight for Freedom"（一九〇四〜六年）が刊行されました。教育学者の俵木浩太郎氏はこの著者のウィルソンがその序文で「ロシアは野蛮と反動の側にある」とし、一方「日本は正義のために、民族独立のために闘っている」としただけでなく、「日本こそが、文明の諸理想、人類の思想の自由、民主的諸制度、教育、啓蒙、総じて言えば、我々が進歩という語によって理解するすべてを代表している」とまで断言して、同盟国となっていた日本の「文明」を讃えていたことを紹介しています（『文明と野蛮の衝突』）。こうして、日露戦争を「文明と野蛮」の対決ととらえていた司馬遼太郎の初期の見方は、福沢諭吉やバックル、ウィルソンなどの「国民国家史観」とほぼ重なっていたのです。

そして司馬はこの頃「新聞が、よく読まれた。どの町内にも一人は新聞狂のような人物がいて、時事に通じていた。それ以前のどの時代にもまして、時事というものが国民の関心事になっていた。それほど、世界ことにアジアの国際情勢と日本の運命が、切迫していたといっていい」とし、福沢諭吉の死亡記事が出る前後の『時事新報』や『報知新聞』の次のような見出しを書き出しています。

「露国の大兵、東亜に向ふ」（「時事新報」）。／「まさに来たらんとする一大危機・露国の満州占領は東亜の和平を攪乱《こうらん》す」（「万朝報」）。／「露清密約問題に大学教授ら憤起。伊藤内閣の軟弱外交を痛罵《つうば》す」（「報知新聞」）。／「福沢諭吉逝く」（二月五日付、各紙）。／「露国国旗を寸断《ずた》〴〵に蹂躙《じゅうりん》」（「報知新聞」）。

こうして日露戦争開戦の気運は、新聞記事などをとおして高まっていくのです。

二、「列強」との戦いと「忠君愛国」思想の復活

しかも『坂の上の雲』の前半を書いていたころの司馬遼太郎の国際認識も、福沢諭吉や『時事新報』などの「国家観」に大きく依拠していました。たとえば、司馬は列強が「たがいに国家的利己心のみでうごき」、世界史が「帝国主義のエネルギーでうごいている」以上、「ナショナリズムのない民族は、いかに文明の能力や経済の能力をもっていても他民族から軽蔑され、あほうあつかいされる」とし、

「日清戦争ののち、ヨーロッパ人や日本人が、中国人をにわかにばかにしはじめたのは、どうやらそういうことであるらしい」と続けていました（Ⅱ・「列強」）。

この文章は、日清戦争後の明治三〇年に、「今は生存競争の四字を以て立国の格言と定めたり」とし、「弱肉強食」の論理に従って、各国が滅ぼされないように「富国強兵」に邁進するとき、「国民が自国の利益のみを謀りて他の痛痒を顧みざるは、世界公然の事実」であり、「今日に至るまで、世界中の人民は唯相互《あいたがい》の衝突に煩悶して」いる以上、「一視同仁」や「天理人道」に従うのは、「迂闊《うかつ》」であると『福翁百余話』に記していた福沢諭吉の文章を強く思い起こさせます。

しかも、司馬は先の文章に続けて、「列強は、つねにきばから血をしたたらせている食肉獣であった」とし、「シナという」「死亡寸前の巨獣に対してすさまじい食欲をもちつづけてきた」とかなりきつい言葉で書いていましたが、この記述も『時事新報』に載った社説「外交論」（明治一六年）を想起させるのです。すなわち、ここで筆者は「世界の各国が、相対峙《あいたいじ》して相貪《あいむさぼ》る」ような状況が、「禽獣相接《あいせつ》して、相食《あいは》むもの」に異ならない以上、このような厳しい国際状況のもとでは、「古風を守《まもり》て文明国人に食《は》まれる」か、「猟者と為《な》りて兎鹿《とろく》を狩る」かの二つに一つしか道はないことを強調し、「苟《いやしく》も国を愛するの精神あらん者は、先ず私《わたし》の心を去り、一時多少の不愉快をば堪忍して、事の大体に眼《まなこ》」をむけるべきだと記していたのです。

このような考えに影響されたのはむろん司馬だけではありません。文学研究者の平岡敏夫氏は「現在はあまり読まれていないが「『寄生木』一巻はけっして忘れ去られてよい作品ではない。ここには、ひとりの明治の青年の血と肉が感じられるし、その青年を描き出した蘆花という、近代文学史に独自な位置を占める作家の内面的真実をうかがうこともできる」と指摘しています（『日露戦後文学の研究』）。たしかにこの長編小説では日露戦争にも参戦した下士官の実感をとおして当時の状況が生き生きと描かれており、そこには福沢諭吉などに影響された若者がいかにして軍人を目指すようになったかが具体的に描かれているのです。

たとえば、明治二七年に「朝鮮に東学党が蜂起」して日清戦争となり、「第二師団に動員令が下って予後備軍人が召集され」た際には、「高等小学尋常小学生徒は大挙して見送った」ことなどを記しています。また、『時事新報』は社説で清国を野蛮視し、その髪型である辮髪の形から中国人を「豚尾」「チャンチャン」などと論説において記していましたが、『寄生木』でも「村役場の書記であった上等兵」が「『何ンのチャンチャン坊主の百や二百、西瓜南瓜《すいかとうなす》を割るも同じ事、国家の為に日本刀のきれ味を示さん』と豪語して大手を振って出発し」たことが記されているばかりでなく、「学校の遊戯《あそび》はすべて戦争《いくさ》ごっこ」になり、「先生の訓話は多く猛将勇士の手柄話」になって、校長先生が「切々として忠君愛国の道」を説いたことなど、戦争と学校教育とのかかわりも描かれていたのです。

ここで注目したいのは、司馬が「明治政府は、日本人に国家とか国民とかという観念をもたせることにひどく苦慮したようである。このため――天子さまの臣民。という思想を、植えつけようとした。忠義の観念は、封建時代の大名とその家来においてすでに濃厚な伝統がある。これをおしえることのほうが、国家と国民の関係を道徳において説くよりもよりわかりやすかった」と記していることです

(Ⅱ・「根岸」)。

この意味で注目したいのは、司馬が『殉死』において、明治二〇年から一年間ドイツに留学していた乃木希典が帰国後に書いた意見具申書で、「我邦《わがくに》仏教の如キハ、目下殆《ほと》ンド何ノ用ヲ為ストコロナク」と書いている文章に注目して、乃木は「欧州各国における徳義の根元は、宗教であると見たようである」とし、「軍人の徳義の根元は天皇と軍人勅諭と武門武士の伝統的忠誠心にもとめるほかない」とも報告していると指摘していることです。

日清戦争を前にして書かれた「瘦我慢の説」(明治二四年、発表は明治三四年)において福沢諭吉も、かつては復古思想として厳しく批判していた「忠君愛国」の思想を、哲学的な理想論から見れば「公道」ではなく「私情」であるとしながらも、西欧「列強」と互いに存亡を賭けて戦っているような厳しい国際関係においては、国の独立を目指すためには「忠君愛国」を「公道」というべきであるとして、受け身的とはいえこの思想を、唱え始めていたのです。

しかも司馬は新政府が成立して二七年がたち、「維新後の国民教育のなかから育った者が、壮丁《そうてい》の年齢をこえた。それらが戦場におくられている」と教育の問題に注意を向けて、日清戦争での勝利という「この国民的昂奮が、はじめて日本人に国家と国民というものがどういうものであるかを一挙に実物教育してしまった」と続けていました(Ⅱ・「根岸」)。

実際、貧困のなかで中村正直《まさなお》訳の『西国立志篇』を読んで、「福沢諭吉先生、中村敬宇先生たらむ」と欲していた『寄生木』の主人公も、日清戦争後に「地球上黄白両人種の衝突は早晩免るべからざる」

とし、「支那は国域彊大《きょうだい》なりと雖も老廃の国、朝鮮の如きは独立の名を維持するに過ぎず。実に東洋黄色人の代表者は我日本あるのみ。我日本の雄児《おのこ》何ぞ速に起ちて軍人たらざるか」と記した雑誌の文章を読んで、「東洋の為に黄色人種の為に弾丸に斃れん」との思いから軍人になる決意をし、折から仙台の師団長として赴任していた陸軍中将男爵乃木希典（小説では大木祐麿）のもとで書生になろうとするのです。

この意味で注目したいのは、福沢諭吉が「瘦我慢の説」で認めた「忠君愛国」の思想を受け継ぎ体系化するのが、福沢諭吉の初期の作品から強い影響を受けて「自由平和の理想家」となっていた徳富蘇峰であることです。たとえば彼は大正五年に書くことになる大作『大正の青年と帝国の前途』において、「錦旗の下に於て、一死を遂ぐるは、日本国民の本望たる覚悟を要す。吾人は此の忠君愛国的教育に就ては、日本歴史の教訓に、最も重きを措かんことを望まざるを得ず」と主張するようになるのです。

このような蘇峰と『不如帰』で一躍人気作家となった蘆花との軋轢を如実に示しているのが、長編小説『黒潮』（明治三五年）の挫折でしょう。蘆花はこの作品を明治初期の「混乱のなかからスタートを切り、国家社会、ロシア皇太子遭難事件、日清戦争、星亭《とおる》の刺殺、そして社会民主党成立までの重要事件」を縦糸にした六巻からなる大長編として構想していました。一方、蘇峰は「蘆花弟と予」（昭和二六年）という文章において、「維新の大改革を背景」にした『戦争と平和』のような歴史小説を書くように弟に勧めたのは自分であると記していますが、その構想では主人公は、初めは「父の志をついで明治政府と闘う」が、「時とともに目が開け」、政府に対する「反感が消えて」、政府との和解を果たすようになるのであり、蘆花の意図とは大きく異なっていたのです（『富士』）。

こうして自作の変更を求められた蘆花は、兄の恩義には感謝を示しつつも、「帝国主義」を執るようになった兄と「人道主義」を執る自分との違いを挙げて「民友社」との訣別の辞を書き、自分の「黒潮社」からこの小説の第一巻を出すのですが、結局この小説は第一巻のみで中断されることとなったのです。

このような蘆花と蘇峰との確執は、日露戦争の位置づけや大逆事件の問題などをめぐって、日本の思想史と深く関わりながら展開されることになるのですが、『坂の上の雲』を書く中で司馬は蘆花の苦悩への理解を深めていくのです。

三、方法としての「写実」――「国民国家史観」への懐疑と「司馬史観」の変化

ここで注目したいのは、「列国」と「権兵衛のこと」の章の間に明治三五年に亡くなった正岡子規の死を描いた「十七夜」という章が入っていることです。この冒頭で司馬は、外国勤務を解かれて帰国した秋山真之が、子規を見舞いに行ったときのことから書き始めており、「子規の病床をのぞいて、息をわすれるほどの思いをしたのは、一別以来、子規が別人のようにおとろえていることだった」。そして、司馬はここで子規から日露戦争の可能性について尋ねられた真之が「（戦争を）すれば、おそらく日本人の一割は死ぬかもしれない」と答えたことなどを記し、「結局この日の見舞が、真之と子規の最後の対面になってしまうのだが、しかし子規はその後も一ヵ月ばかり生きた」と書いています。

そして、子規の死を看取った虚子が「近所にいる碧梧桐《へきごとう》や鼠骨《そこつ》をよびにゆくため」に立ちあがって「そとに出ると、十七夜の月が、子規の生前も死後もかわりなくかがやいている」と書き、「子規逝《ゆ》くや十七日の月明《げつめい》に／と、虚子が口ずさんだのは、このときであった。即興だが、こしらえごとでなく、子規がその文学的生命をかけてやかましくいった写生を虚子はいまおこなったつもりだった」と続けています。

さらに司馬は葬儀に少し遅れて付いた秋山真之が、「近づいてきて虚子らを見、目をそらし、すぐ柩のそばへ寄った。柩をにらみつけるように見ていたが、やがてぺこりと頭をさげた。そのまま、立っている。葬列がすぎ去ったあと、人気《ひとけ》のない路地で真之だけが立っていた。（升《のぼ》さん、人はみな死ぬのだ）おれもいずれは死ぬ、ということを、つぶやいた。真之にすれば、それが彼の念仏のつもりであった」と書いていますが、このような真之の思いは、日露戦争後の墓参のシーンを描いた終章「雨の坂」へと直結しているように思われます。

こうして、『坂の上の雲』は三人の主人公の一人であり、かつ市民の視点からの戦争の観察者でもあった子規が亡くなったことで、この小説を支えていた大きな視点をも失ったのです。次の章の冒頭で司馬はこう書いています。「この小説をどう書こうかということを、まだ悩んでいる。子規は死んだ。好古と真之はやがては日露戦争のなかに入ってゆくであろう。できることならかれらをたえず軸にしながら日露戦争そのものをえがいてゆきたいが、しかし、対象は漠然として大きく、そういうものを十分にとらえることができるほど、小説というものは便利なものではない」（Ⅲ・「権兵衛のこと」）。

ここでは小説という形式の限界が強く意識されています。そして、小説を書き続ける中で司馬はこの問題をより強く感じるようになり、第四巻のあとがきでは、「当時の日本人というものの能力を考えてみたいというのがこの作品の主題だが、こういう主題ではやはり小説になりにくい」と記し、その理由としてこのような小説は「事実に拘束される」が、「官修の『日露戦史』においてすべて都合のわるいことは隠蔽」されていることを挙げるのです。

この言葉の意味は非常に重く、司馬の歴史認識と作風の変化自体にもかかわっていると思えます。なぜならば、歴史小説を書き始めた頃に司馬は、「鳥瞰的な手法」で歴史を描くとしましたが、そのような視野を得るためには何らかの「基準」や「史観」が必要とされていたはずであり、それなくしては上からの風景は単なる「無秩序」になったと思えます。つまり、頼山陽や徳富蘇峰の歴史観は「皇国史観」から歴史を描いていたためにわかりやすかったのですが、特定のイデオロギーを排しつつ、『竜馬がゆく』や『坂の上の雲』など「国民国家」の形成に寄与した歴史上の人物を主人公とする作品を描き始めたとき、司馬は福沢諭吉が主張していた「国民国家史観」をイデオロギーに左右されないリアリズムによる歴史観と見て、これに依拠していたと思えます。

しかし、子規の方法に従って「事実」を重視した写実という方法から「福沢史観」を見直したとき、「文明」の序列化を主張したバックルの説を受け入れた福沢諭吉の歴史観にも「都合のわるいことは隠蔽」する傾向があることに司馬は気づいたのです。

たとえば、司馬は「地政学」的な意味から「半島国家というものは維持がむずかしい」として、朝鮮半島とともにバルカン半島も挙げていましたが、バルカン半島での覇権をめぐって争われたクリミア戦争について、バックルはこの戦争は「野蛮」なロシアとトルコによって始められたのであり、「文明国」イギリスはそれに巻き込まれただけにすぎないと『イギリス文明史』において主張していたのです。また『時事新報』も「フランスのベトナム侵略を機に始まった清仏戦争」について、「国益」の視点から「仏蘭西の為を謀れば力を尽くして罪を支那に帰するの策」を講じるべきで、武力によってフランスが勝ちさえすれば、「仏人は世界万国に対して腕力に於て武勇者たるのみならず、道徳に於ても亦正義者の名を博す可し」とし、国家間の外交は「修身論に異なり」、「個人=私人間のモラルは国家間においては適用されるべきではない」とし、「国家はたとえ過誤を犯しても容易に謝罪すべきではない」と強調してバックル的な歴史観をより直截に展開したのです。

つまり、福沢諭吉が依拠したバックルなどの「国民国家史観」では、「国益」が重視されることにより、個人間の場合の道徳とは異なり、自国の「国益」にかなわない「事実」は無視されるか、「事実」とは反対のことさえも主張されていたのです。

この意味で興味深いのは、ドストエフスキーが『地下室の手記』(一八六四年)において、主人公に英国を起源とする思想に闘いを挑ませているとしたイギリスの研究者ピース氏が、主人公がバックルの唱えた「楽天的な進歩史観」にも「敢然と立ち向かわせている」と指摘していることです(池田和彦訳『ドストエフスキーの「地下室の手記」を読む』)。実際、主人公はバックルによれば文明が進めば、人間は「残虐さを減じて戦争もしなくなる」などと説かれているが、むしろナポレオン(一世、および三世）たちの戦争や南北戦争では「血は川をなして流れている」ではないかと、「文明」による「野蛮」の征伐の正当化への鋭い批判を投げかけていたのです。

しかも主人公はここで、「人間というものは、もともとシステムとか抽象的結論にはたいへん弱いもので、自分の論理を正当化するためなら、故意に真実をゆがめて、見ざる聞かざるをきめこむことも辞さないものなのだ」と鋭く指摘していました。実際、イギリスは中国ではつい一〇年ほど前に阿片戦争を行っていたし、この少し後の一八五七年にはインドのセポイの乱を徹底的に弾圧することになったのです。

科学的な装いをこらしたバックル的な「国民国家史観」も、一見客観的な「事実」に基づいているように見えて、実は「自分の論理を正当化するために」、アジアやアフリカについては「故意に真実をゆがめて、見ざる聞かざるをきめこむことも辞さない」歴史観だったといえるでしょう。

この意味で注目したいのは、『坂の上の雲』における新聞報道の評価の変化です。すなわち、第三巻の「外交」の章において司馬は「日本政府は、戦争をおそれた」が、「世論は好戦的であった」と記し、「わずかに戦争否定の思想をもつ平民新聞が対露論に反対し、ほかに二つばかりの政府の御用新聞だけが慎重論をかかげているだけであった」と書いていました。しかし、第七巻の「退却」の章では司馬は、「日本においては新聞は必ずしも叡智と良心を代表しない」と断言し、「満州における戦勝を野放図に報道し続けて国民を煽っているうちに、煽られた国民から逆に煽られるはめになり」、これが「のちには太平洋戦争にまで日本をもちこんでゆく」ことになったと新聞報道のあり方をも厳しく批判するようになるのです。

四、先制攻撃の必要性——秋山真之の日露戦争観

三国干渉以後、臥薪嘗胆ということばが流行し、復讐へのエネルギーが、民衆のなかからおこったことに注意を促した司馬は、「大建艦計画は、この国のこの時代のこのような国民的気分のなかでうまれ、遂行された」と書いています（Ⅲ・「権兵衛のこと」）。

こうして、日清戦争後に始まった建艦計画では、明治三〇年度の総歳出のうち、軍事費が五五パーセントとなり、三二年度の軍事費は明治二八年度のほぼ三倍にふくれあがり、「国民生活からいえば、ほとんど飢餓予算」といってよいような状態になっていたのです。

しかし、司馬は二〇世紀初頭にドイツ皇帝が「ヨーロッパ政界において大きな発言権を得るには、イギリスに対抗しうるほどの海軍力をもつ必要があると判断し、大海軍の建設にのりだした」が、それに刺戟されたロシアも、ドイツをしのぐ「大計画のもとに建設を開始」していることに注意を促しています。つまり、「弱肉強食」が是とされたこの「帝国主義」の時代において、「文明国人に食《は》まれる」のを拒むために、必死になって武力の増強に励んでいたのは日本だけではなかったのです。

この意味で注目したいのは、秋山真之が足かけ五年におよぶ「ロシア駐在武官の任務をとかれて、日本に帰ってきた」親友の海軍少佐広瀬武夫からロシア海軍の詳しい情報を聞いたことを記した後で、秋山真之が「すでに両者の計画の段階において日本の敗北は必至だとおもった」と記していることで

す（Ⅲ・「風雲」）。実際、「日本軍が、ワン・セットの艦隊しかもたない」のに対して、ロシア海軍が極東艦隊とバルチック艦隊をもっていたので、この二つの艦隊が合すれば、日本海軍にはとうてい「勝ち目」はなかったのです。

このような中で日本海軍ではロシアへの先制攻撃論が強まります。司馬は「慎重主義のみが忠臣であるという顔をする連中が多いが不愉快である」という真之の思いとともに、「いま日本は天ノ時、地ノ利、人ノ和をもっとももよく得た最上の時期にあり、この時期を失すれば、ロシアの軍備はいよいよ巨大になるであろう。一も二もなく喧嘩を吹っかけるのが上乗の分別で、これ以外にない」という彼の論拠も記しています（Ⅲ・「風雲」）。勝つことのみを重視した場合、軍事力の弱い国家が、「野蛮」だが強大な軍事力を持つ「ロシア帝国」に勝つためには、プロシャ主義によるしかないと思われたからです。

しかしここで注意を払っておきたいのは、司馬が秋山真之について「作戦畑の軍人の通弊で、真之も軍事的見地を基準にする以外に国家の運命や将来を考えることのできない人物であった」と断っていることです。この文章は戦後に真之がなぜ蘆花と同じ憂鬱に襲われるようになるのかを解明するのにきわめて重要だと思えますし、司馬はこれからもたびたび僧侶になることを望むようになる真之の心理に迫っているのです。

しかも司馬はここで明治政府の要人全員が「戦いが長びけば日本の戦力はからからに干あがってしまい、日本は自壊する」ので、「戦略の主眼は短期間にできるだけはなやかな成果をあげ」、そのあとは「心理的契機」をとらえて外交的な手段で平和にもちこまねば、「この戦争はまったく成りたたない」と知っており、山本権兵衛も「景気のいい開戦論者たち」から、「臆している」と批判されつつも、「仮想敵と戦った場合、負けぬだけの物質的戦力と人的組織をつくって」おこうとし、ロシアの極東艦隊とバルチック艦隊を「各個撃破すれば勝つことが出来る」ことを確認した後にようやく戦争に賛成したことを強調しているのです（Ⅲ・「砲火」）。

こうして明治政府もついに開戦を決意します。司馬は、連合艦隊が「旅順口および、仁川港にある敵の艦隊を撃破せんとす」とする山本海軍大臣の命令とともに、「朕は卿等《けいら》の忠誠勇武に信頼し、その目的を達し、以て帝国の光栄を全くせむことを期す」（傍点引用者）という勅語の内容を紹介しています。このとき日露戦争は、ロシア帝国と日本帝国との存亡を賭けた闘いと位置づけられているのです。

五、南山の死闘からノモンハン事件へ——山県有朋の負の遺産

日露戦争の開始を伝える章は次のような文章で始まっています。「日本国がロシア国に対して国交断絶を通告したのは、明治三十七年二月六日であった。ロシアの宣戦布告は九日であり、日本は十日であったが、しかしすでに戦闘はそれ以前からはじまっている」（Ⅲ・「砲火」）。こうして司馬は、仁川の戦いや旅順口の戦いなど日露戦争の口火を切った海軍の先制攻撃を詳しく描いていくのですが、ここではまず陸軍の戦いを司馬がどのように描いているのかを明らかにしておきたいと思います。

この意味で注目したいのは、司馬が陸軍の戦いの経過を具体的に描く前に、「緒戦において勝って世界を驚倒させせねば、外債募集がどうにもならぬ」という児玉源太郎の言葉を紹介しながら「緒戦勝

利というものに戦時経済の重大問題までがかかっていた」と書いていることです。そして、第一軍を率いた黒木大将の「大和民族の兵、すすんでスラヴ種族と戦う。これ空前の壮挙にして曠古《こうこ》の盛事である」という勇ましい演説を引用しつつ、「日本政府は目下ロンドンで戦費調達のための外債を募集中であった」ので、黒木軍は「できるだけ景気よく敵をやぶって日本の対外信用を確立」しなければならなかったことに注意を促していたのです（Ⅲ・「陸軍」）。

しかも司馬は第四巻でも、アメリカやヨーロッパにおいて必死で外債の調達にあたっていた日銀副総裁の高橋是清を描きつつ、「もし外債募集がうまくゆかず、戦費がととのわなければ」、「日本はつぶれる」という元老井上馨の悲痛な言葉を紹介して、「ひややかに観察すれば、これほど滑稽ないそがしさで戦争をした国は古来なかったにちがいない」と記すことになるのです（Ⅳ・「遼陽」）。

そして司馬は、山県有朋によって率いられた日本陸軍と、その中では異質な秋山騎兵旅団の違いを強調しながら、司馬はロシア陸軍との最初の死闘となった南山《なんざん》の戦いを次のように描写しているのです。

「歩兵は途中砲煙をくぐり、砲火に粉砕されながら、ようやく生き残りがそこまで接近すると緻密な火網《かもう》を構成している敵の機関銃が、前後左右から猛射してきて、虫のように殺されてしまう。それでも、日本軍は勇敢なのか忠実なのか、前進しかしらぬ生きもののようにこのロシア陣地の火網のなかに入ってくる。入ると、まるで人肉をミキサーでかけたようにこなごなにされてしまう」（傍点引用者、Ⅲ・「陸軍」）。

このような悲惨な描写の後で司馬は、『峠』の主人公として描いた長岡藩の家老河井継之助《つぐのすけ》が戊辰戦争の戦闘で二挺の機関砲を薙射《ていしゃ》しており、官軍は「大いに痛いめにあわされた」が、「そのときの官軍指揮官が、狂介《きょうすけ》といったころの山県有朋」であったことを紹介しているのです。そして、「日本歩兵は機関銃を知らなかった」が、山県は「陸軍の大元帥になったときそれに注目すべきだが、しなかった」と書き、「日本陸軍は日露戦争を通じてロシア軍の機関銃になやまされ、このために死んだ者は一万人を越えたかもしれなかった」とその責任を明記していたのです。

他方で司馬は、「日本軍に対しては適当に消耗を強いつつ、何段階かにわけて後退してゆく」というロシア陸軍がとった「ふしぎな作戦」は、「敵の補給線が伸びるだけ伸びてついに絶えたころに大反撃にでる」という伝統的な作戦であり、「かつてはナポレオンもこれに屈し、総統ヒトラーもこれに屈した」と説明しています（Ⅲ・「砲火」）。

そして司馬は南山の戦いについて、「貧乏で世界常識に欠けた」日本陸軍が、「銃剣突撃の思想で攻めようとし、日本より十倍富強なロシアはそれを機械力でふせごうとした」とし、そのために日本陸軍は「おもわぬ屍山血河《しざんけつが》の惨況をまねくことになった」と記していましたが、「銃剣突撃の思想」の問題は乃木希典が率いた旅順攻撃の考察でさらに鋭く掘り下げることになります。

まず注目したいのは、司馬が縁故を重視した藩閥政治の問題点を児玉源太郎と乃木希典との比較をとおして浮き彫りにしていることです。すなわち、すでに『殉死』において司馬は児玉源太郎が長州人であり戊辰戦争に参加していながら「下士官の最下級である伍長」から始めて、「下士官を四年もやらされ」ていたことと比較しつつ、乃木希典の場合は明治四年に「二三歳でいきなり陸軍少佐に任じられている」とし、松陰の師匠であった玉木文之進が「乃木家にとっても遠い縁族にあたる」ことを紹介して、「筋目のよさは無類といっていい」と指摘していました。

そして、旅順の激戦を描く前に「黄塵」の章で、高級軍人の中で「乃木ほどその官歴で『休職』という項の多い人物もまれであった」が、それは「かれの軍事思想」がすでに古かったためであると説明した司馬は、「山県は藩閥人事の本宗であり、当然ながら長州人の乃木を愛している」とし、「長の陸軍」では「大御所である山県有朋が、依然として藩閥人事をにぎり、長州出身者でさえあれば無能者でも栄達できるという奇妙な世界であった」と続けたのです（Ⅳ・「旅順」）。

このように藩閥のことに司馬がこだわるのは、この問題がその後の陸軍の変質にも深く関わっているという強い問題意識があるからでしょう。実際、「陸軍全体の人事」が「山口県出身の軍人で少将以上の者」が属していた「一品会」という秘密会でほとんどきめられており、大佐以下の者には「同裳会」があったと指摘した司馬は、このような「長州閥への対抗意識から他の出世閥がうまれ、やがてそれらが昭和初年、皇道派とか統制派とかいったような一見思想派ふうにみえる存在に変転」したことも明らかにしているのです。

そしてすでに日露戦争の前に政府首脳たちが戦争遂行のための外債の確保に必死になっていたことを記していた司馬は、日露両軍の最初の大会戦となった遼陽会戦をも、日本軍が「砲弾の欠乏によって容易におこなうことができなかった」ことに注意を促して、「砲弾も小銃弾もなしに戦争をせよというばかばかしさは、どうであろう」と書き、「補給の欠乏は、戦闘の勇敢さをもってカバーせよ。

というのが、大本営の意思であった」と続けて、このような精神性重視の思想が当初から日本陸軍には強かったことに注意を促していたのです（Ⅳ・「遼陽」）。

しかも遼陽会戦前に「ロシアがなお本国に百万の予備軍がひかえている」のに対し、日本の予備軍が「第七師団（旭川）第八師団（弘前）の二つの師団」の三万程度しかなかったことを指摘して、予備軍の「貧困さは、それだけでも危機であった」と書いた司馬は（Ⅳ・「旅順総攻撃」）、遼陽会戦におけるもっともはげしい戦闘になった首山堡《しゅざんほう》の線における激突では、日本側主力である野津、奥の両軍が、「しばしば撃退され、全線にわたって崩壊の危機すら見られるようになった」と書いているのです。つまり、日本軍は準備に準備を重ねたはずの最初の会戦で敗北を喫する可能性があったことを司馬は把握し、明記していたのです。

司馬はこの危機を救う最初の役割を果たしていたのが、敵陣深く入り込んだ秋山好古の騎兵砲中隊であったことを指摘するとともに、濁流がうずまく太子河をわたって遼陽を側面攻撃した黒木軍の攻撃を、「義経の鵯越《ひよどりごえ》」にたとえながら、「これだけの大軍が、敵に気づかれずに渡ってしまうというのは、稀有《けう》の成功というべきであった」とし、「日露戦争の陸戦における勝利の基礎は、このきわどさのあいだに成立したというべきであろう」と記したのです（Ⅳ・「遼陽」）。

近代戦争を描いたこの長編小説に義経の名前が出てくるのは、いくぶん不自然のように感じる人がいるかも知れません。しかし、司馬は『坂の上の雲』の二年前に書いた『義経』（昭和五二年、初出時は「九郎判官義経」）において、速度を重視した義経の戦術を秋山好古の言葉を借りつつ「世界戦史に先鞭をつけた騎兵作戦のかなめ」と高く評価していたのです。しかし司馬が、義経を「軍神」とも讃えられるほどの軍事的天才だったものの、政治的なことをまったく理解できない人物として描いていたことをも思い起こすならば、「義経の鵯越」という喩え自体が否定的な評価をも含んでいることに気づくのです。

それとともに司馬は新たな軍勢の突然の出現に驚いたクロパトキンが、奥軍と野津軍に対してはロシア軍が勝っていたにもかかわらず、将軍たちの不満を抑えてそれらの軍隊をそこから退却させて黒木軍にあたらせようとしたことが、日露戦争の分岐点となったかもしれないと記しています。

ここで注目したいのはこのような記述が単なる戦術とその結果の分析ではなく、この会戦の勝利がその後の日本陸軍の性質にもかかわっていることを示唆していることです。すなわち、「ロシア軍は、敵よりも二倍ないし二倍半の兵力・火力を持つにいたらなければ攻勢に出ないという作戦習性をもっている」が、「これはロシア軍が臆病」であるからではなく、「古今東西を通じ常勝将軍といわれる者が確立し実行してきた鉄則であった」とした司馬は、この戦争で「常に寡をもって衆をやぶることに腐心した」日本陸軍が、「それに成功したことでの旨味《うまみ》により、日露戦争後の日本陸軍の体質ができてしまった」ことを指摘したのです。

そして、その結果は昭和一四年にソ連国境のノモンハンでおこった「日本の関東軍とソ連軍との限定戦争において立証された」とし、日本陸軍の秀才たちが、「精神力を讃美することで軍隊が成立すると信じていたため」、装備が貧弱だった日本陸軍はノモンハン事件で「死傷率七十三パーセントという空前の大敗北を喫して敗退したのである」と続けていたのです（Ⅳ・「沙河」）。

一方、秋山好古は「日清戦争のころから騎兵が火砲もしくは機関銃をもつことをしばしば上申して」おり、そのために日露戦争勃発直前にはこの兵器が輸入され、「さっそく騎兵第一旅団に機関砲隊が設けられ」ていました（Ⅲ・「陸軍」）。司馬は好古が考え出したこのような「騎兵を主力とする、歩砲工三兵科をふくめたあたらしい機動集団」の思想は、「この後日本では絶え、やがてはその後のソ連陸軍によって実現される。戦車を主力とした歩砲工の複合式機甲兵団がそれであり、昭和十四年ノモンハンで日本軍をやぶるにいたる」と記したのです（Ⅳ・「遼陽」）。

このように見てくるとき、司馬が『坂の上の雲』という長大な歴史小説を準備期間も入れると一〇年近くもの年月をもかけて書き上げたのは、日露戦争の考察をとおして国民軍として成立した日本陸軍が皇軍に変質する過程を描こうとしたのだと思われます。つまり、幕末の日本を描いた『竜馬がゆく』が、日露戦争を描いた『坂の上の雲』の前史的な役割をも担っていたのと同様に、『坂の上の雲』も昭和一四年におきたノモンハン事件を主題とした幻の小説『ノモンハン』の前史ともいえる役割を担っていた可能性が強いのです。

このような指摘は意外と思われる方が多いと思います。しかしロシア陸軍の「簡明」な戦略と比較しながら、司馬は、すでに第三巻で唐突とも思われるような形で日本陸軍の「哲学じみた晦渋《かいじゅう》な戦略戦術」を、「敗北側のそれでしかない」と断言して次のように厳しく批判していたのです。「太平洋戦争を指導した日本陸軍の首脳部」の戦略は「世界史上まれにみる哲学性と神秘性を多分にもたせた」

ものであり、この頃には「戦略的基盤や経済的基礎のうらづけのない、『必勝の信念』の鼓吹《こすい》や『神州不滅』思想の宣伝、それに自殺戦術とその固定化という信じがたいほどの神秘哲学が、軍服をきた戦争指導者たちの基礎思想のようになってしまっていた」（傍点引用者、Ⅲ・「砲火」）。

六、旅順の激戦と「自殺戦術」の批判――勝つためのリアリズム

こうして遼陽会戦での死闘と日露双方の死傷者の膨大な数に注意を促した司馬は、「要塞の前衛基地である剣山の攻防からかぞえると、百九十一日を要し、日本側の死傷六万人という世界戦史にもない未曾有の流血の記録をつくった」旅順の攻防の描写に入ります。

そしてここでも司馬は、「第一回の総攻撃だけで日本軍の死傷は一万六千にのぼるというすさまじい敗北におわり、しかも、旅順をおとすどころか、その大要塞の鉄壁にはかすり傷ひとつ負わせることができなかった」が、第二回総攻撃でも乃木軍がその攻撃法を変えなかったために、「死傷四千九百人」を出したと記しています（Ⅳ・「旅順」）。さらに一〇月二六日の総攻撃も「惨憺たる失敗」におわり、「作戦当初からの死傷すでに二万数千人という驚異的な数字」にのぼり、「もはや戦争というものではなかった。災害といっていいであろう」と続けたのです（Ⅳ・「旅順総攻撃」）。

ここで司馬が「災害」と呼んだのは、この頃にはクリミア戦争（一八五三～五六年）で、黒海に面したクリミア半島の先端にある難攻不落のロシアの「セヴァストポーリ要塞」を攻めたときに、「攻囲軍が要塞の弱点を見つけ、弱点へ攻撃を集中することによって陥とした」という「格好のサンプル」

があり、この攻撃法はすでに「欧州の兵学界では研究」されつくしていたからです。しかし、司馬は乃木将軍が「要塞攻撃について勉強したという形跡」はなく、物知りに要塞攻略の要点をきくこともしなかったと指摘し、「それさえきいていれば数万の日本人は死なずにすんだ」と語っていたのです（「『旅順』から考える」『歴史の中の日本』）。

そして、「一戦ごとに減ってゆく兵力の補充については、いままで応召の後備兵を送っていた」が、「後備兵は兵として齢《とし》も長《た》け、妻子のある者が多く、戦士としては現役兵より相当劣る」ので、旭川の第七師団が旅順に送られることになったと説明した司馬は、すでに第八師団が遼陽に出征していたので、「第七師団が征《ゆ》けば、もはや日本は空《から》であった。日本の運命も悲痛であったが、この師団の運命も悲痛であった」とし、「全員が旅順要塞の敵の壕の埋め草になることはわかりきっていた」と続けたのです（Ⅳ・「旅順総攻撃」）。

司馬が若い頃に愛読した蘆花の『寄生木』は、第七師団に下士官として勤務していた主人公の手記をもとにしているだけに、この問題をより切実な形で示しています。すなわち、日露戦争の開始に際して大木将軍（モデルは乃木将軍）から軍刀を贈られて三月に少尉に任官したことを記し、大木将軍の二令息の出征にもふれていた主人公が、南山での大木令息戦死や八月には第七師団の動員が決まったことを伝え、さらに旅順での「著しい死傷の報は公報無くも萬人の耳に入って、司令官に対する非難の声は良平の胸を痛くした」と書いているのです。

そして一〇月二五日に出発した第七師団の第一陣が、「楽隊、花火、市民の万歳」や旭川小学校の生徒たちの「天に代わって不義をうつ／忠勇無双の我兵は／歓呼の声に送られて／今ぞ出で立つ父母の国」という勇ましい歌に送られて出陣したが、着任早々に参加した旅順の攻撃で、「将校以下死傷七〇〇名」に及んだために、その一カ月後には急電で兵士の「補充を師団長から申越され」、良平自身も一一月二九日には、「ひどく興奮して居た」兵士たちに、「命を奉ぜざる者は斬らんと宣言」して旭川を出発することになる過程が描かれていたのです。

このような戦時下の「国民」の状態について司馬は第五巻で、「明治維新によって誕生した近代国家」では「憲法によって国民を兵士にし、そこからのがれる自由を認めず、戦場にあっては、いかに無能な指揮官が無謀な命令をくだそうとも、服従以外になかった。もし命令に違反すれば抗命罪という死刑をふくむ陸軍刑法が用意されていた」とし、「国家というものが、庶民に対してこれほど重くのしかかった歴史は、それ以前にはない」ことを確認していました。しかし、司馬はその後で「明治の庶民にとってこのことがさほどの苦痛でなく、ときにはその重圧が甘美でさえあったのは、明治国家は日本の庶民が国家というものに対してはじめて参加しえた集団的感動の時代であり、いわば国家そのものが強烈な宗教的対象であったからであった」とし、「二〇三高地における日本軍兵士の驚嘆すべき勇敢さの基調には、そういう歴史的精神と事情が波打っている」と続けていました（傍点引用者、V・「二〇三高地」）。

このような記述はその部分だけを取り出せば誤解を生む表現ですし、現に教育学者の藤岡信勝氏は「明治国家」では「国の一大事のために」国民が、「死力を尽くしては働いた」が、「その心意気を

『国家』の概念を根源的に奪われた戦後の日本人は、素直に見つめることができなくなった」とし、『坂の上の雲』は、「日本人が素朴に国を信じた時代があったこと」を描き出したと高く評価したのです（「『司馬史観』の説得力」）。

また、藤岡氏とは反対の歴史観を持つと思われる歴史家の成田龍一氏も、ここでは「国家のために死ぬ『国民』」が描かれていると批判しています。

しかし、この前後の作品をも視野に入れながら、この文章を考察するならば、司馬がこれらの記述をとおして庶民を死に至らしめた「突撃の思想」を、厳しく批判しているのは明らかでしょう。実際、すでに南山の戦いの描写で司馬は、「命令のまま黙々と埋め草になって死んでゆくこの明治という時代の無名日本人たちの温順さ」に注意を促して「かれらは、一つおぼえのようにくりかえされる同一目標への攻撃命令に黙々としたがい、巨大な殺人機械の前で団体ごと、束になって殺された」と記していたのです。

このような時代的背景にも注意を払うとき、幕藩体制を打倒して「国民国家」を樹立しようとした坂本龍馬たちの熱い思いと「国民」の「自立性」はいつ失われたのだろうかという重たい問いを、このとき司馬が発していたことに気づきます。それゆえ司馬は日本軍が「くりかえしおなじ方法でやってくる」ということがロシア側の資料にあることを紹介しつつ、「乃木軍の司令部は人間を殺すということ以外に作戦を知らぬようだ、という声が、大本営でも高かった」とし、「『無益の殺生』ということばが、大本営のなかで日常つかわれるようになった」と書いているのです（Ⅳ・「旅順」）。

そして、一一月二六日に行われた第三次総攻撃について司馬は、「乃木と伊地知がやった第三次攻撃ほど、戦史上、愚劣な作戦計画はない」とし、「その作戦計画のすべてを、日本人の勇敢さのみに頼った。乃木軍司令部というのは、ただ、『突撃せよ』と、死を命ずるのみで、計画と判断の中枢であるという点では、まったくゼロというにひとしかった」と書いているのです。

実際、「自殺戦術とその固定化」の問題をすでに指摘していた司馬は、先の文章に続けてこのときに後の「特攻隊」につながる「一大決死隊の突撃」も行われたことに注意を促して、白襷《しろだすき》をした決死隊が、ようやく「鉄条網の線に到達したとき、敵の砲火と機関銃火はすさまじく」、ことに側面からの砲火で決死隊の生命がかなりうばわれたとし、「三千人の白襷隊が事実上壊滅したのは、午後八時四〇分の戦闘開始から一時間ほど経ってからであった」と描写しているのです。こうして「旅順での部署についたときは一万五千もいた」旭川の第七師団は、「わずか数日のあいだに千人に減っていた」のです（Ⅳ・「旅順総攻撃」）。

このような状況を国内から八百名の補充兵を率いて到着した良平をとおして蘆花は次のように描いています。「大連の病院は第七師団の傷病者で一っぱいであった。…中略…一一月三〇日の一夜に、師団は二〇三で殆ど全滅。」「新田、森尾、川口、水上各中尉は？――戦死、戦死、戦死、戦死。誰、誰、誰、誰少尉も戦死。某大尉某大尉も戦死某少佐も戦死…中略…要塞戦の激烈には、覚悟の良平も一驚を喫した。良平は図らずもここで大木令息祐保君の二〇三での戦死の事を聞いて、胸を轟かした。傷兵の口から惨憺たる旅順戦を聞かされて士気の衰退は非常であった。…中略…旅順急行の命が下って、船から下りてまだ足がふらふらする八百名は雪を冒して行軍した。士気衰えて落伍者が多く、唯八百名の行軍が二里にも及んだ。…中略…叱っても、諭しても駄目。一列やら三列やら二列やら三々五々。これじゃ田舎の葬式にも劣る、と良平は思った」

（『寄生木』「砲弾の洗礼」）

市民講座の感想などでは、正岡子規が亡くなった後ではこの長編小説がつまらなくなったという率直な意見がありましたが、実際、子規の死後はほとんど戦争の描写となり、しかも厳しい批判や暗い場面が続いているのです。そのために私自身がそうだったのですが、この歴史小説を丁寧に読もうとするとき、かなりきつい思いをして読み続けた記憶があります。『坂の上の雲』が新聞小説として連載されていたことに留意するならば、読者としては悲惨な戦闘の描写や厳しい批判を毎朝読まされることはかなりきつく、それゆえ司馬が時折、希望的な明るい記述

二〇三高地に向かって撃ち込まれる榴弾砲［毎日新聞社提供］

を入れたのは、読み続けてくれる読者に対する作者としての思いやりであったのではないかとすら思われるのです。

このように見てくるとき、司馬がくりかえし突撃の場面を描いているのは、「国家」という「公」のために自らの死をも怖れなかった明治の庶民の勇敢さや気概を描くためではなく、かれらの悲劇をとおして、「神州不滅の思想」や「自殺戦術とその固定化という信じがたいほどの神秘哲学」を広めた日露戦争後の日本社会の問題を根源的に反省するためだったと思えます。

実際、「突撃の思想」によって「命令のまま黙々と埋め草になって死んでゆく」日本兵の姿を司馬は、「虫のように殺されてしまう」という激しい言葉で描いていましたが、「忠君愛国」の思想を唱えるようになった蘇峰は、『大正の青年と帝国の前途』において、白蟻の穴の前に危険な硫化銅塊を置いても、白蟻が「先頭から順次に其中に飛び込み」、その死骸でそれを埋め尽し、こうして「後隊の蟻は、先隊の死骸を乗り越え、静々と其の目的を遂げたり」として、集団のためには自分の生命をもかえりみない白蟻の勇敢さを讃えるようになるのです。

七、トルストイの戦争批判と日露戦争──「情報」の問題と文学

しかも司馬は、「日本人にとってきわめて不幸な事件」となった堅固な要塞である旅順攻撃の惨劇を、「戦いの惨烈さは、近代戦のそれを十分に予想させる」、セヴァストーポリの攻防戦と比較する中で、戦争の悲惨な現実をより深く認識したのです。たとえば、クリミア戦争について「どちらに勝敗

があることもなく長びき、しかも双方死傷がぼう大な数字にのぼったという特徴がある」とした司馬は、「戦争は政治がおこなう最大の罪悪であるとはいえ、その罪悪を単に罪悪にとどめず、いっそう頽廃させるのもまた政治であろう」と述べています。

このとき司馬は、日露戦争が起きたあとでイギリスの『ロンドン・タイムズ』に発表された、トルストイの「悔い改めよ」と題する論文を想起し始めていると思えます。ここでトルストイは、「戦争は又もや起これり、何人にも無用無益なる疾苦此に再びし、譎詐《けっさ》此に再びし、而して人類一般の愚妄残忍亦茲に再びす」と記して、殺生を禁じている仏教国と「四海兄弟《しかいけいてい》と愛を公言している」キリスト教国との間の戦争を厳しく批判していたのです。

そしてこの論文は幸徳秋水と堺利彦によってさっそく翻訳され、明治三七年八月に『平民新聞』に掲載されていました。しかし、『セヴァストーポリの記』について、この「傑作に見うる軍事の記叙は一風変って、著しい面目を備えて居るが、此は前後五年間軍籍に居た賜物であろう」と伝記『トルストイ』において書いていた蘆花は、トルストイのこのような呼びかけにもかかわらず、このときは「露国政府の横暴」を許すことは出来ぬと感じて、日露戦争における日本の勝利を願っていたのです（『順礼紀行』）。

司馬遼太郎も『坂の上の雲』を書き始めた頃には、トルストイの反戦論を蘆花と同じように「侵略だけが国家の欲望であった」一九世紀末の厳しい現実にはあわない理想論だと捉えていたように思えます。

しかし、旅順の悲惨な攻防を描いた後で司馬は、セヴァストーポリの攻防戦に「下級将校として従軍」していたトルストイが、「籠城の陣地で小説『セヴァストーポリ』を書き、愛国と英雄的行動についての感動をあふれさせつつも、戦争というこの殺戮だけに価値を置く人類の巨大な衝動について痛酷なまでののろいの声をあげている」と記すようになるのです。

この時、司馬の視野にはナポレオンとの戦いを描いたトルストイの『戦争と平和』が改めて大きく全面に現れてきたと思われます。なぜならば、トルストイが大作『戦争と平和』において描いたのもヨーロッパの大国フランスと戦って勝利し、ロシア人の民族意識の昂揚を呼び起こして「祖国戦争」と呼ばれるようになる戦いだったからです。

しかも、トルストイは『戦争と平和』においてロシア人の勇敢な戦いを描きつつも、戦争を「人間の理性と人間のすべての本性に反する事件」とよび、「数百万の人々がたがいに数かぎりない悪逆、欺瞞、背信、窃盗、紙幣の偽造と行使、略奪、放火、虐殺」などの、「犯罪を犯し合い、しかもこの時代に、それを犯した人々は、それを犯罪とは思わなかった」と厳しく批判をしていたのです（工藤精一郎訳『戦争と平和』）。

一方、日露戦争が始まる頃には「文明」とされていた日本帝国でも、「野蛮」とされたロシア帝国に似た厳しい言論統制が行われるようになっていたのです。このような時代背景を与謝野晶子が書いた詩「君死にたまふこと勿《なか》れ（旅順口包囲軍の中に在る弟を歎きて）」とそれに対する大町桂月の批判はよく物語っていると思えます。

しかしその問題を考察する前に、まず日露戦争の直前に書かれた木下尚江の反戦小説『火の柱』が書かれるにいたった状況とこの作品の内容を簡単に見ておきましょう。司馬は『火の柱』には直接は触れていませんが、日本文学者の佐藤勝氏が具体的に指摘しているようにこの小説における理念や人物造形は、『不如帰』や『黒潮』からの強い影響下にあり、蘆花に戦争観の見直しやトルストイの再評価をも促したと思えるからです（『木下尚江集』）。

すなわち、未完となった小説『黒潮』の続編を新聞小説として東京毎日新聞に書くことを蘆花に依頼して断られた木下尚江は、ロシア貴族の倫理を鋭く批判したトルストイの『復活』の翻訳を山崎訳で載せましたが（明治三六年九月～一二月）、不人気で中断となったために、自ら書いたのが『火の柱』（明治三七年一月～三月）だったのです。伊藤首相や御用商人の大倉喜八郎、さらに幸徳秋水など実在の人物をモデルとし、またトルストイの正教会からの破門にもふれていたこの小説は、「売国奴」や「露探」などと非難されながらも、「同胞新聞」を発行して日露戦争に反対したキリスト教社会主義者の主人公の活躍を描くとともに、「政治の堕落、社会の腐敗、軍隊の跋扈、黄金の全能」を厳しく批判して読者の共感を呼びました。しかし、この小説は「日露断交」が報じられた日に主人公が逮捕されたところで終わるのですが、著者の木下尚江自身も間もなく論文「軍国主義の言論」を書いたかどで起訴されたのです。

一方、与謝野晶子は明治三七年に書いた詩で結婚したばかりで年若い新妻を残して戦場に向かった弟を想いやり、「この世ひとりの君ならで／あゝまた誰をたのむべき／君死にたまふことなかれ」と最後の第五連で記してこの詩をむすんでいたのです。しかし、この詩が『明星』九月号に発表されると、

「当時、文芸批評や評論などで名を知られていた大町桂月」が雑誌上で、前年に発表された木下尚江の反戦小説『火の柱』などを意識しながら、社会主義者には「戦争を非とするもの」がいたが、晶子は韻文で戦争を批判したとし、「『義勇公に奉すべし』とのたまへる教育勅語、さては宣戦詔勅を非議したとして「教育勅語」を持ち出しながら与謝野晶子を激しく非難したのです（井口和起『日露戦争』）。

これに対して晶子は「無事で帰れ、気を附けよ」と、「まことの心をまことの声に出し」たのであると反論しましたが、桂月はこれをも「日本国民として、許すべからざる悪口也、毒舌也、不敬なり、危険也」とし、「もしわれ皇室中心主義の眼を以て、晶子の詩を検すれば、乱臣なり、賊子なり、国家の刑罰を加ふべき罪人なりと絶叫せざるを得ざるべきもの也」とより厳しく批判したのです。

こうして晶子の詩歌は戦時下における文学と教育の問題を鋭く浮き彫りにしたのですが、このような傾向は日露戦争後にいっそう強くなり、白蟻の勇敢さと比較すれば、「我が旅順の攻撃も」、「顔色なきが如し」とし、「蟻や蜂の世界」に「非国家文学」がないことをむしろ「幸福として、羨まずんばあらず」と記していた蘇峰は、「大東亜戦争」が始まると日本文学報国会の会長として、「情報」の操作や言論統制に深く関わることになるのです。

第四章

旅順艦隊の敗北から奉天会戦へ

ロシア帝国の危機と日本の「神国化」

一、極東艦隊との海戦と広瀬武夫――ロシア人観の変化

足かけ五年におよぶ「ロシア駐在武官の任務をとかれて、日本に帰ってきた」親友の海軍少佐広瀬武夫からロシア海軍増強の詳しい情報を聞いて、秋山真之は自論の先制攻撃の必要性をいっそう強めるようになります。ここで注目したいのは、それまでロシアを「野蛮な帝国」と規定していた司馬が、ロシアに留学したことのある広瀬のロシア人やロシア文学観、さらにはすぐれた指揮官であった平民出身の提督マカロフの人柄と行動の描写などを経て、「外」からの観察だけでなく、「内側から」の観察も取り入れていくことです。

たとえば、すでに「風雲」の章で著名な名将マカロフと面会するために鎮守府のある軍港クロンシュタットにまで行った広瀬武夫が、「豪快さはないが、想像していたとおりの理知的な風貌だった」と真之に語ったことを伝えていた司馬は、「マカロフ中将は、ロシア海軍の至宝といっていい」とし、「かれの戦術論は世界の名著であり」、その著述は、「海軍の専門分野だけでなく、海洋学や造船学の分野にまで」およんでいたと記しているのです（Ⅲ・「旅順口」）。

さらに司馬は比較文学者の島田謹二氏の『ロシアにおける広瀬武夫』によりながら、漢詩に親しんでいた広瀬武夫がロシアに赴いた折りには、単にロシア海軍の偵察だけでなく、「プーシュキンの詩の幾編かを漢詩に訳したり」、ゴーゴリの『隊長ブーリバ』やアレクセイ・トルストイの全集に熱中するなどロシア文学にも親しむようになり、ロシアの貴族たちとも親しく交際して、兄のように慕わ

れたり令嬢から想いを寄せられるようにもなっていたことをも詳しく紹介していたのです（Ⅲ・「旅順口」）。

こうして、この長編小説を書き始めた頃にロシアの教育水準の低さを指摘していた司馬は、「帆船時代の水夫《セーラー》からたたきあげ」たマカロフが、「若いころはマストにのぼるのがだれよりも早く」、下士官や水兵のかれに対する人気は圧倒的であったとも記しています。すでに「権兵衛のこと」の章で、日本海軍を率いた山本権兵衛が戊辰戦争の生き残りで、海軍兵学校のときには「マストのぼりが得意だった」と書いていたことを思いだすならば、このような表現にはマカロフに対する司馬の敬愛の念すら感じられるようです。軍事施設と言うことで軍港クロンシュタットは、平成九年まで一般には開放されていませんでしたが、私が訪れた時には中央の広場には大きなマカロフの像が据えてあり、また樫の木がマカロフによって植えられことをガイドの女性が説明するなど、今もマカロフがロシア人に愛されていることが感じられるのです。

そのマカロフをクリミア戦争に際して黒海艦隊をひきいてトルコ艦隊を破った「ロシア海軍史上の名将といわれているナヒーモフ」と比較した司馬は、「ものに動ぜず、泰然としている」老人を、「それは動ずるほどの精神の柔軟性をうしなっている」ためだと批判したマカロフの言葉を紹介しながら、彼が重装備の戦艦ではなく、快速の巡洋艦を「旗艦」にしたことについて、それまで「旅順艦隊にみなぎっていた惰気《だき》をはらう」ためであったと説明しています。

すでに清国海軍との戦いで清国の敗戦の原因を「もとより一、二の君臣の罪ではない。制度がわるいのである」とし、「丁汝昌は、ともかくもこの頽勢《たいせい》をひとりの手でささえようとした」(Ⅱ・「威海衛」)と記していた司馬は、敵将マカロフの戦いをきわめて高く評価しているのです。

こうしてすぐれた理論家であっただけでなく、きわめて勇敢でもあった名将マカロフとの対決により苦戦を強いられた日本海軍は、様々な作戦を行ったあとで、旅順口を防御している強力な要塞砲に守られたロシアの極東艦隊を撃滅するためには、秋山真之によって報告された米西戦争での閉塞作戦をとるしかないという結論に達します。

司馬は実施計画案を練った広瀬武夫が、多くの部下を危険にさらすことになる作戦への志願者をつのったところ、艦隊から二千人も自主的に応募したことに喜んで、これは「この戦争が国民戦争であることの証拠」であり、「このいくさは勝つ」と真之に言ったと記しています。しかも司馬は上官八代六郎が広瀬に書いた「此度《このたび》の壮挙に死すれば」、「邦家の前途は隆盛疑ひなし」という手紙を紹介しながら、その史的背景を次のように説明しています。すなわち、「藩を解消し、士族の特権を廃止し、徴兵令を布《し》くこと」によって、「国民国家」の「かたち」ができたが、「国民意識としての実質はなおあいまい」であり、日清戦争においてはまだ「平民出身の兵士が自発的に国家の難におもむくというところが薄かった」が、今回は「新国家においてはじめて国民的気概」があらわれたと八代六郎は考えたと説明したのです(Ⅲ・「旅順口」)。

この部分だけ読むと、「軍神」のように讃えられるようになる広瀬武夫の戦死などを描くことで、司馬が日露戦争を賛美し、自分の生命をも犠牲にして国難を救った明治の人々の「気概」を描いていると解釈するのが妥当なように思えます。しかし、私たちはここでもいくつかの点に留意しておきたいと思います。まず第一に共感をもって描いているにせよ、司馬がこれを自分の意見としてではなく、当時の海軍軍人の気分をよく現している八代六郎の考えの解釈として示していることです。

次にこのエピソードが、一方的に兵士たちを逃れられない死に追いやった陸軍の「自殺戦術」を厳しく批判していた「旅順総攻撃」の章の後に置かれていることにも注意を払う必要があるでしょう。つまりこの作戦はこれを決行しなければより多くの戦死者がでることを想定した上で、やむを得ない最後の方法として行われたのであり、司馬はさらに、東郷司令官などが最後まで生還の可能性を追求していたことを強調しているのです。

最後に最も注目しておきたいのは、秋山真之を「閉塞作戦の唯一の権威でありながら、これを計画化することについては弱気で」あったとし、「この人物は、軍人としてはやや不適格なほどに他人の流血をきらう男」であったと批判的に書いていた司馬が、「作戦ほどおそろしいものはない」と真之が常に語っていたことも紹介していることです。

そして司馬は、日露戦争がおわったあとで真之が「僧になって、自分の作戦で殺されたひとびとをとむらいたい」といい出したが、海軍はこれをなんとか説得したとして、「かれのいうことを海軍が道理としてみとめれば、一戦争がおわるたびに大量の坊主ができあがることになる」と続けていました(Ⅲ・「旅順口」)。

この時点では司馬が僧侶になりたいとする真之の願望を、厳しい現実からの逃避として批判的に捉えていたことはたしかでしょう。

しかし、司馬は土佐出身の連合艦隊参謀長・海軍大佐島村速雄を、「軍人には珍しいほどに功名主義的なところがなく」と高く評価し、その島村が三七歳の真之を信頼してすべてを彼に一任し、戦後も旅順口外の奇襲戦、仁川海戦、あるいは三次にわたる旅順閉塞、第二軍の大輸送、ついで日本海海戦など日本海軍の艦隊作戦とその遂行は、すべて秋山真之によるものであり、「その立案せるものはほとんどつねに即座に東郷大将の承認をえた」と語っていることも紹介していました（Ⅲ・「砲火」）。こうして司馬は参謀長・島村速雄の人格的な高潔さを讃えたのですが、それは任された方の秋山真之に沿って考えれば、「作戦」のすべての責任がその双肩にかかることでもありました。そして親友広瀬を失うことになる旅順港の閉塞作戦も最初の立案者は米西戦争で実際に見聞してきた真之だったのです。

この意味で注目したいのは、この長編小説を書いている時から『空海全集』を読んでいた司馬が、『坂の上の雲』を書き終えてから半年後に書き始める『空海の風景』（昭和四八～五〇年）においては、官僚としての立身出世を拒んで出家した空海の決意を、「国家」という個々の「特殊」を超えて「普遍」を求めようとする知的な活動として積極的に評価するようになることです。「僧になりたい」と思うようになる秋山真之の変化にふれたこの文章は、司馬自身の戦争観の変化にもかかわる重要な記述だと思えます。

二、提督マカロフの戦死――機械水雷と兵器についての考察

この時期に「マカロフじいさん」という愉快な唄が、水兵たちのあいだで流行っていたことを紹介した司馬は、「名将というのは、士気を一変させて集団の奇蹟をとげる者をいうのであろう」とし、「全員に戦略目的を理解させたうえで戦意を盛りあげるという」マカロフの方法が、この時代では「きわめて斬新」であり、「マカロフのいうとおりに動いておればロシアは勝てる」という信念を、下士官や水兵が持つようになったと続けているのです（Ⅲ・「マカロフ」）。

このようなマカロフの勇敢さが仇となるのですが、彼の生命を奪うことになる作戦を考え出したのも秋山真之であったことに司馬は注意を促しています。すなわち、旅順港における敵艦隊の航路には、「一定のコース」があることを見出した真之は、「通過する一点に機械水雷を沈めて」おくことを幕僚会議で提案し、それが実施されることになったのです。しかも、普段ならば「海面下に沈置された機械水雷をとりのけさせてから」乗り出していたマカロフは、この日、「自軍の駆逐艦一隻が日本の駆逐艦四隻に袋だたきにあったこと」に憤慨したためにそれをせずに出撃していました。

司馬は旗艦もろともにマカロフが海に沈んだことを知ったロシアの陸兵が、「いっせいにひざまずき、脱帽し、右手の指三本をあわせて胸で十字を三度描くというロシア風の祈禱をして、かれらが誇りにしていた世界的名将の最期をとむらった」と書いています（Ⅲ・「マカロフ」）。マカロフを謳った石川啄木の『老将軍』という詩にふれて司馬は、「啄木の思想的成長」は蘆花の場合と同様に、ロシアと深く関わっていると指摘していますが（「啄木と『老将軍』」『古往今来』）、広瀬や真之の敬愛の念を

とおして平民出身のマカロフ将軍の勇敢さを書いたとき、「野蛮」と規定していた司馬のロシア人観にゆるぎが出始めたといえそうです。

しかも「軍艦の艦底を破壊」する機雷の威力を、軍艦に対しては「いかなる巨弾よりも大きい」と説明していた司馬は、「一ヵ月のち、おなじ悲劇が東郷艦隊をおそった」と書き、ロシア軍の作戦によって日本側でも「一日のうちに戦艦二隻をうしなうという事態が発生した」と続けて、近代兵器の威力に注意を向けたのです。

注目したいのは、ペリーが日本に来航した一八五三年におきたクリミア戦争と日露戦争は、ともに「ロシアの南下膨張政策からおこった」のであり、「その本質は酷似している」とし、「英国がフランスその他とともに直接参戦した」点ではことなるものの、「英国がその植民地政策上、トルコに味方したことも、日露戦争に似ている」として、司馬が近代戦争としてのクリミア戦争に注意を払っていることです（V・「水師営」）。

実はこのクリミア戦争では、サンクト・ペテルブルクで活動していたノーベル（ダイナマイトを発明したことによって、巨万の富を築いたアルフレッドの父親）が、ロシア軍の依頼で「機雷を実用化」していたのです（ケンネ・ファント『アルフレッド・ノーベル伝』服部まこと訳）。しかも、ロシアが戦争に負けて「ロシア陸軍からの収入がすべて途絶え」たためにノーベル一家がスウェーデンに戻ったことで、息子のアルフレッドは、ロシア軍から独立した形でダイナマイトを発明することとなったのでした。こうしてクリミア戦争は兵器の進化と殺傷能力の大規模化という面でも一時代を画すものだったのです。

この意味で注目したいのは、秋山好古が機関銃という新兵器の威力を充分に認識していたことや、児玉源太郎が乃木軍参謀や専門家たちの反対に抗して運ばせた「東京湾の要塞砲である二十八サンチ砲」の威力を強調していた司馬が、ここでも安政六年に広島藩の鉄砲方の家に生まれた下瀬雅允によって明治二一年に発明され、さらに伊集院信管の発明により実用化された「下瀬火薬」が、「日本海軍のすべての砲弾、魚雷、機械水雷」につめられていたことに注意を促していることです(Ⅳ・「黄塵」)。

そして司馬はこの発明を援助した原田宗助が、「わが日本は弱国である。弱国にしてなおこの帝国主義の世界に生きうる道は兵器の発明あるのみ」と訓示したことを紹介しながら、その「爆発力は従来の火薬の概念をはるかにこえたものであった。物の量からみればこの戦争は、日本にとって勝ち目がほとんどなかったが、わずかに有利な点は下瀬火薬にかかっていたといえるであろう」とすら記していました。この記述には『坂の上の雲』前半の司馬の兵器観がよく出ていると思われます。

しかし、司馬は有能な参謀であった秋山真之の戦争観の変化を観察する中で、次第に兵器の危険性にも気づくようになるのです。むろん司馬がこのような意識を明確にするのは、もっと後のことです。しかしこの時期にもその予兆といえるような文章があることに気づきます。

すなわち、司馬は旅順の開城がほぼ決まったあとでは、「日露両兵が肩を抱きあいながら敵地であるはずの旅順市街まで出かけてゆき、町の酒場へ入ってまた飲むという光景さえみられた」という兵站将校の証言を引用しながら、トルストイの表現を想起させる言葉でこう続けているのです。「両軍の兵士がこのように戯れながらもしかも一件の事故もおこらなかったというのは、人間というものが、本来、国家もしくはその類似機関から義務づけられることなしに武器をとって殺し合うということに適《む》いていないことを証拠だてるものであろう」（Ⅴ・「水師営」）。

三、バルチック艦隊の栄光と悲惨――ロシア帝国の観察と考察

旅順艦隊の名将・マカロフ提督が戦死したことを知ったロシアでは、皇帝も出席した宮廷会議（日本風に言い直せば、御前会議）でバルチック艦隊の派遣を討議しますが、司馬はこの会議についてきわめて厳しい批判をしています。ここは司馬の問題意識をよく現していると思われるので少し長く引用しておきます。

「この宮廷会議は、当時の日本の政治家からみれば、奇妙なものであったろう。ほとんどの要人が、――艦隊の派遣は、ロシアの敗滅になる。とおもいながら、たれもそのようには発言しなかった。文官・武官とも、かれらは国家の存亡よりも、自分の官僚としての立場や地位のほうを顧慮した。『敗ける』といえば、皇帝の機嫌を損ずるであろう。損ずればかならずやがては左遷された」（Ⅳ・「旅順総攻撃」）。

さらに司馬は、旅順が落ちた後ではロシアの敗因が世界で議論されて、その理由は「専制政治と専制政治につきものの属僚政治にある」とされたとし、憲法と国会を有する「明治国家」と比較しつつ、ロシアでは「国内にいかなる合法的批判機関」もなかったことを強調しました。

実際、旅順艦隊が亡ぼされた後で、ロシアの大本営ではバルト海に残っている「老朽軍艦」をかき

あつめてネボガトフ少将が指揮する「第三艦隊」を編成して送る必要があるという議論が起きたときにもロジェストウェンスキーはじめ多くの者が反対したが、結局はその案が通ったことを指摘した司馬は、「独裁体制下の吏僚の共通の心理として、敵と戦うよりもつねに背後に」気をつかうと記したのです（Ⅵ・「黄色い煙突」）。

こうして皇帝が絶対的な権力を握っていたロシア帝国における官僚制度の問題を厳しく批判した司馬は、後の日本陸軍や日本の官僚と比較しながら、昭和一六年に「常識では考えられない対米戦争」を開始した当時の日本を「皇帝独裁国ではなかったが、しかし官僚秩序が老化しきっている点では、この帝政末期のロシアとかわりはなかった」と厳しく批判したのです。そして司馬は「陸軍の強烈な要求、というより恫喝に対して、たれもが保身上、沈黙した」と続け、「その陸軍内でも、ほんの少数の冷静な判断力のもちぬしは、ことごとく左遷された。結果は、常軌はずれのもっとも熱狂的な意見」が通過してしまったと結論づけたのです。この文章からは司馬がすでに「ロシア帝国」と昭和初期の「日本帝国」との類似性を強く意識し始めていることが感じられるでしょう。

この意味で興味深いのは、バルチック艦隊が出航することに決まる場面を描いた後も司馬が、日本海に到着するまでの多くの困難に直面した長い航海を、第五巻の「海濤」、「水師営」、第六巻の「黄色い煙突」、「鎮海湾」、「印度洋」と、さらに第七巻「東へ」の章でも描いていることです。

司馬は「『ロジェストウェンスキー航海』という呼称で後世の語り草になったロシア艦隊の壮挙と苦難は記録的であったであろう」（Ⅳ・「旅順総攻撃」）と書いていますが、そこに一人の日本人も登場しないにもかかわらず、なぜ司馬はこれらの章を延々と書きつづけたのでしょうか。

むろん刻々とせまるクライマックスへの読者の期待と、どの方面から敵の艦隊が来るのかという不安をあおるという心理的な効果は考えられます。実際、司馬は第七巻の「艦影」の章で、皇后の夢枕に現れた白装の武士が自分は坂本龍馬であると名乗り、ご心配しないようにと告げたという噂が広まったというエピソードを書いて、日本じゅうが敵の艦隊のことで「神経病患者のようになっていた」と書いています。

しかし、これらの章における描写から緊張感を高めるという効果は期待できません。なぜならば、バルチック艦隊の出発の決定にふれた場面から司馬は、このような艦隊では負けるということを明記しているからです。そして、司馬はこの航海の描写を通じて指揮官としてのロジェストウェンスキーの無能さなどを繰り返して強調しています。それゆえ考えられる主要な理由は、司馬がこれらの章でロシア帝国の場合をつうじて、昭和初期の日本帝国にも発生した、軍事力と官僚制度の問題を分析し考察しようとしていると思えるのです。

たとえば、司馬はバルチック艦隊がリバウ港を出港した一〇月一五日の壮麗な出航の儀式を、「埠頭には軍楽隊が整列して吹奏し、群衆がウラーの声をあげた」とし、「万事が、ロシア風に荘重であった。前夜は旗艦スワロフの艦上で、航海の無事を祈る祈禱式があった。その儀式は、各艦の上でもおこなわれた。ロシアの軍艦旗である聖アンドレーエフの旗が、どの艦にもひるがえっている」と描写しています。しかしこのような壮麗さとはうらはらに、皇帝の寵愛を受けることで提督になったロジェストウェンスキーの司令官としての資質が問題となる事件が出港してすぐに持ち上がるのですが、司馬はこの出来事の経過を容赦のない筆致で描いていきます。

すなわち、司馬は「日本の水雷艇が、ヨーロッパ北部の海に待ちぶせている」という「滑稽きわまりない一個の妄想」がこの大艦隊を支配しつづけていたとし、さらにそれを信じたロジェストウェンスキーには、「これだけの大艦隊の長官になる資格はなかった」と断じています。そして、出航してからわずか三日目に彼が出した「全員着衣のままで寝よ。全艦隊は咄嗟《とっさ》の砲戦にそなえよ」という命令は、「全軍に臆病風をまきちらす」こととなったと記しているのです。

実際、速力が遅いため艦隊から遅れて恐怖に駆られた工作艦のカムチャツカが濃霧の日に、「日本ノ水雷戦隊ニ追跡サレツツアリ」という無電を発すると、ロジェストウェンスキーは相手も確かめずに英国漁船に向かって戦闘を命じたので、全艦隊が砲撃を始めることとなったのです（Ⅳ・「旅順総攻撃」）。

このようなロシア艦隊の行動に対しては、日英同盟を結んでいたイギリスが早速、バルチック艦隊の航海の停止を求める「通告」を発しただけでなく、自国の各艦隊に対し臨戦準備を命じ、さらにこのような軍事力を背景に中立国だけでなく、ロシアの同盟国であったフランスやドイツに対しても、圧力をかけました。こうしてバルチック艦隊の大航海は、はじめからつまずくこととなったのです。なぜならば、一万八千海里の航海のうち、大半の港が、「世界の海上における日本の代理者」のイギリスによって握られているか、その影響下にあったからです（Ⅴ・「海濤」）。

その成果は、バルチック艦隊が消費するぼう大な石炭を補給するために、同盟国のドイツ国籍の石炭輸送船が四隻待機していたスペイン西海岸のヴィゴ港で早速、明らかになります。すなわち、中立港で石炭を搭載するのは困るというスペイン政府の苦情を受けたロジェストウェンスキーは、ロシア本国を介しての交渉の結果、ようやく制限つきの許可を得るのですが、海上での石炭の運搬という困難な作業となったのです。

こうしてバルチック艦隊は日本の連合艦隊と戦う前に、石炭の補給と積み込みという別の戦いに勝利しなければならなかったのです。司馬は「この石炭搭載作業が、いちばん艦隊の力を消耗させた。帆船艦隊の奴隷漕手《そうしゅ》のほうがわれわれより楽だったかもしれない」という下士官ノビコフ・プリボイの言葉を引用して、洋上で石炭を補給しながら、「極東への途中、一ヵ所も給炭所をもたずにかれらは航海し、なおつづけようとしている」この大航海を「たしかに奇蹟というにふさわしかった」と賞賛さえしています（Ⅵ・「印度洋」）。

しかも「軍事的威信のみが外交を決定する」というロジェストウェンスキーの単純なロシア的論理を批判したノビコフ・プリボイの意見を紹介しながら、司馬は他国との外交という感覚が欠如し、軍事力のみが重視される専制国家の問題をも浮き彫りにしているのです。このとき司馬は石油などの燃料をあまり持たないまま、海軍力を増大して太平洋戦争へと踏み込んだ日本との類似性を強く意識していると思えます。たとえば、アフリカ東岸のマダガスカル島の漁港に停泊したロシア艦隊を描写して、司馬は「石炭という物質そのものは値の安いものであるとしても」、大規模な艦隊の遠征には、「石炭を輸送することと補給することにとほうもない金がかかる」と記していたのです（Ⅵ・「黄色い煙突」）。

しかも司馬はイギリスの妨害によって石炭の量の確保だけでなく、質の面でもバルチック艦隊が非常な影響を被ったことを詳しく書いています。すなわちロシア政府はドイツの石炭会社に「極東への回航中はずっと無煙炭の洋上給炭をつづけること」という契約を結んでいたのですが、イギリス政府が世界でもっとも良質とされたイギリスの石炭を販売しなかったので、火力が弱いために「軍艦の性能通りのスピードがあがらない」ドイツ産の有煙炭を給炭することになったのです。

さらにバルチック艦隊が使用していたドイツ産の石炭が黒い煙を吐いたために、日本海軍から発見されやすかったことにもふれられていますが、こうして司馬は一見軍事力とは関わりのないように見えた石炭の問題が最後までバルチック艦隊の行動や存亡をも左右することを明確に描き出したのです。

そして、バルチック艦隊では運送船マライヤだけでなく、戦艦ボロジノなどの故障が続いたのですが、カムチャツカの艦長が「粗悪炭百五十トンを海中に投じたい」と許可を得べく信号をあげたとき、それを命令の不履行とみたロジェストウェンスキーが、「謀叛をたくらむ者を海中に投ぜよ」と叱りつけたことに注意を向けたのです。

しかも初年兵として入隊したときに、「頭蓋骨が陥没する」とおもわれたほどにスパナで殴られた体験があった司馬は、ロジェストウェンスキーが「気にいらぬことがあるとやたらに水兵を殴打」したことに注目しています。そして司馬は「ロシア海軍では士官が兵をなぐるということが普通におこなわれていた」として、その原因を「ロシアの士官の多くは貴族もしくは地主階級を出身基盤とし、兵は農奴的な階級から徴募されてくる」とし、「ロシアの農村では地主がしばしば農奴をなぐる光景がみられた」と説明しています（V・「海濤」）。

これらの記述は、監獄という閉ざされた空間の中での自己と他者の関わりの考察をとおして、「他者」に対して、「もっとも残酷な方法で侮辱する権力と完全な可能性を一度経験した者は、もはや自分の意志とはかかわりなく感情を自制する力を失ってしまうのである」と絶対的な権力の問題を指摘した『死の家の記録』におけるドストエフスキーの記述をも想起させるものがあります。そしてドストエフスキーは「この自分はえらいのだという傲慢な気持、この自分は正しいという誇張された考えが、どんな従順な人間の心の中にも憎悪を生み、最後のがまんの緒を切らせるのである」として、ロシア革命の原因だけでなく、現代のテロリズムにも通じるような「支配と服従」の透徹した心理分析をしたのです（『欧化と国粋』）。司馬も支配者のこのような態度が水兵などの不満を募らせて「反乱」を生み出していることにも注意を促しているのです。

実際、日本海海戦後の六月には黒海艦隊の戦艦ポチョムキン号で食糧問題から反乱が起こることになりますが、マダガスカル島の近くで輸送船のルーシ号の士官が火夫に体罰を加えたのに対して、「火夫が反抗的態度に出、他のおおぜいの火夫もそれに同調」していたのです（V・「水師営」）。

そして司馬は、情報収集船でもあったルーシ号は「ロシア国内が大いに動揺し、黒海海軍の水兵のあいだでもペテルブルグでも暴動が頻発する形勢にあるという記事がしばしば出ている」ことを知っていたと記したのです。

四、情報将校・明石元二郎と「血の日曜日事件」――帝政ロシアと革命運動

こうして下士官や火夫という「下からの視線」でロシア帝国の問題を考察していた司馬は、「大諜報」の章では支配されていた「属国の視点」からロシア帝国の問題を分析することになります。

日銀副総裁だった高橋是清が必死で外債の調達にあたっていたことを描いた章で、もし外債募集がうまくゆかなければ「日本はつぶれる」という元老井上馨の悲痛な言葉を記していた司馬は、「アメリカ国籍のユダヤ人金融家ヤコブ・シフ」が外債の半分を引き受けた上に、さらに協力を約束してくれ、その好意の理由をたずねられると「ロシアはユダヤ人を迫害している」ので、「ロシア帝政のなくなることをつねに祈っている」と述べたと記していたのです（Ⅳ・「遼陽」）。

司馬はこのように激しい反感について、「一つの人種もしくは民族あるいは国家が、他のものに対して圧迫をくわえたときにおこる反撥ほどすさまじいものはない」とし、「かつてポーランド王国のあったこの地域はいまはロシア帝国の一州にされ、その青年は徴兵されて満州の野で日本軍と戦っている」としています。フィンランドも「ロシア語をもって公用語」とさせられ、日露戦争がはじまる前年には、「フィンランド憲法」を停止させられていましたが、これらの民族は「ロシア化の大波に抗してさまざまの抵抗をしめし」、日露戦争がはじまった年にフィンランドでは、ロシア人の総督ボブリコフが暗殺されていたのです。

それゆえ、「これらロシアの衛星圏には不平党、独立党が精力的な地下工作をつづけており、ロシア本土にも、帝政の矛盾と圧政のなかから革命運動家が年々続出している」ことに目を付けた日本の

大本営は、開戦前に「これらロシア内外の不平分子を煽動」する大諜報をおこなうことを決定し、「日本の歳入がわずか二億五千万円のころに百万円という巨額」の工作費を明石元二郎大佐にあたえていたのです。

興味深いのは、司馬がここで明石が書いた「露国史」という長文のエッセイに注目して、「これほどすぐれたロシア小史は容易にみつからない」とし、この文章を読んでゆくと「ロシアの国土を掠奪し、ロシア国民を虐げているのは、ロシア皇帝とその宮廷である」という「深刻な現実を知ることができる」と述べていることです。そして、この福岡藩出身で「貧窮のあまり、生活費から学費まで無料という士官学校や海軍兵学校に逃げこんだ秀才少年」の一人であった明石の諜報活動が成功したのは、彼が「日本は、ポーランドやフィンランドになりたくない」ということを誠実に訴えたためであるとし、このような彼の説得が、当時母国語も禁じられていたフィンランド人や属領とされていたポーランド人、さらにはロシアの革命家たちの心をうったのだと説明しているのです（VI・「大諜報」）。

すなわち、「明石という資金面での援助者」をえて、「ロシアをふくめた全ヨーロッパの不平党の大会をひらき、対露運動の方針を決定したい」という目的を定めた「フィンランド過激抵抗党」の党首シリヤクスは、「ロシア帝政という共同の敵をたおす」ということだけを説いてヨーロッパ各地を歩くのですが、彼にひそかに同行することで明石は実際に「満州の戦線から脱走してきた」コーカサス出身の現役少尉など様々な人々と出会うことができたのです。

こうして国籍だけでなく、方法や理念も違う多くの国の独立運動家や革命家が集まったパリ大会では「ロシア本国からもその方面の重要人物が多数参加し」、帝政ロシアを打倒することが決議されたこの大会以降は、ポーランドではゼネラル・ストライキがおき、ロシアでも「学生や労働者によるデモンストレーションが頻発」することになり、それは革命の序章となった「血の日曜日」へとつながったのです。

司馬はロシアの知識人だけでなく、皇帝を信頼していた民衆をも震撼させたこの事件をかなり詳しく描いています。ここでまず注目したいのは、「皇帝は貴族の上に立脚すべき」であるという意見の持ち主で、「対ユダヤ人の問題でも苛烈な政策」をとっていた内務大臣のプレーヴェが、「革命の毒気をはらうには、戦争が必要である」と語っていたことに司馬が注意を促して、その目的は正反対ではあったが、「日露戦争を利用しよう」という点では、治安担当者としての彼と「明石元二郎の友人たち」とは共通していたと書いていることです。そして、司馬は開戦直後は「愛国的気分が大いにあがった」が、相次ぐ敗戦の報が「革命をおこす以外にこの国をすくう道はない」という「エネルギーの方角」が逆の「愛国心から発した憤懣」を呼んだとし、プレーヴェ自身も「革命勢力への弾圧を熱狂的にやったため」に、開戦後五カ月目の夏に暗殺されたと記しているのです。

そして、このようなプレーヴェが「労働者からインテリを」切り離す目的で作ったのが、聖職者ガポンを指導者とする「官製労働組合」であったとした司馬は、ガポンを先頭として何万の大衆が集まった皇帝への請願デモでは、「赤旗のかわりに聖像と皇帝の画像をかかげ」、讃美歌を歌いながら行進したと記しています。しかしながら「言論と出版の自由、憲法制定会議の召集」という「西欧社会では常識的な内容」の要求を記した「請願書」に、「必要以上の警戒心」を抱いた政府は、「宗教儀礼的な請願デモ」を危険視して、「歩兵部隊とコサック騎兵隊をくりだしてこれへ一斉射撃をくわえ、かつサーベルによって殺戮するという事件をひきおこしてしまった」のです。

それゆえ司馬は「ガポンは革命家ではなかったが、かれが指導してひきおこした『血の日曜日』の惨事ほど、ロシアの革命気運を躍進させたものはなかった」としています。実際、この事件以降、「日本人からは退却し、同胞は射つのか」という不満が高まり、民衆の間では軍隊は、「祖国を守るために敵とたたかう」のではなく、「人民を弾圧するためのツァーリの軍隊でしかない」という認識が強まり、いっきょに革命の波が全国に広がりはじめたのです（和田春樹・和田あき子『血の日曜日』）。

これに対して皇帝は、「内相として暴力政治家という異名のあったトレポフ将軍を任命し」、「同時にペテルブルグ総督の職を兼務させ、弾圧政策に乗りださせた」が、それはさらなる反発を生んで、皇帝の叔父であるモスクワ総督が社会革命党員の投げた爆弾で暗殺され、「一月以後、ロシアの社会不安は、もはや革命前夜という様相を呈しはじめた」のです（Ⅵ・「大諜報」）。

ロシアの軍隊が民衆に発砲した「血の日曜日」の考察に司馬が多くの頁を割いているのは、その後の司馬の戦争観を考える上でも重要でしょう。なぜならば、一九六四年のエッセーで司馬は、敵と戦う際に大八車などをひいて逃げてくる避難民をどうするかという戦車隊の将校の質問に対して「大本営少佐参謀」が、「ごくあたりまえな表情」で「轢き殺しても進め」と答え、「天皇陛下のためだからやむをえない」とその理由を説明していたのです（「百年の単位」）。

こうして、「日本人のために戦っているはずの軍隊が、味方を轢き殺すという論理はどこからうまれるのか」と鋭く自問していた司馬は、「国民」を「守るために軍隊があり、戦争もしているというはずのものが、戦争遂行という至上目的もしくは至高思想が全面に出てくると、むしろ日本人を殺すということが論理的に正しくなるのである」と記して、軍隊自体の本質にも迫ることになるのです（「石鳥居の垢」『歴史と視点』）。

司馬は「参謀本部編の日露戦史」にも「ロシア側によって書かれたいかなるロシア革命史」にも出てこない、いわば日陰の職業である明石の業績を、「かれ一人の存在は在満の陸軍のすべてか、それとも日本海にうかぶ東郷艦隊の艦艇のすべてにくらべてもよいほどのものであった」ときわめて高く評価しました（Ⅵ・「大諜報」）。明石へのこのような驚くほどに高い評価には、それまでの仇敵ともいえる間柄だった薩長二藩だけでなく土佐藩を含めた連合を実現させて「討幕」という目標を成し遂げただけでなく、「船中八策」において明治憲法への礎をも築いた坂本龍馬の残映があったと言えるかもしれません。実際、敗戦後の明治三八年一〇月にペテルブルグで労働者代表ソビエトが成立するとニコライ二世は、立法権を持つ議会招集を宣言してなんとか事態の沈静化を図ろうとすることになったのです。

司馬はこのとき、幕末の日本と帝政末期のロシアの類似性を強く意識していたと思えます。たとえば、明治初期に起きていたナロードニキ運動に参加してシベリアに流刑され、青春期も中年期も流刑生活を送っていた貴族の女性ブレシコ・ブレシコフスカヤもパリ大会に参加していたことを記した司馬が、その後の彼女の運命について言及しつつ、権力の問題について考察しているのです。

すなわち、敗戦後に民主的な改革に向けて動き始めたかに見えたニコライ二世は、モスクワの武装蜂起を鎮圧すると一〇月宣言を修正し、さらには明治四〇年には第二国会を解散させて自らの独裁的な権力を維持し続け、大正六年の一〇月革命で処刑されることになったのです。

一方、「美しさと聡明と、そして革命への消えることのない情熱」から、「革命の女神」とも称されたブレシコ・ブレシコフスカヤが首都ペテルブルグに帰ると、「大衆は湧きあがり、『ロシア革命の母』という最大のことばをもって」迎えたのですが、彼女もそれから二年後には、亡命しなければならなくなったのです。その理由について司馬は、「多くの革命は、政権の腐敗に対する怒りと正義と情熱の持続によって成立する」が、革命が成功したあとでは、「権力を構成してゆくためのマキァベリズム（権謀術数）とみせかけの正義だけが必要であり、ほんものの正義はむしろ害悪になる」と説明したのです。

この意味で注目したいのは、徳富蘇峰が日清戦争前に書いた初版の『吉田松陰』では、「王政打倒によるイタリア統一と国民国家の形成を説いた革命家」マッツィーニと松陰を比較しつつ、「革命の大悲劇」には「予言者」、「革命家」、「建設的革命家」という「三種の役者を要す」として、松陰を「革命家」に分類していたことです。

『坂の上の雲』と同じ年に書き始めた『世に棲む日々』において司馬も、このような蘇峰の分類を踏まえて革命期の人間を三種類に分類しつつも、吉田松陰を明るいすぐれた教育者として描くとともに、

好評発売中！

早わかり韓国を知る事典

Kポップから衣食住、歴史、民俗、教科書問題まで

500項目の厳選キーワード、これであなたも韓国通！ここ数年、日本人旅行者が急増している韓国。だが、歴史認識の違いや「似て非なる」民族ゆえにか、どこかもう一歩、見えないところや、わからないところも多いはず。そんな旅行者や〝韓国好き〟の「もどかしさ」を解決する、「目から鱗」の一冊

金容権／編著　A5判　定価2310円（税込）

幸福論

対談

〝アメリカン・グローバリズム〟には「人の幸福」はない！

両氏は世界中を旅しながら、多くの人々と関わり合いをもち、その中で日本の現状に疑問を持ち続けてきた。私たちはいったいどこへ立ち戻って、どこへ向かって行けばよいのか。さまざまな地域での体験を交えながら、両氏に語り合ってもらうことによって、私たちの新しい「幸福」とは、そして生活の「原点」とは何かを考える。

関野吉晴　長倉洋海　A5判　定価2415円（税込）

好きなのに

ともかく、絵を見てください。

哀しいけれど、愛しくて美しい。わたしたちの「いのち」の物語。

衝撃の絵本

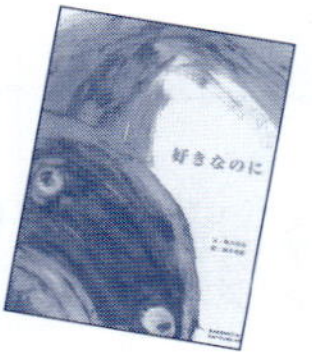

好きなのに、想いが通じないこともある。知らないうちに、大事な人を傷つけて、自分が傷つくこともある。だけど、わたしたちは、もっと大きな自然の力に包まれて生きている。そんな「愛」と「いのち」の哀しさや愛しさ、不思議さをナマズとメダカの物語に託しました。

文：桃井和馬　絵：岡本理絵　A4変型判・上製・64頁　定価2300円（税込）

Vol.1

大事な事は「30代」に訊け！

壊れた日本を建て直せるのは30代だ。新しい価値観で21世紀を創る旗手30代30人が、現代の問題点と未来へのビジョンを語る。登場者は宮崎哲弥、島田雅彦、重松清、斎藤環、藤井誠二、清水ちなみ、桃井和馬ほか。30代101人の人物ファイル付。

望星編集部／編　定価1575円（税込）

彼を初期の「予言者」と位置づけ、高杉晋作をその次の「行動家」に位置づけていました。そして、伊藤博文や山県有朋を「処理家」と位置づけた司馬は、「処理家のしごと」を「先覚者たちの理想を容赦なくすて、処理可能なかたちで革命の世をつくり、大いに栄達する」ことと規定していたのです。このような司馬の言葉には、一番暗い時期を生きた吉田松陰への思いやりや、明治政府の基礎を作りながら非業の死を遂げた高杉晋作や坂本龍馬への敬愛の念とともに、「処理家」へのきわめて鋭い批判も感じられます。

事実、こうして「処理家」を厳しく批判した司馬は、足軽の出であった山県狂介（有朋）を、奇兵隊の「内務的な仕事に精励」することによって隊の実権を握ったと指摘し、「こういう男が、明治日本の陸軍の法王とよばれるほどの存在となり」、「ついに明治政府そのものをにぎる人物」になったと厳しく記していたのです（Ⅲ・「山県と赤根」）。明治維新とロシア革命における権力をめぐるこの二つの記述は、きわめてよく似ているといえるでしょう。

五、日露戦争と「祖国戦争」との比較——奇跡的な勝利と自国の神国化

しかも私たちの視点から興味深いのは、「大諜報」の章では幕末の日本と帝政末期のロシアの比較が行われているだけでなく、ロシアに侵攻したナポレオン一世に率いられた「大陸軍」を大敗させ、ヨーロッパの大国であるフランス帝国を滅亡に至らせて、ロシア人の民族意識を高めた「祖国戦争」と、ヨーロッパの大国ロシアを総力でうち破った日露戦争との間にも司馬が類似性を見ていると思え

ることです。

まず最初に注目しておきたいのは、明石の活躍を描く中でロシア帝国の問題を「周辺から」考察する中で司馬が、「ロシアとポーランドの関係」が、「日本と朝鮮との関係とやや似ている」ことを指摘するようになることです。

たとえばトルストイは『戦争と平和』のエピローグで、主人公の一人ピエールに「皇帝はもうなにごとにも口を出されないんだ。…中略…法廷には賄賂、軍隊には鞭と教練と屯田兵、それがあるだけで国民は苦しむばかり」と厳しく批判させていました。実際、戦争で活躍した農民たちの期待に反して内政的な改革を行わなかったアレクサンドル一世は、ナポレオンとの戦いに奇跡的ともいえるような勝利を収めた後も三年間にわたる「諸国民の解放戦争」に積極的に参加してフランス帝国を崩壊に導いた後では、「神聖同盟」を提起してヨーロッパ「列強」の一角を担うとともに、同君連合の形でポーランド王国を保護国としていたのです。さらにその後を継いだニコライ一世は、一八三〇年にポーランドで反乱が起きるとそれまで認めていた憲法を廃止し、公用語としてのロシア語使用を強化するなど強引な「ロシア化」をすすめていたのです。

一方司馬は第六巻では、「西方のゲルマン文化を東方のロシアにうけわたす役割をした」ポーランドが、ロシアに併合されてしまっているため、「壮丁が大量に徴兵され」、極東の戦線で無意味に亡くなっている悲惨な状況に触れて、「朝鮮を通じて大陸文化を受容した」日本が、いちはやく近代化した後では、「朝鮮を隷属させようとし、げんにこの日露戦争のあと、日韓併合というものをやってしまい、両国の関係に悲惨な歴史をつくった」と批判しているのです（Ⅵ・「大諜報」）。

実際、歴史家の古屋哲夫氏によれば明治四〇年の第三次日韓条約と同時に結ばれた「秘密覚え書」では、「大審院長を日本人とするほか日本人裁判官、典獄の任命、…中略…中央から地方官庁まで各部次官以下の重要官職に日本人を任命することなど」が決められ、この事実上の併合への反発から全土に武装反乱が拡大したが、「以後三年にわたる武力『征伐』でほとんど反乱を鎮定」した後に、併合を強行したのです（『日露戦争』）。しかも、上垣外憲一氏は韓国の義兵闘争に対する「討伐方法は特に残酷なもので、全羅道は血の海になったといわれる」ことを紹介しつつ、その「討伐の作戦を立案した」のが、明石元二郎だったと記しているのです（『暗殺・伊藤博文』）。

司馬は「水師営」の章でロシア帝国の特徴として、「絶対的な帝権」と、「軍事力の強大さ」、そして「対内的な秘密警察の能力の高さと大きさ」を挙げ、「ロシア帝国はこの三つのパワーによってささえられていたといっていい」と規定していました。日露戦争の際にロシア帝国の非道性を指摘しつつ「日本は、ポーランドやフィンランドになりたくない」と訴えた明石は、文芸評論家の中島誠氏が鋭く指摘しているように、彼が熟知した他民族に対する帝政ロシアの支配方法を駆使して、朝鮮における独立運動を厳しく弾圧したといえるのです。

司馬が若い頃に愛読した蘆花の『寄生木』では、福沢諭吉を尊敬した主人公が、零下二〇度の寒さに襲われて「高粱《こうりゃん》を焚いて暖まった」が、「其れを焚いて呉れるなと清人」から批判されると、「憎むべきかな利己主義のチャンチャン奴。高粱の一束二束。我が軍は東洋のため戦うものではないか」と感じたことを記し、「他国」の土地で穀物の高粱を焚くことすらも正当化していました。おそらく明石も、「文明国」である「日本帝国」への反乱を「野蛮」と見なしてその征伐を行ったとき、その戦いで行われる様々な非道な行為も、より大きな目的のためとして正当化していたのだと思われます。

ここには後に「日本帝国」を盟主とした「大東亜共栄圏」につながる思想の端緒がすでに見られると思われます。こうして当初は福沢諭吉の文明観を高く評価していた司馬遼太郎も、昭和五七年には、「福沢が経た、時代のなかでの感受性というものを考えてやってもいいかと思ったりします」としながらも、日本はすでに「文明化」したとして「支那朝鮮」を見下した「脱亜論」については、「私は福沢に面憎さを感じてすきではありません」とし、さらに「他民族とその文化への尊厳という感触は感じられません」と厳しい評価を下すようになるのです（『この国』・Ⅵ）。

もう一つ注目したいのは、「祖国戦争」と日露戦争に勝った後の両国における「神国化」の問題です。日露戦争の後で日本の新聞が「ロシア帝国の敗因」を冷静に分析する「続きもの」を連載していれば、その結論は「ロシア帝国は日本に負けたというよりみずからの悪体制にみずからが負けた」となったはずであると指摘した司馬は、そういうことをまったくしなかったことが、「日本軍隊の絶対的優越性といった迷信」を発生させることにつながったと厳しい批判を行っているのです。

こうして司馬は「人民に対して苛烈」であった「帝政ロシアの皇帝制（ツァーリズム）」と「明治日本の天皇制を同性質のものとしてとらえる把え方」を無知のなせるわざであると厳しく批判しつつも、この当時のロシアの皇帝制度と昭和初期の「日本帝国」との類似性を鋭く指摘しているのです。

なぜならば、『坂の上の雲』を書き終えた後での司馬の認識の深さは、日露戦争に勝って「神州不滅」を唱えるようになる日本の「皇国化」が、帝政ロシアの皇帝制をモデルにしていたことを明らかにしているからです。

すなわち、第三巻の「旅順口」の章で司馬は、「九日の夜があけると、皇帝は宣戦布告を発した。同時に、冬宮《とうきゅう》において盛大な祈禱式がおこなわれた。ロシアの国教であるギリシャ正教は、この地上におけるどの宗教よりも荘厳な装飾性に富んでいる」と記していました。その司馬は明治二九年に皇族の随行員として、ニコライ二世の戴冠式に出席し、「ロシア宮廷の荘厳さ」を見た山県有朋が、「日本の天皇および帝室もこうであらねばならぬ」と思ったことが、「その後の日本の歴史にとって重大である」とし、「ついにそれ以前の日本皇室とくらべると格段にちがうところの荘厳性の高さを、宮内省に演出させることに成功した」と書いているのです（Ⅷ・「あとがき 二」）。

そして子供の頃の「小学校教育」では、「日本が神秘的な強国である」ということを教えられたとあとがきで書いていた司馬は、「日本の天皇」に「もっとロシア風な重量を持たせよう」とした山県有朋が、「市民政治、議会政治」に対抗するために、「官僚を手なずけ、軍部を手なずけ、官というものに重みをつけるためにあらゆること」をしたと鋭く批判するようになるのです（「明治国家と平成の日本」『東と西』）。実際、日露戦争に勝った後の日本は、「正教、専制、国民性」のスローガンのもとに極端に保守的な政治と厳しい検閲を行った帝政ロシアに似た相貌を示すようになっていくのです。

六、奉天会戦――「軍事同盟」と「二重基準」の問題

クロパトキンが率いる三二万という空前の大兵力と、大山・児玉に率いられた日本の野戦軍二五万が、「戦線百キロに展開して」決戦を行った奉天会戦を、司馬はフランス帝国の滅亡につながる「民族の解放戦争」の最大規模の会戦である一八一三年のライプチヒの戦いと比較しながら、「世界戦史上空前の大会戦」と記して、この戦いの世界史的な意義を強調しています。

ただ、司馬はそれとともにこの大会戦が要請された背景を、日本は「その財政的危機から決定的戦勝をえて事態を和平にもちこみたいという気分がほとんど焦燥といっていいほどに高まり」、ロシアの第四軍団が到着するはずの春になる前になんとか決戦をしたいと望んだと説明しています（VI・「奉天へ」）。

実際、戦場での個々の戦いでは日本軍はいたるところで惨状を示すようになっていたのです。司馬は乃木軍の第一師団で起きた大敗走について、「これほどの大潰乱は日清戦争以来、日本陸軍においてはじめて発生したもので、その後ながく世間では公表を禁じられてきた」ことに注意を促し、その「強烈な事実」は、「日本軍の攻撃力の終末をよく象徴している」としました。たとえば、兵員の補充がほとんど出来なくなっていたので、歩兵第十五旅団は「ほとんど戦闘運動に耐えられないほどの老兵部隊」だったのです。司馬は「敗走を食いとめようとした」旅団長が、制止を聞かなかった兵を「抗命するか」と斬った例を紹介して、「指揮官には部下に対する生殺与奪の権がもたらされている」

が、実際に行使された例はほとんどなかったとしてこの時の惨状を強調しています（Ⅶ・「退却」）。

この意味で興味深いのは、司馬が若い頃に愛読していた『寄生木』でも、奉天の会戦の実情が具体的に描かれていることです。たとえば、奉天へと向かうことになったときに酒や煙草と甘味の支給や軍楽隊の演奏もあったのですが、主人公はそれを「戦死せよ、成仏せよと宣言された」ように感じたと書き、「我軍の死骸が沢山。大根の様に氷っている。あまり見心地の宜いものではない」と記しています。そして、最前線で軍規を破った兵士の顔を主人公が「右拳に渾身の力をこめて」殴ると、兵士が抵抗するような様子を見せたので、その腰を軍刀で抜打ちに斬ってしまうのです。「貴官に生殺与奪の職権がありますか」と批判された主人公は、「悔悟、煩悶」の日々を送るようになるのです。

一方司馬は、もしロシア軍が「手薄になっている日本軍の中央を突破」すれば勝利を収める可能性があったとし、それをしなかったのはそうして大勝をおさめれば、功績が別の将軍のものとなり、自分の地歩が失墜することをクロパトキンが怖れたためだと説明したのです。こうして「ロシア戦史上類のない敗戦」となった奉天の会戦について、「この敗戦はかれらの敢闘ぶりがまねいたのではなく、かれらがクロパトキンに棄てられたとみるべきであった」と司馬は結論したのです。

しかも司馬はこのような分析を個人的な性格に帰せずに、より一般化して「専制国家の官僚というのは、国家へもたらす利益よりも自分の官僚的立場についての配慮のみで自分の行動を決定する」と説明し、また、「クロパトキンが絶対権力をもっている以上、その作戦がたれの目でみても誤りであったところで、それを制限できるような制御装置がロシア軍の統帥部には構造として存在しなかった」

として、ロシア陸軍が敗北した最大の原因を専制国家に求めているのです。

私たちにとって興味深いのは、司馬がここで専制国家であるロシア帝国の問題とともに、イギリスとは「情報によって浮上している島帝国」であると規定し、外務省や海軍省が海外情報の掌握につとめていただけでなく、情報の発信機関として新聞『タイムズ』にも注意を促して、帝国主義をとっていた「文明国」イギリスが発する「情報」の質についても問題としていることです（Ⅶ・「退却」）。

すなわち司馬はまず、それまで日本軍の勝利を世界に宣伝していたイギリスの『タイムズ』が、来たるべき奉天会戦では日本軍は完全な勝利を得ることはできないであろうと報道したことがロシアを勇気づけたことに注意を促しています。そして、「自国の東アジア市場を侵されること」をおそれた大英帝国が、同盟国の日本に求めたのは勝利者になることではなく、「ロシアという驀進《ばくしん》している機関車にむかって、大石をかかえてその前にとびこんで」ともに滅ぶことであるとしたのです。

そして司馬はイギリスが「ヨーロッパにおける一国のみが強大になることをおそれ」、その可能性がうまれた場合は、すばやく手をうってきたとして、日英同盟がアジアにおける「文明国」日本を助けるためではなく、ロシアの勢力拡大を防ぐために結ばれたことに注意を向けているのです。

さらに『坂の上の雲』のあとがきでは、日露戦争とイギリスがロシアと同盟してナポレオンと戦った一八一二年の「祖国戦争」を比較して、日露戦争ではロシア軍の「退却」は「敗北」として、すばやく世界中に宣伝され、「ロンドンの金融街だけでなく、ペテルブルグの宮廷」をも信じさせたが、ナポレオンとの戦いに際しては、ロシア軍の「退却」が「敗北」ではなく、軍事的な「戦術」とされたのであると説明して、「情報」の一面性を鋭く指摘しました。そして司馬は、「日露戦争におけるロシアは世界中の憎まれ者であった」が、それは「タイムズやロイター通信という国際的な情報網をにぎっている英国から憎まれていた」からであると続けていたのです。

こうして司馬は、当時の日本政府を「極東の孤島の上に国家をもったこの国が、そのながい歴史の上で、世界の外交界というものを相手に、舞台上であれ舞台裏であれ、懸命な活動をした最初のことであり、しかもその後これだけの努力をはらった例は日本の外交史に出現していない」と高く評価し、アメリカなどと行った外交交渉を考察しています。

この問題は日露戦争後に起きた日比谷騒動の問題とも深く関わっているので、次章で改めて考察することにしたいと思いますが、ここで注目しておきたいのが、欧州にあっては戦勝国が戦敗国から戦費を賠償金として取ることは当然なこととされ、中国やその他アジア諸国に対してそれを行ったが、日本がロシアに対して賠償金をとろうとしたときには、「日本は人類の血を商売道具にし、土地と金を得る目的のために世界の人道を破壊しようとしている」との極論が米紙に載ったとして西欧の「二重基準」に司馬が言及していることです。

司馬は「日本と日本人は、国際世論のなかではつねに無視されるか、気味悪がられるか、あるいははっきり嫌悪されるかのどちらかであった」とドストエフスキーなどロシアの知識人が西欧に対して抱いたのと同様の感慨を記していましたが、こうした西欧の「二重基準」に対する反発は、イスラム社会やギリシャ正教を受容したために西欧社会との鋭い対立を体験してきたロシアにおいても顕著だったことです。たとえば、クリミア戦争に際してロシアの作家ドストエフスキーは、「ロシア人が争いを始めた」とした西欧の世論を批判しつつ、中国に阿片を広めたイギリスの行為を「野蛮」と批判し、さらに英仏などがトルコ人の側にたってバルカン半島のギリシア正教徒たちを守ろうとするロシアに宣戦を布告したことを、「不名誉な仕業」であるとし、「進め！ われらの偉業は神聖なり」と続ける詩を書いていたのです。

この詩は私たちが今読むと極端な愛国主義が目立つように思えますが、「国民国家史観」を唱えたギゾーも『ヨーロッパ文明史』において、異教徒であるイスラムとの戦いの意義を強調しながら、「十字軍はキリスト教と回教との間に四百年このかた行われて来た大抗争の継続であり、絶頂なのでありました」と記していました。つまり、ギゾーのようなヨーロッパ中心史観から見るとき、「十字軍はじつに近代ヨーロッパの英雄的事件」となるのです。もしギゾーの記したことが正しいとしたら、イスラム教国のトルコの圧制の元に苦しむ同じギリシア正教を信じるバルカンの諸国を救おうとすることも、また十字軍的な精神に貫かれた「英雄的事件」となるはずであり、ロシアの戦いもまた正義の戦いだったはずなのです。

つまり、西欧社会における歴史認識の「二重基準」は、西欧に対する強い不信感をも生み出していたのです。こうして、それまでの西欧の慣習では当然とされていた日本の賠償要求が、欧米社会の反撥を呼んだことと、「奉天までの陸戦の失敗」をロシアが外交ではあくまでも認めなかったために、「日露両国の運命はきたるべき海戦に賭けられる」ことになったのです。

第五章

勝利の悲哀

「明治国家」の終焉と「帝国」としての「皇国」

一、日本海海戦から太平洋戦争へ——尊皇攘夷の復活

こうしてバルチック艦隊との決戦がいよいよ近づいてきます。司馬の記述もその感慨を押さえきれないようで、ところどころで高揚した気分が伝わってきます。

たとえば、バルチック艦隊がベトナムのカムラン湾のやや北方にある荒磯であるヴァン・フォン湾から出航したことを記した箇所では、「神と皇帝の意思をもって日本を懲らしめるべくこの湾を出たのは、五月十四日の朝である。このアジアの海域に出現した史上最大の艦隊（アルマダ）の規模は、ネボガトフ艦隊と合流したために総数五十隻、排水量は合計して十六万二百余トンという巨大な数字にふくれあがっていた」と記し、「神はわれわれをして皇帝の希望を果たさしめ、さらには祖国の恥辱を血をもって洗い清めるための力をあたえ給うた」というロジェストウェンスキー提督が掲げた信号を写しています（Ⅶ・「艦影」）。

さらに第八巻では、冒頭の「敵艦見ゆ」から終章の「雨の坂」にいたるまで、「抜錨」、「沖の島」、「運命の海」、「砲火指揮」、「死闘」、「鬱陵島」、「ネボガトフ」の各章で詳しく海戦の模様が活写されています。しかもその際に司馬は「世界中が、この海戦のなりゆきを見まもっていた」と記し、英国の雑誌がイギリス艦隊がフランス・スペインの連合艦隊を破った一八〇五年のトラファルガーの海戦と比較しながら、「きたるべきこの海戦は、その影響するところのものは史上かつてない大きさになるだろう」とする記事を載せていることを紹介して、日露海戦の持つ世界史的意味を強調しているの

です（Ⅷ・「抜錨」）。

しかし陸上での戦いを描く前にロシア陸軍を率いたクロパトキン司令官の絶対的な権力が引き起こした問題を指摘していた司馬は、ここでもロシアの大艦隊を率いるロジェストウェンスキーの神頼みの思考法や、司令官としての無能さをまず厳しく批判しています。

すなわち、ロジェストウェンスキーが率いる三つの戦艦戦隊のうち、第二戦艦戦隊を率いたフェリケルザム少将は長い航海の後で海戦の直前に亡くなるのですが、海戦を前にして士気が衰えるのを怖れたロジェストウェンスキーは、その死を隠したばかりでなく、代わりの司令官を選ぶこともしなかったのです。

司馬はここでロジェストウェンスキーをバルチック艦隊の「独裁者」と規定しつつ、「ふつう、長官はその次席以下の者に自分の戦略戦術の方針をよく伝えて」おくのだが、彼がそれを全くしなかったのは、「自分だけ対馬海峡を突っきってウラジオストックへ逃げこむつもりではなかったか」という疑いがあるとし、「司令官会議や艦長会議」をも開かなかったのは、行えば反論されることを恐れたためと考えられると説明しています（Ⅶ・「艦影」）。

しかも、ロジェストウェンスキーは不可解にも巡洋艦和泉に無電を許し続けただけでなく、石炭や「可燃性の木製器具」を戦闘前には海中に投棄するのが海軍の常識であったにもかかわらず、「それをも吝《お》しみ、投棄をゆるさなかった」のです（Ⅶ・「宮古島」）。

そして戦闘を前にしたバルチック艦隊の陣形を分析した司馬は、ロジェストウェンスキーが「艦隊の陣形」を変更したことよって、「第一線の戦闘力である」はずの巡洋艦が、「汽船という動く物資の護衛者になった」ことを指摘し、「この奇妙な陣形」はこの海戦に勝つことよりも、ウラジオストックへ逃げこむための物資の運搬を重視していたと思われると書いています。

　このような人物に率いられた「専制国家」ロシアの海軍と比較しつつ、すぐれた東郷司令官に率いられ、参謀秋山真之の昼夜を問わぬ苦悩の中で考案した作戦にのっとって日本海軍が機能的に働いたことだけではなく、来るべきバルチック艦隊との海戦に間に合わせるために艦船の修理のために寝食を忘れて働く工員の姿や、敵の艦船を見つけて一命をも省みずに必至に小さな舟を漕いでそれを知らせた島民の姿を司馬は感動的に描いて、「国民国家」日本の「国民」がいかに一致して「国難」に対処したかを強調したのです（Ⅶ・「宮古島」）。

　たとえば、大小の汽船からなる付属特務艦隊の信濃丸は、無電でバルチック艦隊の位置を知らせただけではなく、距離を保ちながら敵の針路を知らせ、その報を受けた巡洋艦和泉も、「忠実な目になろう」として、敵艦隊と並進しながらその勢力、陣形、針路などをじつに綿密に報告したのです。こうして、敵と遭遇する前に、「敵艦隊のすべて」を、「手にとるように知りつくしていた」日本艦隊は、甲板にいっぱいに山積みされていた非常に高価な英国の無煙炭をも、艦船の動きを軽くするために海へ捨てて戦闘に備えていたのです。

　こうして、いよいよ決戦のときが来るのですが、その模様を詳しく描写する前に司馬は、木戸孝允が口ぐせのように「癸丑甲寅《きちゅうこういん》以来」と言いつづけていたことに注意を促しています。そして、「癸丑はペリーがきた嘉永六年のことであり、甲寅とはその翌年の安政元年のことである」と説明し、この時期以来、苛酷な国際環境のなかで日本が「世界史上の奇蹟といわれる近代国家を成立させ」、「同時に海軍をシステムとして導入」して、「勝つための艦隊の整備」を行ってきたと記し、「あらゆる意味で、この瞬間からおこなわれようとしている海戦は癸丑甲寅以来のエネルギーの頂点」であると位置づけたのです（Ⅷ・「運命の海」）。

これらの言葉は当時を知らない私たちにはいくぶん大げさなようにも感じられますが、問題は「ペリー来航後」を強調したことによって、司馬の視野に別な光景も入ってくることです。すなわち、太平洋戦争最中の昭和一八年に徳富蘇峰がラジオで、日本占領を企てたペリーの像を建てたことを批判した講演をすると、その翌年には「ペルリ上陸記念碑を撤去」し、「天誅」と書いた立札をたてることが決められていたのです（清沢洌『暗黒日記』）。つまり、自国の尊厳を踏みにじられたと感じた「癸丑甲寅以来のエネルギー」は、バルチック艦隊の滅亡によっては消滅しなかったのです。

こうして日本海海戦とその勝利にペリー来航以降の日本の近代化の歩みの華々しい総決算を見ようとしていた司馬は、ペリー来航の衝撃とこの海戦との内的なつながりに言及したことによって、日露戦争以後の日本の歩みと幕末の「尊皇攘夷」の精神によって始められることになる英米との「大東亜戦争」との内的なつながりをも真剣に考察せざるをえなくなるのです。

この意味で注目したいのは、バルチック艦隊が軍楽隊の吹奏や歓呼の声などの壮麗な儀式に送られ、聖アンドレーエフ旗をはためかしてリバウ港を出航したことにふれていた司馬が、連合艦隊が小学生たちの振る「日の丸の小旗」に見送られながら佐世保港を出航した際にも、「軍艦行進曲」というポピュラーな曲が三笠艦上で演奏されたことを記し、『此の城』と名づけられた次のような歌詞も詳しく紹介していることです。「守るも攻むるも鋼鉄《くろがね》の／浮かべる城ぞ頼みなる／浮かべるその城日の本の／皇国《みくに》の四方《よも》を守るべし／まがねのその艦《ふね》日の本に／仇《あだ》なす国を攻めよかし」（Ⅶ・「鎮海湾」）。精神力のみを重視した陸軍の「自殺戦術」と比較しつつ、はるかに合理的な精神を持っていたと司馬が高く評価していた海軍でさえも、この頃には「皇国」の意識が強くなっていたのです。このとき司馬は、石油の充分な備蓄もなく、レーダー技術も劣ったままで、大艦隊を編成して出航することになる太平洋戦争時の日本の連合艦隊との類似性を意識していたのかもしれません。

なぜならば司馬は後に、第一次世界大戦後「英米でさえ建艦競争に耐えかね」、海軍軍縮を、「いわば世界の公論として日本に持ちかけた」が、この第一次世界大戦で激戦を経験していなかったために、海軍のなかでも「軍縮派は少数」で、「多くの海軍軍人は、いまでいう〝省益〟のために軍縮に反対した」と批判するようになるのです（『この国』・Ⅵ）。

二、バルチック艦隊の消滅と秋山真之の憂愁――兵器の改良と戦死者の増大

私たちにとって興味深いのは、海戦の勝利に「世界史的な意義」を与えて讃美した司馬が、その一方で戦後に僧になろうと思った秋山真之をとおして、戦争という手段の深い反省をも同時に行っていることです。

これらの箇所も重要なので、少し長くなりますが何カ所か引用しておきます。まずは負傷者が充満している上甲板の光景を見たときの真之の反応です。司馬は「どの負傷者も大きな砲弾の弾片でやられているために負傷というよりこわれもので、ある者は両脚をもぎとられ、あるものは腕がつけねから無く、ある者は背を大きく割られていた」と書き、それは「真之が子供のころに母親からきかされておびえた地獄の光景そのままだった」と続け、昼間に艦橋上からみた敵艦「オスラービア」が、艦体をことごとく炎にしてのたうちまわっていた姿の凄さを同時におもいだした」とも書いていました（Ⅷ・「死闘」）。

この後で「真之は自分が軍人にむかない男だということを、この夜、ベッドの上で泣きたいようなおもいでおもった。兄の好古はいま満州の奉天付近にいるはずであった。その好古へのうらみが、鉄の壁にさえぎられた暗く狭い空間のなかで灯ったり消えたりした」と書き、「秋山真之という、日本海軍がそののちまで天才という賞讃を送りつづけた男には、いわばそういう脾弱《ひよわ》さがあった」と結んでいます。

この時点でも司馬はまだ、僧侶になろうとした真之の「脾弱《ひよわ》さ」を批判しているのですが、この文章には司馬の平和観にもかかわる重要な主題があります。それは一見、突然出てきたように見える「好古へのうらみ」という言葉です。注意深い読者は覚えておられると思いますが第一巻の「七変人」の章で、このまま学生を続けるかどうかを迷って兄に相談した真之に対して、書生の立場ならば「『人間はどうあるべきか』という普遍的問題」を根元まで掘り下げて考えることができるが、陸軍将校としての自分は「いかにすれば勝つかということを考えてゆく」とし、「その一点だけを考えるのがおれの人生だ」と好古は明快に答えていたのです。

しかも司馬は敵の降伏を受け入れるための軍使として真之が、随行の通訳と二人で敵の旗艦へ行ったときに、死んだ兵士たちの水葬が行われていることを知ると、「それら屍体のむれのそばへどんどん歩いていって、ひざまずいて黙禱した」と記し、それは「いずれこの戦いがおわれば坊主になろうと覚悟をきめていた」彼が、「自分の艦隊の砲弾のためにたったいま死んだばかりの死者たちの破損された肉体をみてひどく衝撃をうけ、おもわず冥福を祈る動作に移行した」のであると説明しているのです（傍点引用者、Ⅷ・「ネボガトフ」）。

ここでは真之の思いが「覚悟」と記されていますが、このとき司馬は日本軍の死者だけでなく、ロシア軍の死者をも弔おうとする真之の思いが、戦争という手段で互いに殺し合いを続けることへの反省や「『人間はどうあるべきか』という普遍的問題」とも結びついていたことを確認しているのです。

その意味で、トラファルガーの海戦では勝利した英国海軍もその乗員の一割を失っていたことと比較しながら、「バルチック艦隊は全滅し、東郷艦隊は水雷艇三隻沈没」という海戦の結果は、英国の新聞でさえ信じられないような「奇蹟」であったことを強調した司馬が、戦争終了後に佐世保海軍病院に横たわるロジェストウェンスキー司令官を描きつつ、「戦争が遂行されるために消費されるぼう大な人力と生命、さらにそれがために投下される巨大な資本のわりには、その結果が勝敗いずれであるにせよ、一種のむなしさがつきまとう」と記しているのは象徴的でしょう（Ⅷ・「雨の坂」）。

連合艦隊の凱旋の閲覧式が行われた翌々日に、秋山真之が子規の墓参をしていることにふれた司馬は、子規によって病床で書かれた墓誌を真之が暗誦していたことを紹介しながら、それは「真之の文章感覚からすれば一種ふしぎな文章のようにおもわれたが、しかし子規が主唱しつづけた写生文の極致といったようなものであった」と書いています。すなわち、「ここには子規がそのみじかい生涯を費した俳句、短歌のことなどは一字も触れられておらず、ただ自分の名を書き、生国を書き、父の藩名とお役目を書き、母に養われたことを書き、つとめさきを書き、さらに月給の額を書いてしめくくって」いたのです。そして子規の墓碑に触れた司馬は、「秋山真之の生涯も、かならずしも長くはなかった。大正七年二月四日、満五十歳で没した」と結んだのです。

この意味で注目したいのは、『坂の上の雲』において正岡子規が果たしている大きさに注目した日本文学者の島内景二氏が「写生文の創出」というエッセーで、『坂の上の雲』を読んだことで、「明治国家が大陸進出のための海軍基地として作った佐世保という軍港が、太平洋戦争の敗戦まで抱え込んだ栄光と悲惨の『顔』が見えてきた」とし、佐世保の海軍病院で病身を横たえた日露双方の将兵たちは、「近代国家の宿痾の擬人化された姿そのものだとも理解された」と書いていることです。そして島内氏はその光景の予兆を「封建的家族制によって浪子との純愛を破壊されたあげくに、日清戦争で負傷し佐世保の海軍病院に横たわる徳冨蘆花『不如帰』の武男の姿」に見たのです（『司馬遼太郎 幕末～近代の歴史観』）。

一方、宗教学者の山折哲雄氏は司馬がこの作品でたびたび捕虜の扱いの問題に言及していたことに注意を促して、「捕虜の問題が『坂の上の雲』における画龍点睛になって」おり、「それはひょっとすると、司馬文学の背骨をなすテーマだったのかもしれない」と書いていますが、この指摘は重要でしょう（『日本とは何かということ』）。

実際司馬は、「日本はこの戦争を通じ、前代未聞なほどに戦時国際法の忠実な遵奉者として終始」し、「ロシアの捕虜に対しては国家をあげて優遇した」と記し、「安政条約という不平等条約を改正してもらいたい」ということと、「江戸文明以来の倫理性がなお明治期の日本国家で残っていた」ことをその理由として挙げているのです（Ⅶ・「退却」）。

私たちは司馬がここで「江戸文明」という表現を用いていることに注目したいと思います。私は前著『この国のあした――司馬遼太郎の戦争観』において、差別されていたアイヌの人々を平等に扱っただけでなく、武器を持ったロシア人とも堂々と交渉して、戦争という手段の野蛮性を明らかにした商人高田屋嘉兵衛の活躍を描いた『菜の花の沖』こそが、「司馬史観」の到達点であることを示しました。司馬は『坂の上の雲』を書き終える頃には、鎖国という「特殊」な状況下にあるとはいえ、諸藩の多様性のなかで現代にも通じるような様々な学問が育ち、「公共」の理念さえも成立していた後期江戸時代を、日本が世界に誇りうる「普遍性」をもった「文明」として再評価し始めていたのです。

司馬は終章「雨の坂」の末尾近くで、戦後は真之が「人類や国家の本質を考えたり、生死についての宗教的命題を考えつづけたりした。すべて官僚には不必要なことばかりであった」と書いています。クリミア戦争に参戦して小説『セヴァストーポリ』を書いたトルストイは「この戦争体験を通じて国家を越えた人間の課題に到達しよう」としたと司馬が書いていたことを思い起こすならば、真之が「人類や国家の本質」を考えるようになったと記したこの言葉は非常に重く、それは「明治のオプティミズム」の「終末期は日露戦争の勝利とともにやってきたようであり、蘆花の憂鬱が真之を襲うのもこの時期である」と書くことへとつながるのです（Ⅷ・「あとがき 五」）。

三、日露戦争末期の国際情勢と日比谷騒動――新聞報道の問題

「ロシアの帝政は強大な軍事力をもつことによってのみ存在し、国内の治安を保ってきた」という講和会議で全権を務めたウィッテの言葉を引用した司馬は、その勝利によって日本は「ロマノフ王朝そのものを存亡の崖ぶちに追いこんでしまった」と記しています（Ⅷ・「雨の坂」）。実際、日本海海戦の敗北が伝わったことにより、六月には戦艦ポチョムキン号で水兵の反乱が起きるなどロシアは革命的な状況を示すようになり、それまでしぶっていたロシア皇帝もアメリカのルーズヴェルト大統領の説得にようやく応じて、米国のポーツマスで八月一〇日より正式会議に入り、九月五日に講和条約が調印されたのです。

しかし、勝利した側の日本でも戦争の影響はきわめて甚大でした。歴史家の中村政則氏が書いているように、日露戦争の戦闘死者数は日清戦争の「実に四二・四倍」に達していたのであり、近代戦争としての日露戦争の規模は、日清戦争のそれをはるかに上回っており、日露戦争の最後の時点では大本営でさえも、「これ以上、戦争がつづけば日本は破産するだろう」と考えるようになっていたので

す。

徳冨蘆花は日露戦争後に起きた日比谷騒動について、「単に失業者の乱暴、弥次馬の馬鹿騒ぎと看做し去るはあまりに浅薄也」と述べていましたが（「勝利の悲哀」）、戦争の実態をほとんど知らされていなかった多くの日本人にとっては、多数の死傷者と多くの犠牲を払った末の勝利にもかかわらず、「敗戦国」のロシアから充分な戦後補償を得られなかったことが強い不満となり、日比谷騒動として爆発したのです。

司馬も奉天の会戦を描いた章では、新聞が「国民を煽っているうちに、煽られた国民から逆に煽られるはめになり」、「のちには太平洋戦争にまで日本をもちこんでゆく」ことになったと日本の報道のあり方をも厳しく批判するようになっていました（Ⅶ・「退却」）。

むろん、そのような傾向は単に日本だけのことではなく、ボーア戦争に際してはイギリスの新聞が「様々の事を捏造して」報道したと伝えて、『万朝報』が冷静な報道の必要性を訴えていたように、欧米においても読者獲得競争のために「事実の報道よりも寧ろ人を驚かすことを貴し」とする傾向があったのです。しかし、日露戦争が近づくとその『万朝報』さえもが戦争への覚悟を求めるようになり、欧米と同様に日本でも戦意の高揚を訴えた新聞はいずれも三倍近く購読者数を飛躍的に伸ばす一方で、反戦を訴えて創刊された『平民新聞』は、「ああ増税」という社説を非難されて発行・編集人の堺利彦が禁固二カ月の判決を受けて入獄を命じられて発禁となり、その翌年には廃刊にいたっていたのです（井口和起『日露戦争の時代』）。

「日本においては新聞は必ずしも叡智と良心を代表しない」と断言したとき、司馬は前半では全くふれていなかったトルストイの反戦論や蘆花の『寄生木』の意味を再考察し始めていたと思えます。すなわち、トルストイは「爾曹《なんじら》悔改めよ」とする論文で戦争に赴く兵士たちについて、「身に制服を着け、諸種の凶器を携帯して、一種の大砲の食料たるべき数万の人類は、祈禱、説教、勧奨、行列、絵画、新聞の為めに昏迷せられて」（傍点引用者）、自らの「生命の危険」を冒しつつ、「何の恩怨なき人類を殺さんが為めに出発す」と描写していたのです（『幸徳秋水全集』第五巻）。

こうして奉天会戦の準備とほぼ同じ時期に外務省は和平工作をすすめており、この時に仲介者の役割を果たしたのがアメリカのルーズヴェルト大統領でしたが、司馬はすでに「米西戦争」の章で、日清戦争後の「東アジアの国際情勢の緊張のもとに、大規模な海軍拡張をはじめた」日本政府が、あたらしく建造される軍艦の「六パーセントは国産」で、「八〇パーセントまでイギリスに注文」し、「一〇パーセントはフランスとドイツ」に、「新興海軍」とも呼ばれていたアメリカにも「最後の四パーセント」を注文したと記し、その理由を「将来の対露危機を想定するばあい、アメリカを友好国にしておくという外交上の必要があった」と説明していたのです。

そして、アメリカ国内でもロシア側と日本側からの情報合戦が行われていたことに注意を促しながら司馬は、仲介役を果たそうとしたルーズヴェルト大統領が「ロシアの国体を好まない」として日本への好意を示す一方で、日本の大勝利をも望まなかったと記し、「アメリカのアジアにおける利害はフィリピンを所有しているということを中心に」つねに計算されていたと書いていました（Ⅶ・「退却」）。

こうしてアメリカの外交政策が「日英同盟をむすんだ英国の立場とそっくりである」とした司馬は、アメリカの日本への肩入れがアジアにおけるロシアの勢力の増大を防ぐという国際関係の中での力のバランスによるものであったことにも注意を促したのです。実際、井口和起氏によれば「日露講和条約の交渉をはじめる直前に」、日本は、二つの重要な条約を結んでいたのです。一つは「桂＝タフト協定」とよばれる日米間の合意で、「アメリカは日本の韓国に対する『保護権』を承認するかわりに、日本はアメリカのフィリピン支配を『承認』するというもの」で、もう一つは「第二回日英同盟」で、この改定で日本政府は「イギリスのアジア支配に日本がいっそう深く協力することを約束することとひきかえに、日本の韓国に対する『保護権』の樹立をイギリスに承認させた」のでした（『日露戦争の時代』）。

他方、日本があたらしく建造される軍艦の「一〇パーセントはフランスとドイツ」に注文していたと記していた司馬は、講和交渉のロシア側全権であったウィッテの見方を紹介しながら、ドイツ皇帝がロシアの同盟国であった「宿命的な競争相手」フランスの力を軽くするために、いとこにあたるロシアのニコライ二世との海上会談で、「君は太平洋を制覇したまえ」という魅惑的な言葉を吹きこんだと説明して、当時の国際情勢が複雑に入り組んでいたことをも示唆したのです。

この意味で重要なのは、兵力が不足しているなかで奉天決戦の準備が行われている最中に、東京の参謀次長・長岡外史が、講和の前にロシアの領土のどこかをおさえてしまいたいという政略的意図から、「鴨緑江軍」を新設していたことです。このことにふれて司馬は、「戦争をもって一個の国家商売にしようとする思想が、日本軍部のなかではじめて濃厚にあらわれてきた最初の現象といえるかもしれない」と書き、次のように厳しく批判しています。「要するにロシアの侵略主義をふせぐべく立ちあがりながら、土俵の様子をみてそのロシアの侵略の果実を当方が逆にもぎとって、ついでにこの勢いを駆って、ロシアの領土を侵略してしまえという考え方であった」（Ⅵ・「奉天へ」）。

これに対してロシアは「講和の話し合いが進んでいるときに無防備の樺太を攻撃するのはけしからん」と非難したのですが、「ルーズベルトはロシアの高姿勢を抑えるのに好都合と考え、これを黙認した」のです（隅谷三喜男『大日本帝国の試練』）。

さらに司馬はルーズベルトの本心は、「当然ながらアメリカの利益に支点がおかれていた」とし、また日本における新聞報道から彼が「日本人が慢心しはじめている」ことも感じて、日露戦争中からすでに、「わがアメリカの太平洋艦隊を拡充しなければならない」と海軍の充実を指示していたことにも注意を促したのです。つまり、日露戦争の末期にはすでに「大日本帝国」と「遅まきの帝国主義国」であるアメリカとの確執も見え始めていたのです。

この意味で注目したいのは、「鴨緑江軍」を新設して樺太を占領させた参謀次長の長岡について、後年の陸軍における「国家膨張についての粗大な壮士的気分」の元祖的位置にいるかも知れないとした司馬が、「長岡程度の男が参謀本部長になれたのもかれが長州人であるおかげであった」と記していることです。

実際、陸軍の大御所である山県有朋たちは日露戦争の後も軍備の拡張をすすめる一方で、満州の

「門戸開放」を求めたアメリカやイギリスに対抗するために、敗戦の年に出した「市民的自由と立法議会の開設」を約する詔書を破棄して独裁的な権力を維持し続けた、それまでの敵の「帝政ロシアと手をむすんで、満州における利権を確保しようという方針」をとったのです。

さらには山県が上奏した草案をもとに明治四〇年には「帝国国防方針」が決定されましたが、それは「国防方針や兵力量は、内閣に関与させずに統帥部で決定しようという考え方の最初のあらわれ」だったのです（今井清一『大正デモクラシー』）。

それゆえ「日本の新聞の右傾化」を警戒したルーズヴェルトが、「日本人は戦争に勝てば得意になって威張り、米国やドイツその他の国に反抗するようになるだろう」と述べたことに注意を向けた司馬は、「日本の新聞はいつの時代にも外交問題には冷静を欠く刊行物であり、そのことは日本の国民性の濃厚な反射であるが、つねに一方に片寄ることのすきな日本の新聞とその国民性が、その後も日本をつねに危機に追い込んだ」として、「情念的な情報」に踊らされがちな日本人の性質にも注意を喚起したのです（Ⅶ・「退却」）。

事実、日露戦争の講和条件が知られたときには、交番が焼かれたり、日比谷公園では放火にまでいたるような騒動となり、このとき「非公式に桂内閣の『情報局総裁』の職務」についていた蘇峰の『国民新聞』も襲われたのです。そして「情報局総裁」の職務とは、「第一に、世論を率い、文章によって挙国一致の実をあげること。第二に、第三国に向けて日本の立場を説明すること。そして第三に、日本における外交官や特派記者と折衝すること」の三つの役目だったのです（『蘇峰自伝』）。

しかも、近代日本思想史の研究者ビン・シン氏は早川喜代次の証言によりながら、「そうなら国民に事情を知らせて諒解させれば、あんな騒ぎはなしにすんだでしょうに」と問い質した蘆花に対して、蘇峰が「お前、そこが策戦（原文ママ）だよ。あのくらい騒がせておいて、平気な顔で談判するのも立派な方法じゃないか」として、敵と交渉をするためには味方を欺くことも必要だと答えたことを伝えているのです（『評伝　徳富蘇峰――近代日本の光と影』杉原志啓訳）。

「勇気あるジャーナリズム」が、「日露戦争の実態を語って」いれば、「自分についての認識、相手についての認識」ができたのだが、それがなされなかったと『「昭和」という国家』に記した司馬は、後には戦争の実態を「当時の新聞がもし知っていて煽ったとすれば、以後の歴史に対する大きな犯罪だったといっていい」として、当時の新聞報道を厳しく批判したのです（『この国』・I）。これまでの考察を踏まえるならばこのとき司馬の批判の矛先は、「自尊心」や「復讐心」を強調しながら、「力の福音」の信者として戦争を讃美した蘇峰に向けられていた可能性が強いのです。

四、蘆花のトルストイ訪問と「勝利の悲哀」――日露戦争後の日本社会

戦争が始まった時にはトルストイの「非戦論」に共感しなかった徳冨蘆花は、戦後には近代戦争としての日露戦争の悲惨さやナショナリズムの問題に気づいて、終戦の翌年の明治三九年にロシアを訪れトルストイと会う決断をしています。そのとき蘆花は『国民新聞』に掲載されたばかりでなく、自分の伝記『トルストイ』にも再掲された兄蘇峰の訪問記「トルストイ翁を訪ふ」が伝えたトルストイ

像を、自分自身の目で確認する必要にも迫られていたと思えます。

　実際、ヤースナヤ・ポリャーナのトルストイのもとで五日間を共にし散策や水泳を共にしながら、宗教・教育・哲学など様々な問題を論じた蘆花は、欧米をすでに「腐朽せむとする皮相文明」と呼びながら、力によって「野蛮」を征服しようとする英国などを厳しく批判する一方で、墨子《ぼくし》の「非戦論」を高く評価し、日本やロシアなどには「人生の真義を知り人間の実生活をなす」という「特有の使命」があるとするトルストイから強い感銘を受けたのです。しかも蘆花はトルストイと家族の意見の対立を観察しつつも、兄とは異なってそこに非力さだけではなく、「来る者は拒まず、去る者は追わず、風の吹く如く、水の流るる如く、淡泊自在」なトルストイの他者に対するやさしさを見ています。

　それゆえ、帰国後に書いた「勝利の悲哀」においい

馬車上のトルストイと徳冨蘆花。馭者はトルストイの長女［徳冨蘆花記念文学館提供］

て蘆花は、トルストイの反戦論「爾曹《なんじら》悔改めよ」を強く意識しつつ、ロシアに侵攻して眼下にモスクワを見下ろして勝利の喜びを感じたはずのナポレオンがほどなくして没落したことや、さらに児玉源太郎将軍が二二万もの同胞を戦場で死傷させてしまったことに悩み急死したことにふれて、戦争の勝利にわく日本を厳しく批判したのです。すなわち、蘆花は日本の独立が「十何師団の陸軍と幾十万噸《トン》の海軍と云々の同盟とによつて維持せらるる」ならば、それは「実に愍《あは》れなる独立」であると批判し、言葉をついで「一歩を誤らば、爾が戦勝は即ち亡国の始とならん、而して世界未曾有の人種的大戦乱の原とならん」と強い危機感を表明して、「日本国民、悔改めよ」と結んだのです。

ここで注目したいのは、日本海海戦の勝利が持つ「世界史的な意味」について司馬が、この海戦によって「欧亜という相異なった人種の間に不平等が存在した時代は去った」とした英国の海軍研究家の言葉を紹介した後で、『坂の上の雲』を讃美する人からも批判する人からも引用される次のような文章を書いていたことです。

「この海戦がアジア人に自信をあたえたことは事実であったが、しかしアジア人たちは即座には反応しなかった」が、それは「民族的自覚が成長していなかった」ためであり、一方、「ヨーロッパにおける一種のアジア的白人国（マジャール人などを先祖とするハンガリー、フィンランドなど）は敏感に反応し、自国の勝利のようにこの勝利を誇った。さらにはロシア帝国のくびきのもとにあがいているポーランド人やトルコ人をよろこばせた」（Ⅷ・「雨の坂」）。

引用が少し長くなりましたが、ここにも読者を昂奮させるような分かりやすい表現で語るという司馬のこの時期の文体の特徴がよく出ています。ただ、私たちは司馬の表面的な表現だけに惑わされてはならないと思います。これまで見てきたように、司馬の思考法はいわば重層的な構造をもっており、昂奮して語る筆者の奥には冷静な観察者がいて、反省を迫ることになるからです。

実際、司馬は後に日韓併合や対華二一カ条の要求を厳しく批判するようになりますが、アジア人では反応が鈍かったのは、「民族的自覚が成長していなかった」のではなく、これらの国々にとっては日本の勝利は、白人種に対する黄色人種の勝利を意味するよりも、「ロシア帝国」に代わる新たな「日本帝国」の出現として受け止められたと思えます。しかも日本の勝利を「自国の勝利のように誇った」として司馬が挙げたフィンランドに関して言えば、すでに『坂の上の雲』に書かれているように、「憲法の停止」や「ロシア語」の強制などの「ロシア化」によって苦しんでいたのであり、さらにハンガリーもクリミア戦争の数年前にロシア帝国によって行われた「ハンガリー出兵」によって痛めつけられていたので、ロシアの敗北を喜んだのは当然だったのです。

一方、夏目漱石は日露戦争後の日本社会を描いた長編小説『三四郎』で、一人息子を戦争で失った老人の「一体戦争は何のためにするものだか解らない。後で景気でも好くなればだが、大事な子は殺される、物価は高くなる。こんな馬鹿気たものはない」という嘆きを描いていました。『坂の上の雲』の「奉天へ」の章で、「日露戦争は十九億円の金がかかった。このうち外債が十二億円であったから、ほとんどが借金でまかなった戦争」で、国民には増税が課されていたと書いていた司馬は、『三四郎』のこの文章を受けて「爺さんの議論は、漱石その人の感想でもあったのだろう」と書き、日本が「外債返しに四苦八苦していた」ために、「製艦費ということで、官吏は月給の一割を天引き」されていたことに注意を向けています（『街道』第三七巻）。

しかも漱石は自分と同世代の登場人物広田先生に、「いくら日露戦争に勝って、一等国になっても駄目ですね」と語らせ、「然しこれからは日本も段々発展するでしょう」と反論した学生の三四郎にたいして「亡びるね」と断言させていましたが、この言葉を受けて司馬は広田の「予言が、わずか三十八年後の昭和二十年（一九四五）に的中する」ことに読者の注意を促し、「明治の日本というものの文明論的な本質を、これほど鋭くおもしろく描いた小説はない」と絶讃したのです。

私たちの視点から興味深いのは、広田の言葉を聞いて「熊本でこんなことを口に出せば、すぐ擲《な》ぐられる。わるくすると国賊取扱にされる」と感じた三四郎が、「囚《と》われちゃ駄目だ。いくら日本のためを思っても贔屓《ひいき》の引倒しになるばかりだ」という広田の言葉を聞いたときに、「三四郎は真実に熊本を出たような心持ちがした。同時に熊本にいた時の自分は非常に卑怯であったと悟った」と漱石が続けていたことです。

司馬はすでに、バルチック艦隊の大航海を描きつつ、ロシアの社会制度から下士官が兵隊を殴る習慣があったことが、民衆の反発や怒りをうんでついには社会制度を逆転させる革命に至っていたことに注意を向けていました。日露戦争後の日本社会でも国家の権威を背景にして、「皇国史観」を批判する者や命令に従わない者を殴ってもよいとする見方がすでに芽生え始めていたことに気づいたと思えます。

さらに日露戦争での日本の勝利が「世界未曾有の人種的大戦乱」の原因となる危険性があることを指摘した徳冨蘆花は、その三年後の明治四二年に小笠原善平から預かった「手記」を元にした長編小説『寄生木』を出版しています。この意味で興味深いのは、司馬が『寄生木』の主人公は「軍人社会というものに疑問をもっていた」とし、軍人の立身が「士官学校の序列できめられてしまう」という「太平洋戦争が終了するまで牢乎として軍人社会をしばりあげていたこの秩序が、明治三十年代にすでにできあがっていた」と厳しく批判していることです（Ⅷ・「あとがき 五」）。

すなわち、蘆花は小笠原善平の手記だけによらずに、戦後に自分を訪ねてきた主人公に自分が「剣を抛《なげう》って平和の人となれと勧告」して、別れる時には一冊の『新約聖書』を贈ったことも書いているのです。さらに蘆花は、軍隊を退職する決意をした主人公が大木将軍に「残酷なりき日露戦争間、少なからず感ずることも有之、露国を研究したし露国を研究いたしたしとは久しく小生の脳裏に銘刻せられしことに御座候…中略…人道のため平和の唱道者と相成りたき理想に候」と書いた手紙を載せています（『寄生木』後の巻・「武蔵野の雪」）。

こうして蘆花は、長編小説のエピローグともいえる「後の巻」において「軍人社会」に疑問を持った主人公が戦争を否定するようになっていることをも描くことで、トルストイをふたたび尊敬するようになった蘆花自身の考え方との接点をも示していたのです。

さらに、『寄生木』を出版した頃、徳冨蘆花は郊外の粕谷に土地を買って半農の生活を始めていたのですが、それは「土を耕し他の力に頼《よ》らずして生活をする者が国の力也」とする考えをトルストイから聞いて、自分もゆくゆくは「少なくとも半農の生活をする心算に候」と答えていたからでした。このような蘆花の考えは、武者小路実篤などの若者たちに強い影響を与えて『白樺』の創刊や、「新しい村」の建設にもつながることとなったのです（柳富子『トルストイと日本』）。さらに後に詳しくみるようにこのような蘆花の考えが、明治四四年に『デンマルク国の話』で「国の興亡は戦争の勝敗によりません」と記して、農業の重要性と平和教育の必要性を力説することになる内村鑑三の理念とも深く呼応していることはたしかでしょう。

　蘆花の平和観や自然観を高く評価することになった司馬も、北海道で農業に従事するようになる医者の関寛斎を主人公の一人とした歴史小説『胡蝶の夢』（昭和五一～五四年）において、「寛斎は最晩年に、齢下のいい友を得た。徳冨蘆花であった。かねて寛斎はトルストイに関心をもっていたが、蘆花がトルストイを訪ねたということを知って、その話をきくべく不意に訪問した」と書くのです（Ⅳ・「陸別」）。しかも司馬は寛斎の死を悼んだ蘆花が『みゝずのたはこと』において寛斎を、「形に於て乃木翁に近く精神に於いてトルストイ翁に近く、而《しかう》して何《いづ》れにもない苦しみがあつた」と書いていることにもこの小説でふれていたのです（Ⅱ・「ポンペ」）。

五、大逆事件と徳富蘇峰の『吉田松陰』（改訂版）――批判者の処刑と統帥権の問題

　明治天皇に対する暗殺が謀られたとする容疑で著作『帝国主義』を書いた幸徳秋水をはじめ多数の社会主義者が逮捕され、二六名が大逆罪で起訴されるという事件が起きたのは、明治四三年六月のこ

とでした。

しかし、夏目漱石はすでにその前年に新聞に連載した『それから』で、重要な登場人物である平岡に「幸徳秋水と云ふ社会主義の人」を、非常に恐れた政府が彼の「家の前と後ろに巡査が二三人宛《づつ》昼夜張番をしてゐる」ほどだと語らせていました。そして明治四三年に修善寺で大病を患った漱石は、その後「無意識裡に経過した大吐血の間の死の数瞬間」とドストエフスキーの「癲癇《てんかん》時の体験」との比較をしているだけでなく、憲法の採択や検閲の撤去などを求めて死刑の宣告を受け「寒い空と、新しい刑壇と刑壇の上にたつ彼の姿と、襯衣《シャツ》一枚で顫《ふる》えてゐる彼の姿を根氣よく描き去り描き來って已まなかった」と記していました。

比較文学の清水孝純氏は、ドストエフスキーたち若者が捕えられたペトラシェフスキー事件についてふれたこの部分を執筆しながら、この時漱石が「時代を震撼させた」日本の大逆事件を「思い浮かべていたことは想像に難くない」と記して、「ペトラシェフスキー事件」と「大逆事件」の類似性を指摘しています（「日本におけるドストエフスキー」）。

実際、ドストエフスキーたち若者が逮捕されたロシアの事件では、皇帝暗殺の噂が逮捕のきっかけの一つともなり、この事件の翌年にはオーストリア帝国の要請によってハンガリー出兵に踏み切っていたロシア帝国が、その数年後にクリミア戦争へと突入していました（『ドストエフスキーとペトラシェフスキー事件』）。大逆事件の数年後に「遅まきの帝国主義国」であるアメリカなどとともにシベリア出兵に踏み切っていた日本帝国が、それから数年後には日中戦争へと突入することになったことを想起するならば、クリミア戦争と「大東亜戦争」の間にも強い類似性があるといえるでしょう。

この事件からもっとも強い衝撃を受けた一人が徳冨蘆花でした。この翌年に徳冨蘆花は第一高等学校において「謀叛論」と題する大胆な講演を行ったのです。そして蘆花はここで、「明治初年の日本」には「自由平等革新の空気」がみちみちて、「日本はまるで筍の様にずんずんと伸びて」きたと指摘し、刑死した吉田松陰に言及しながら「新思想を導いた蘭学者」や「勤王攘夷の志士」は、みな「時の権力から云へば謀叛人であつた」とし、「国家百年の大計から云へば眼前十二名の無政府主義者を殺して将来永く無数の無政府主義者を生むべき種子を播いて了ふた」と激しく糾弾したのです。

司馬の説明によれば、「近代を開いたはずの明治国家」は、「近代化のために江戸国家よりもはるかに国民一人々々にとって重い国家をつくらざるをえなかった」が、「蘆花は、そういう国家の重苦しさに堪えられなかった」のです。そして司馬は「国家が国民に対する検察機関になっていくこと」を蘆花は嫌悪したと続けていますが、この文章は『坂の上の雲』を書く中で、秋山真之や蘆花の「憂鬱」を肌で感じるようになった司馬自身の国家観にも深く関わっているでしょう。（Ⅷ・「あとがき 五」）。

実際、捜査が行われる中で早くも発禁処分を受けていた幸徳秋水の著作は、「大東亜戦争」が終わるまでは読むことが困難な状況となりますが、『火の柱』などの社会主義的な傾向を持つ書物も発売禁止とされ、翌年早々には非公開の大審院特別法廷で一二名が死刑に処せられたのです。

ここで注目したいのは日露戦争直前に書かれた木下尚江の『火の柱』では、反戦を訴える主人公を不敬罪で訴えようとする企てが描かれていましたが、大逆罪で処刑された幸徳秋水も、明治五年にドイツ皇帝が無頼漢に狙撃された際には、それを口実にビスマルクが社会党の弾圧をしたことを論文で指摘していたことです。

幸徳秋水の処刑を知った蘆花は、新しく建てた書斎を「秋水書院」と名づけてその死を深く悼みますが、蘆花がこの事件にこれほど強く反応した理由の一つには、前年に亡くなっていたトルストイとの関係があるでしょう。トルストイは『戦争と平和』のエピローグで、主人公の一人ピエールに「祖国戦争」後も「法廷には賄賂、軍隊には鞭と教練と屯田兵、それがあるだけで国民は苦しむばかりだが、「皇帝はもうなにごとにも口を出されない」と厳しく批判させていました。実際、愛国心の高揚を生み出した「祖国戦争」は、そのおびただしい犠牲にも係わらず、農奴制に依存するロシア国内の状況の改善には結びつかず、外国での戦争への参戦によって国内はいっそう厳しい状態となったのです。こうしたなかでピエールのモデルとなったデカブリスト（十二月党員）はアレクサンドル一世が亡くなって権力に空白ができた一八二五年に、「憲法」の制定などを求めて蜂起したのです。

このような「祖国戦争」後のロシアの政治の流れを、蘆花はよく認識していました。すなわち、彼はすでに伝記『トルストイ』において「祖国戦争」を題材とした長編小説に先だって、トルストイがデカブリストの乱を主題とした大小説を書く積りであったことを紹介し、「主人公の過去の生涯を知る必要があって、段々溯って終にナポレオン戦争の当時に到り、其頃の風俗、習慣、家庭、社会、宮廷の有様から戦争の事実まで遍く探求して、其結果を書いたものが、即ち『戦争と平和』である」とその背景を説明していたのです。

ロシア史の研究者である岩間徹氏は、デカブリストたちに対する刑罰の重さが、社会に大きな衝撃をもたらして、「かれら＝政府」と「われわれ＝社会」との分裂をも生み出したと指摘しましたが、『戦争と平和』の分析をとおしてロシア史に対する理解ももっていた徳富蘆花もまた、大逆事件に対する刑罰の重さに対する危惧の念をもったと思えます。

大逆事件から数カ月後に行われた日韓併合について、司馬はロシアによるポーランドの併合を想起しながら、「日本は、日露戦争終了後、五年して、韓国を併合した。数千年の文化と歴史と強烈な民族的自負心をもつその国の独立をうばうことで、子々孫々までの恨みを買うにいたった」と厳しい評価を記しています（『この国』・I）。

しかもビン・シン氏によれば「日露戦争後の新しい国際環境のなかで、朝鮮半島における日本の立場を強化するため」に、長州閥の政治家・桂太郎に対して併合の必要性を強く進言したのが徳富蘇峰だったのです。そして蘇峰は第二次桂内閣のもとで併合条約が締結されると、初代朝鮮総督・寺内正《まさ》毅《たけ》から『京城日報』の監督と、「韓国における新聞事業をゆだねられ」ていたのです。このような事情を知るならば、蘆花が生命の危険性をも顧みずに「謀叛論」と題する大胆な講演を行った背景には、「帝国主義的」な政策を押し進める兄への反発だけでなく、その犠牲者たちに対する弟としての責務を感じていたことも想定できるのです。

最後に注目したいのは、蘆花が先の講演で吉田松陰の処刑にも言及していたことです。ここには日清戦争前に書いた初版の『吉田松陰』においては、松陰を「攘夷論者」ではなく「開国論者」だったことを強調していた兄の蘇峰が、明治四一年の改訂版では「松陰と国体論」、「松陰と帝国主義」、「松陰と武士道」などの章を書き加えて、松陰を「膨張的帝国論者の先駆者」と規定したことに対する蘆花の鋭い批判が隠されていると思われます。

吉田松陰が安政の大獄で処刑されたことが、強権を行使した幕府への激しい怒りとなり、それが幕末の動乱から明治維新へと直結していたことを司馬が『世に棲む日々』で描いていたことを思い起こすならば、司馬が蘆花のこの演説に深い共感を示したことも理解できるのです。実際、『竜馬がゆく』や『幕末』（初出時は「幕末暗殺史」）などで、対立する相手を「天誅《てんちゅう》」と称して暗殺することが横行した時代を描きつつ、「他者」を殺すことによって、「自己」の「正義」を主張することの非を坂本龍馬や勝海舟に説かせていた司馬は、そのような思想がテロリズムが横行した昭和初期に直結していることを鋭く認識していたのです。

しかも統帥権の問題を考察した司馬は、それまでは「法体制のなかで謙虚に活動」していた参謀本部が、日露戦争後に再び緊張し始めた国際関係の中で、「内閣どころか陸軍大臣からも独立する機関」になったと指摘していますが、それは蘇峰の『吉田松陰』（改訂版）が発効された明治四一年のことだったのです（『この国』・I）。

六、「軍神」創造の分析――『殉死』から『坂の上の雲』へ

こうして浮かび上がってくるのが、吉田松陰の評価の問題です。歴史家の磯田道史氏は、司馬が

『世に棲む日々』で戦前のイデオロギーの代わりに「自由な個性」や「合理性」に価値をおいて歴史を書いたと評価しつつも、歴史や人物を、しばしば「デフォルメして描いている」とし、「徳富蘇峰が描く吉田松陰と、司馬さんが描く吉田松陰とでは、まるで別人のようである」と指摘しています。すなわち、徳富蘇峰が描いたように吉田松陰には実際には「激烈に尊皇攘夷」を叫んだ面も強かったが、司馬はそのような面にはふれずに、「自分の書きたい『優しい教育者・吉田松陰』の像をひたすら描いた」と批判したのです（『日本人の良薬』）。

たしかに哲学者の鶴見俊輔氏との対談で語っているように、司馬は松陰には「天皇のために日本人はあるんだ」という思想があることを認めつつも（『歴史のなかの狂と死』）、蘇峰の『吉田松陰』との差異を意識しながら、資料にあたることで松陰のうちにそれまであまり語られてこなかった感受性の鋭く明晰な文章の書き手と、「無謀な攘夷論者」ではない「開国論者」としての別の一面を強調して明るい松陰を描き出していました。ただその一方で、「私は日本の満州侵略のころはまだ飴玉をしゃぶる年頃だったが、そのころすでに松陰という名前を学校できかされた」とした司馬は、松陰の名前はその頃には「ひどく荘厳で重苦しい存在」になっていたが、「国家が変になって」くると、「松陰の名はいよいよ利用」されていたことにも『世に棲む日々』のあとがきできちんとふれていたのです。

しかも司馬はここで「明治国家をつくった長州系の大官たち」が、「国家思想の思想的装飾」として松陰の名を使ったことで「ひどく荘厳で重苦しい存在」になっていたと説明していましたが、「蘇峰蘆花関係年表」によれば改訂版の『吉田松陰』は、「乃木希典の要請と校閲による」ものだったのです（『弟　徳冨蘆花』）。

この意味で注目したいのは、『殉死』において乃木希典が「長州における陽明風山鹿学派のもっとも正当な系譜を継いでいる」ことを指摘していた司馬が、二〇三高地での惨戦を描いた章で、吉田松陰と乃木希典二人の師匠であった玉木文之進についてこう書いていることです。「玉木文之進は明治九年、萩ノ乱に連座して自殺するが、かれの生涯のしごとは、吉田松陰と乃木希典という、かれ自身が純粋思考によって考えた武士の典型を二人とも歴史のなかに送り出したことにあるだろう」（Ⅴ・「二〇三高地」）。

引用した文章だけでは分かりにくいと思いますが、『殉死』において司馬は、「日本は神国なるがゆえに尊し」という感動をもって書かれた山鹿素行《やまがそこう》の『中朝事実』を、「学問の書というよりも宗教書」に近いと指摘するとともに、師の玉木文之進から『中朝事実』を「聖典」のごとくに習っていた乃木希典が、ドイツ留学から戻った後でこれを読みなおすことで、「ついにはその教徒のごとくになった」と書いていたのです。

そして、素行が『中朝事実』で「天下の本は国家にあり、国家の本は民にあり、民の本は君にあり」と説いていたことにふれて司馬は、「国家の本は民にあり」というところまでは儒教思想であったが、さらに「民の本は君（天子）にあり」と続けたことにより、素行は江戸幕府からは「忌避」され、一方、「希典は逆にこの思想が時代思想であったときに成人し、栄爵を得た」と説明したのです。

このような批判は『青年』（明治四三年三月～四四年八月）において夏目漱石をモデルとした登場人物

に、学習院での乃木希典の教育を批判させた森鷗外の場合とも重なっているように見えます。すなわち平川祐弘氏は、「森鷗外が乃木将軍に好意を寄せていたことはまぎれもない事実だが」、教育方針に批判的な面もあったとして、乃木将軍が「学習院の白樺派に代表されるような若い世代が、外国思想にかぶれて忠君の念を失うことを嘆き、山鹿素行の著書を対抗的に引き出そうとする」のを鷗外が間接的に批判していたとして次の箇所を挙げているのです（『西欧の衝撃と日本』）。

「……日本人は色々な主義、色々なイズムを輸入して来て、それを弄んで目をしばだたいてゐる。何もかも日本人の手に入っては小さいおもちゃになるのであるから、元が恐ろしいものであつたからと云つて、剛《こは》がるには当らない。何も山鹿素行や、四十七士や、水戸浪士を地下に起して、その小さくなつたイブセンやトルストイに対抗させるには及ばないのです」（『青年』）。

さらに森鷗外は、舞台をインド西岸に設定した「沈黙の塔」においては、処刑された人達の略伝とともに、彼らが読んだ本や訳した書物が「危険なる洋書」として挙げられ、そこには社会主義関係の文書だけではなく、トルストイ、ドストエフスキー、イプセン、バーナード・ショー、ハウプトマンなどの文学者も批判されていることを指摘しています。そして鷗外は、「どこの国、いつの世でも、新しい道を歩いて行く人の背後には、必ず反動者の群がいて隙を窺っている。そして或る機会に起って迫害を加える」とし、「危険なる洋書も其口実に過ぎないのであった」と続けて、「ロシア帝国」と同じ様に厳しい検閲の時代が「日本帝国」においても近づいてくることへの深い危惧の念を記したのです。

司馬はこのような社会状況をも踏まえながら、『殉死』において乃木希典には「日露役後瀰漫《びまん》しはじめたあたらしい文明と思潮のなかで、この国は崩壊し去るのではないか」という強い不安があったとし、諒闇《りょうあん》の最中の明治四五年九月一一日に参内して当時十二歳であった裕仁親王と幼い二皇子に、山鹿素行の『中朝事実』を演述して「帝王としての心掛け」を説き、その後に殉死した乃木希典の思想に鋭く迫っているのです。

すなわち、「忠君思想」という思想が「国民のなかから退潮しようというきざしのみえるときに」その晩年を迎え、学習院でも生徒のあいだでは「魅力ある教育者」として映っていなかった以上、彼に「残された警世《けいせい》の手段は、死であった」としたのです。

しかも松陰を「日本思想史上の巨人であるとともに、幕末期における比類のない文章家であった」と高く評価し、乃木希典についても「明治期におけるもっともすぐれた漢詩人である点、多少、同門の松陰に似ているかもしれない」とした司馬は、二〇三高地が後にここでの悲劇を歌った乃木の詩から「爾霊山《にれいさん》」と名づけられていることを紹介しつつ、「二〇三《にれいさん》という標高をもって、爾《なんじ》の霊の山」と「鎮魂の想いをこめてこの三字」で名づけた乃木の詩才を「神韻を帯びている」と讃えたのです。

しかし、それとともに司馬が、「この戦場にあっては死のみあり、生はない」が、「無形の表忠碑こそ千年の風霜に耐えるものではないか。皇軍十万、ことごとくが英傑」であるとした乃木の詩を挙げていることからは、戦死や自害を美化することになる日露戦争以降の陸軍への厳しい眼差しも感じられます（V・「二〇三高地」）。

なぜならば司馬は、乃木希典を「その不幸な能力によって日本そのものを滅亡寸前にまで追いつめたひとであった」とし、「戦後、伯爵にのぼり、貴族でありながら納豆売りの少年などに憐憫《れんびん》をかけるという、明治人にとって一大感動をよぶ美談によって浪曲や講釈の好材になり、あたかも『義経記』における義経に似たような幸運をもつことができた」と書いているからです（Ⅵ・「黒溝台」）。

こうして、その死後に最大の「軍神」と見なされることになる乃木希典と比較しながら司馬は、戊辰戦争においては「賊軍側（桑名藩）の士官として官軍の将山県有朋をさんざんに悩まし」、黒溝台では東北の若者たちからなる第八師団を率いて「全日本軍をその大崩壊から救った」師団長の立見尚文《たつみなおふみ》が、弘前など「東北のいろり端でこそ『軍神』であったが、他の地方ではほとんど知られていない」と記し、「歴史上の人物で宣伝機関をも

神田に建てられていた広瀬中佐の銅像［毎日新聞社提供］

っていたひとが高名になる」として、「軍神」創造の仕組みに迫っていたのです。

この意味で注目したいのは司馬が、「すでに日本でも亡びようとしている武士道の最後の信奉者であった」乃木希典が「身を犠牲にすると言いつつも、台湾総督をつとめたり、晩年は伯爵になり、学習院長になったり」したことと比較しながら、「最後の古武士」などといわれた秋山好古が「爵位ももらわず、しかも陸軍大将で退役したあとは自分の故郷の松山にもどり、私立の北予中学という無名の中学の校長」を、「黙々と六年間」務めたことを記して、立身出世主義の問題点や精神主義を鋭く突いていることです。

すなわち、「好古は乃木がきらいではなかった。しかし乃木の旅順要塞に対する攻撃の仕方には無言の批判をもっていた」ようであるとした司馬は、日本の騎兵が有していた機関銃の威力を指摘しながら、「日本の非力な騎兵が数倍のミシチェンコ騎兵団をなんとか追いはらってゆくことができたのはおれの功績ではない」として、「精神力を強調するのあまり火力を無視するという傾向はどうも解せない」という彼の言葉を紹介しているのです（Ⅷ・「雨の坂」）。

このような、秋山好古の言葉は「明治維新」で新しい個人の自立を獲得したかに見えた民衆が、日露戦争のころには「命令に対する絶対的な受動性」をもつようになり、無謀な突撃命令に従って多数の兵士が黙々と死んでいったと指摘して、「国家主義的な教育」の危険性を指摘するようになる司馬の視点とも重なっていたのです。

一方、乃木の思想を体系化して、「忠君愛国の精神」とは「君国の為めには、我が生命、財産、其他のあらゆるものを献ぐるの精神」であると規定し、「長州系の大官たち」の権力を背景に、自分の『国民新聞』をつうじてその思想を普及したのが徳富蘇峰だったのです。このような蘇峰の活潑な言動によって、日露戦争で勝利した後の日本は、「神州不滅」の思想や「大東亜共栄圏」の理念を掲げて、西欧列強との全面戦争に突入することになるのです。

こうして司馬の理解に従って、比較文明学の視点から日露両国における近代化と「欧化と国粋」の流れを図式化すると次のようになります。

急速な近代化（欧化への反撥は強まるが、弾圧される）↓「富国強兵」の実現
↓ヨーロッパの大国との「祖国戦争」（祖国防衛戦争）↓奇跡的な勝利
↓欧化に対する反撥の顕在化と「自国」の「伝統」の強調
↓「文明国」の側からの大量の情報による批判
↓「文明国」からの「情報」の制限
↓「国粋思想」の高まりと「自国」の神国化
↓かつての同盟国である「文明国」からの批判の強まり
↓「共栄圏」の理念による「西欧列強」との全面戦争

終章では『坂の上の雲』において乃木将軍の問題を考察することにより、日本軍における「軍神」の発生の問題に鋭く迫っていた司馬が、「憲法」や「愛国心」の問題をとおして、ノモンハン事件や「昭和別国」の問題を察することにより、どのような「平和観」に到達したかを明らかにし、その現

代的な意義に迫りたいと思います。

終章

「愛国心」教育の批判

新しい「公」の理念

一、日露戦争後の「憲法」論争と蘇峰の『大正の青年と帝国の前途』

明治天皇がその死後に、ロシアのピョートル大帝などと同じように「大帝」と呼ばれることになったことに注意を促した飛鳥井雅道氏は、「一九三〇年代まで決着がつけられなかった」天皇機関説論争が、すでに明治末期には「新聞紙上で個人攻撃をまじえて交わされ」ていたことを紹介しています（『明治大帝』）。

口火を切ったのは蘇峰の『国民新聞』で、論文の筆者は「しきりに乱臣賊子にあらざることを弁解するに力《つと》むるも、其言説文字は、則ち帝国の国体と相容れざるもの多々なり」として美濃部達吉を厳しく批判し、『国民新聞』も社説などで美濃部の説を「遂に国家を破壊せざれば、已《や》まざるなり」として職を去ることを強く求めるキャンペーンを行っていたのです。

しかも、飛鳥井氏は明治天皇の病気が伝えられる中、二度にわたって長期に首相を務めて、「名実ともに政界最大の実力者になっていた」桂太郎が内大臣兼侍従長に任命されると、それに対して新聞各紙がそれを「憲政政治」の危機として厳しく批判していたことも記しています。太平洋戦争の後で生まれた世代の者にとってはこの事情は分かりにくいのですが、政府ではなく宮中に設けられてきた「内大臣（宮内大臣とはべつ）というふしぎな職」について司馬は、「宮中にあって天皇を輔弼《ほひつ》し、下問にこたえ、俗世の代表である内閣とのあいだのパイプ役になるという職であった」と説明し、さらに東条内閣の生みの親であった内大臣の木戸幸一を「明治憲法国家を滅亡させるための要の役を果たした」として厳しく批判しています（『春灯雑記』）。このとき司馬は「国民」の尊厳を保証した「明治憲法」の実質的な失効にもつながった内大臣という職の危険性をよく知っていたといえるでしょう。

実際、桂太郎が内大臣兼侍従長に任命されたことを知った新聞各紙は、「『憲法政治』を今後円満に発展させるためには、実力者が法のとどかぬ『宮中』から腕をふるってはこまる」とし、「宮中府中の別は『先帝陛下の御治世中、殊に御配慮あらせられた』」として、「『先帝陛下』の教えを守れ」と強調する論調を張っていたのです。

そして飛鳥井氏は新聞各紙が「この桂の背後に元老・山県有朋の影があると指摘して、警戒をよびかけた」ことを紹介して、長州閥が明治末期には定着しかけていた「憲法の運用を、桂内大臣兼侍従長によってふみにじろうとした」ことへの批判と強い反発が、大正元年から始まった「二箇師団増設反対運動」から「憲政擁護運動」へとつながることになったと記したのです。

司馬は坂本龍馬が記した「船中八策」を、明治憲法と国会を持つ民主的な「明治国家」につながる理念として高く評価していましたが、こうして明治の終わる頃にはその「明治憲法」の存在さえもが危機に陥るような状態になっていたのです。

しかもそれは日露戦争の終結を前に新たな世界の枠組みを求めてすでに動き出していた国際関係の見直しの動きとも深く結びついており、「列強」の新たな軋轢は、オーストリア皇太子夫妻がサラエボで暗殺されたことをきっかけに、大正三年から七年までヨーロッパの列強を巻き込んで行われ、八五〇万人以上の死者を出すことになる第一次世界大戦へとつながることになったのですが、そうした中で日本帝国も大陸に積極的に進出することになったのです。

このような中で理論的な文柱となったのもやはり徳富蘇峰でした。すなわち、蘇峰は第一次世界大戦中の大正五年に『大正の青年と帝国の前途』を著し、ここで明治元勲たちを「無差別的な欧化主義を宣伝」し、「自屈的外交」を行ったとして鋭く批判する一方で、「国家が剃刀の刃を渡るが如く、只だ帝国主義に由りて、此の国運を世界列強角逐《かくちく》の際に、支持せざる可からざる大道理」を、「大正の青年」はまだ徹底的には会得していないと主張して、「愛国心」教育の必要性を強調したのです。

そして蘇峰は、大正の青年の得ている情報量の多さを指摘しながら、「我が青年及び少年に歓迎せらるる書籍、及び雑誌等は、半ば以上は病的文学也、不完全なる文学也」と断定し、大正の青年に共通する特色は「国家と没交渉」であり、「彼ら一切の青年を統一す可き、中心信条」がないとして、『教育勅語』を「国体教育主義を経典化した」ものと評価してその徹底とともに、「忠君愛国的教育に就ては、日本歴史の教訓に、最も重き」を措くことを望むと主張したのです。

しかも、蘆花は日露戦争での勝利について、「一歩を誤らば、爾が戦勝は即ち亡国の始とならん、而して世界未曾有の人種的大戦乱の原とならん」として深い危惧の念を記していましたが、蘇峰はここで西欧列強の「二重性」を批判しつつ、「白閥を打破し、黄種を興起」することが、「我が日本帝国の使命にして、大和民族の天職」であると強調して、「世界的大戦争」への覚悟を求めていたのです。

一方、司馬は「日露戦争が終わると、日本人は戦争が強いんだという神秘的な思想が独り歩きした。小学校でも盛んに教育が行われた」とし、私もそのような教育を受けた「その一人です」と認めて、

「自国」を客観的に評価できずに、「迷信を教育の場で喧伝して回った。これが、国が滅んでしまったもと」であると分析するようになります（「防衛と日本史」『全講演』・Ｖ）。『坂の上の雲』を書き終えた後では、自国を「絶対化」する「国民国家史観」がもたらす「自尊心と劣等感」の葛藤から、日本でも急速な近代化に伴う「欧化と国粋」のサイクルが起きていることとその危険性に気づいたといえるでしょう。

そして「『旅順』から考える」というエッセーで、司馬は「日露戦争後の論功行賞」では、「長州系の軍人だけでも二一人」が、「華族になったり昇格した」が、その理由の一つは山県有朋を「侯爵から公爵に」のぼらせることだったと記していましたが、かつては長州や薩摩の藩閥政治を厳しく批判していた徳富蘇峰は、「長州系の大官たち」と結びつくことによって勅撰貴族院議員にまで出世し、大正六年には『公爵桂太郎伝』を、そして満州事変後の昭和八年には、『公爵山県有朋伝』を刊行することになるのです。

蘇峰の歴史観を高く評価した坂本多加雄氏は、大正デモクラシーの理論的指導者であった吉野作造が、『大正の青年と帝国の前途』を「徒《いたず》らに青年の志気の頽廃を説く」、「時代を解せざる老翁の繰言《くりごと》の如く」と冷ややかな批評を加えたことを紹介しながらも、この書物の発行部数が百万部を超えていることに注意をうながして、「若い世代の知識人たち」からは冷遇されたが、「知識人層とは一応区別された一般読者の嗜好にかなうもの」であったとして、この思想書の意義を強調していました。

しかし、後に詳しく見るように、日中戦争が勃発した昭和一二年（一九三七）に、文部省が『国体の本義』を配布して、蘇峰が主張したように「教育勅語」や「国体」の意義の徹底をはかったことを想起するならば、戦前の教育の方向性を担った蘇峰のこの書が百万部を超えたのは当然とも言えるでしょう。

この意味で重要なのは、『坂の上の雲』の後日譚ともいわれる『ひとびとの跫音』において、司馬が子規の死後養子である正岡忠三郎や彼の親友の西沢隆二など「大正デモクラシーの時代に青春を送った世代」の人々を主人公とし、しかも忠三郎が中学校二年の大正三年（一九一四）に第一次世界大戦が始まったことや忠三郎があや子と結婚した年に日中戦争が勃発したことなど、個人の体験を日本史や世界史の流れの中に位置づけて描いていることです。

そして、司馬は第一次世界大戦では日本が「多分に欧州のどさくさにつけ入るようなかたちで、アジアのドイツ領や権益をおさえ」、「海軍はドイツ領南洋諸島を占領した」と記し、さらに大正七年のシベリア出兵を「古風な表現でいえば瀆武《とくぶ》の典型」であり、「国家的愚挙のはじまりであった」と厳しく批判しているのです。

しかも司馬は『ひとびとの跫音』において、自分は「太平洋戦争の戦時下にみじかい学生時代」を送り、「そのころから軍人がきらいで」あったが、それは学校教練の教師というものが予備役将校で、たえず将校服をきていたことと無縁ではないかもしれない」と記していますが、この記述も蘇峰の『大正の青年と帝国の前途』と深い関わりがあります。

すなわち、大正青年を「呑気至極と云ふべし」と批判した蘇峰は、このような精神のたるみは「全国皆兵の精神」が、「我が大正の青年に徹底」していないためだとし、「尚武の気象を長養するには、各学校を通して、兵式操練」をするだけでなく、「学校をして兵営の気分を帯ばしめ」ることが必要だと記していたのです。

しかも、大正一四年に公布された治安維持法を司馬は、国家そのものが「投網《とあみ》、かすみ網、建網《たてあみ》、大謀網《だいぼうあみ》のようになっていた」とし、「人間が、鳥かけもののように人間に仕掛けられてとらえられるというのは、未開の闇のようなぶきみさとおかしみがある」と鋭く批判していますが、治安維持法が最初に適用されたのは、この法律と同じ年に実施されるようになった軍事教練に対する反発から生まれ、「学問の自由」で守られていた大学の「社研」に対してだったのです（立花隆「私の東大論」）。つまり、治安維持法は国家の変革を求めるものだけではなく、言論の自由や平和を守ろうとする者にも適用されていたのです。

さらに司馬とも対談したことのある評論家の立花隆氏は昭和八年（一九三三）に京都帝国大学法学部の教授全員だけでなく助教授から副手にいたる三九名も辞表を提出し抗議した「滝川事件」にふれて、滝川幸辰《ゆきとき》教授に鳩山一郎文部大臣が辞任を要求した真の理由は滝川教授が治安維持法に対して「最も果敢に闘った法学者だった」ためではないかと推定しています。

このような流れの中で、司馬がことに問題とした統帥権の問題がいよいよ出てくることになります。すなわち、昭和三年（一九二八年）に出された『統帥参考』という参謀本部の将校か陸軍大学校の学生しか見ることのできない「極秘中の極秘の本」には、「国が戦争になった場合、統帥機関が日本国民を統治する」と書かれていたのです。このことに注意を促した司馬は、昭和一〇年には、「日本の明治憲法の一般的な、ごくポピュラーな解釈だった」美濃部達吉の著作『憲法講義』が発禁処分となり、「美濃部さんが貴族院議員を逐われ」たことで、内務官僚が縮み上がってしまったと記しているのです（『昭和』）。

さらに司馬は「大正末年から昭和にかけての言論人や政治家、陸軍の軍部」が、「海軍軍縮派の〝軟弱ぶり〟」をののしったときに、「海軍と一部政党人が、のちに陸軍が十八番とする〝統帥権干犯《かんぱん》〟という「亡国的言辞を浜口内閣に対して吐いた」と指摘し、その反対を押し切って軍縮に踏み切った浜口首相が暗殺されたことを記して、「憲政に力のあった時代は、浜口内閣のあたりで終焉したともいえる」と結んだのです（『この国』・Ⅵ）。

福沢諭吉は明治一二年に書いた『民情一新』で、西欧の「良書」や「雑誌新聞」を見るのを禁じただけでなく、国内の学校においては「有名なる論説及び学校読本を読むを禁じ」、さらには「学校の生徒は兵学校の生徒」と見なしたニコライ一世治下の政治を「未曾有《みぞう》の専制」と断じていました。徳富蘇峰の強い影響下に司馬が学生生活を送った「昭和初期」には日本帝国は、「祖国戦争」後からクリミア戦争末期までの「暗黒の三〇年」と呼ばれるニコライ一世治下のロシア帝国とそっくりの相貌を示すようになっていたのです。

次節ではまず最初に司馬の夏目漱石への関心の深まりの一因を考察した後で、司馬が『ひとびとの跫音』の中でどのように「愛国心」教育の問題を論じているかを考察して見たいと思います。

二、「愛国心」教育の批判と『ひとびとの跫音』

司馬は「漱石という人は奥の深い人です」と記し、「日露戦争という、国家が滅びるかどうかというようなことをやっている最中に、夏目漱石は『吾輩は猫である』を、つまり彼にとって最初の小説を書いていた」と記しています(『昭和』)。この意味で注目したいのは、『吾輩は猫である』の第六章の末尾近くには、苦沙弥先生が読み上げた自作の短文が書かれていることです。それは「大和魂! と叫んで日本人が肺病みの様な咳をした」という文章で始まり、「東郷大将が大和魂を有つて居る。肴屋の銀さんも大和魂を有つて居る。詐欺師、山師、人殺しも大和魂を有つて居る」と続けて、「誰も口にせぬ者はないが、誰も見たものはない。誰も聞いた事はあるが、誰も遇つた者がない。大和魂はそれ天狗の類か」と結ばれていたのです。

漱石の主人公である語り手の猫が、苦沙弥の態度を「聊《いささ》か本気の沙汰」と評していることに注意を促した谷口巌氏は、ここで言及されている「大和魂」は、「客観的な根拠に立たぬ単なる精神主義であり、理性を離れた独善性と行動の暴発性を孕む、危険な〈呪文〉の類であった」と説明しています(『「吾輩は猫である」を読む』)。

私たちは漱石がすでにこの時期に「大和魂」の強調の危険性に注意を促していることに驚かされますが、このような問題に漱石が気づくことができたのは、彼が留学した年にボーア戦争での勝利に熱狂するロンドンの市民たちを間近に見たことが大きかったと思えます。なぜならば、司馬はこの戦争を「典型的な帝国主義戦争として内外に悪評高かった」と位置づけつつ、その時の参謀長であり、黒木軍にも観戦武官として従軍したハミルトン中将に、「軍人としての義務があるから私は最善をつくしたつもりだが、ああいう戦争はよくない」と語らせ、「侵略戦争は民族戦争をやる相手に対して勝つことはほとんど不可能にちかいという原則をもつようになった」と書いていたのです（Ⅵ・「乃木軍の北進」）。漱石も侵略を正当化しつつ、自国の勝利を喜ぶロンドンの市民たちの熱狂を自分の目で見たことで、「国民国家」が「愛国心」を煽り立てることで「国民」を戦争へと駆り立てることの危険性を実感したのではないでしょうか。

一方、相変わらず自分の新聞を『国民新聞』と名づけつつも、「されば帝国臣民の教育は、愛国教育を以て、先務とせざる可らず」として、「国民」を「臣民」と位置づけた蘇峰は、「大正青年に愛国心の押売を試み」ようとするものではないと断りつつも、「何物よりも、大切なるは、我が日本魂」であり、「日本魂」とは「一言にして云へば、忠君愛国の精神也」とし、青年が「日本帝国を愛し、日本帝国に全身を献げ」るように、「国家を宗教とせんことを望む」と「愛国心」教育の徹底を求めたのです（『大正の青年と帝国の前途』）。

こうして、若き司馬遼太郎（福田定一）が尋常小学校に入学した昭和五年のころには、「とにかく、あらゆる式の日に非常に重々しい儀式を伴いながら」、「教育勅語」が読まれるようになっていたのです（「教育勅語と明治憲法」）。さらに司馬が中学校に入学した翌年の昭和一二年には、文部省から『国体の本義』が発効されています。そこではまず明治期の自由民権運動を想起しながら、「極端な欧化は、我が国の伝統を傷つけ、歴史の内面を流れる国民的精神を萎靡《いび》せしめる惧れがあつた」として「欧化」の弊害を説き、さらに大正デモクラシーを想定しながら、その後も「欧米文化輸入の勢いは依然として盛んで」、「今日我等の当面する如き思想上・社会上の混乱を惹起」したとして、これらの混乱を収めるべき原則として「教育勅語」の意義を強調していました。

しかも文部省教学局は、「国体の本義解説叢書」の一冊として『我が風土・國民性と文學』と題する小冊子を発行して、ここで「敬神・忠君・愛国の三精神が一になっている」ことは、「日本の国体の精華であって、万国に類例が無いのである」と強調しました。しかし、私たちの視点から興味深いのは、それは「正教・専制・国民性」の「三位一体」こそが、「ロシアの理念」であるとした「ウヴァーロフの通達」と酷似していることです。

すなわち、ロシア思想の研究者の高野雅之氏は「ウヴァーロフの通達」を「ロシア版『教育勅語』」と呼んでいますが、実際、憲法などの制定を求めて蜂起したデカブリストの乱を厳しく処罰し、さらに翌年には政治警察である「第三部」を設けるとともに、「検閲法」も設定していたニコライ一世は、ロシアの若者にも影響力をもち始めていた「自由・平等・友愛」の理念に対抗するために「ロシアにだけ属する原理を見いだすことが必要」と考えたのです。こうして、文部大臣ウヴァーロフは「わが皇帝の尊厳に満ちた至高の叡慮によれば、国民の教育は、正教と専制と国民性の統合した精神においてなされるべきである」とする通達を学校関係者や教育行政官に出して、「愛国主義的な」教育改革を行っていたのです。

一方、司馬は『ロシアについて――北方の原形』において、大正四年の「対華二十一ケ条の要求」を、「列強のかわりに日本が中国を独占的植民地にしようとする」、「他国とその国のひとびとについての無神経な感覚」とし、それは「かつてわずかな量ながらもその中に含有していた日本の心のよりましな部分をはなはだしく腐食させた。この種の腐食こそ国家の滅亡につながることを、当時の〝愛国者〟たちは気づかなかった」と厳しく批判しているのです。

この意味で注目したいのは、フランスの新聞が清仏戦争（明治一七〜一八年）を、毎日「記事や銅版画で報じつづけていた」のを見て、子規の若い叔父の加藤恒忠（拓川）は「憤りを感じた」にちがいないと、司馬が『ひとびとの跫音』で記し、「世間に瀰漫《びまん》している愛国主義を嫌悪」した拓川が、危険な思想家とされた幸徳秋水にかなり先んじてフランスで書いた「愛国心」批判の論文に注意を促していることです。すなわち、司馬はまず官憲が「沸騰する民権運動」を押さえ込むために、「新聞、出版に関する取締条例を強化し、さらには政論に関する集会を綿密に監視」するようになっていた当時の日本の状況を指摘しながら、それゆえ拓川は「国家や愛国ということの本質を、そこざらえにして考えざるをえなかったのではないか」と推測しているのです。

つまり、明治三四年に出版された秋水の『帝国主義』は、「緒言」「愛国心を論ず」「軍国主義を論ず」「帝国主義を論ず」「結論」の五つの章からなり、そこで秋水は「愛国心は、即ち外国外人の討伐をもって栄誉とする好戦の心なり」と定義して、「愛国的病菌」と「帝国主義的ペスト」が二〇世紀の文明を破壊し尽くす世界大戦を招くとその危険性を鋭く予告していました。

一方、司馬の説明によれば、拓川の論文「愛国論」は七章から成り、「愛国の本義」を説いた第一章から「愛国心の過去未来」について論じた第二章、そして、「天下を乱るものは愛国者なり」との見出しがついた第六章を経て、最後の章では「愛国の臣たらんよりは寧ろ盗臣たれ」ときわめて激しい題が付けられているのです。

拓川はその理由を「愛国心と利己心とは其心の出処も結果の利害も同様」なので、「愛国主義の発動はとかくに盗賊主義に化して外国の怨を招き、外国の怨は人類相対の怨となる」として、人間世界に愛国心があると「天下太平は望みがたし」と説明したのです。そして司馬は「おのれのまごころをつくし、他人への無限の思いやりをもつ」という孔子が説きつづけた「忠恕《ちゅうじょ》」の理念こそが、「地球を『同類相喰』の場から救う」と拓川が考えたと説明しています。

このように見てくるとき、ここでは普通の人々の「一人一人が光って立ち上がって見えてくる」と小説家の藤沢周平が絶賛した『ひとびとの跫音』は、「帝国主義」と「愛国心」の必要性を強調した蘇峰の『大正の青年と帝国の前途』を強く意識しつつ書かれ、「自国を絶対化」してしまう「愛国心」教育を厳しく批判していたといえるでしょう。

三、『坂の上の雲』から幻の小説『ノモンハン』へ

ノモンハン事件が起きたのは、日中戦争の勃発から二年後の昭和一四年のことでした。司馬は昭和三九年に書いたエッセーで「日露戦争では、海軍は旅順閉塞隊の広瀬武夫中佐、陸軍では遼陽で戦死

した橋周太中佐が軍神」になり、「大正時代には軍神はなかった」ことを指摘しながら、日中戦争ではわずか二五歳の戦車隊の下士官・陸軍中尉西住小次郎がえらばれたことについて、「昭和に入って、軍部はシナ事変をおこし、さらにそれを拡大しようとしたために、国民の陣頭にかざす軍神が必要になった」と説明しています（『歴史と小説』）。

実際、「自国に憲法があることを気に入っていて、誇りにも思って」いた司馬は、戦況が悪化して「文科系の学生で満二十歳を過ぎている者はぜんぶ兵隊にとるということ」になったときに、国民には「徴兵の義務がある」ことを知って「観念」し、戦車兵として満州へと派兵されたのですが、そこの戦車学校で学んでいるときに「ノモンハンで生きのこった日本軍の戦車小隊長、中隊長の数人が、発狂して廃人になったというはなし」をきいて、「戦慄したことがある」と記しています。そして、「命中しても貫徹しないような兵器をもたされて戦場に出されれば、マジメな将校であればあるほど発狂するのが当然であろう」とした司馬は、「戦車であればいいじゃ

神宮競技場で行われた学徒出陣壮行大会（1943年）［毎日新聞社提供］

ないか。防御鋼板の薄さは大和魂でおぎなう」とした「参謀本部の思想」を厳しく批判していました（『歴史と小説』）。

大正の青年に「戦争への覚悟」を求めるとともに、「日本魂」の重要性を説いていた蘇峰は、やむをえない場合にはとしながらも、「兵器を以て、人間の臆病を補はんよりも、人間の勇気を以て、兵器の不足に打克つ覚悟を専一と信ずる也」と記していたのです（『大正の青年と帝国の前途』）。

一方、「私は小説にするつもりで、ノモンハン事件のことを徹底的に調べたことがある」と語った司馬は、「ノモンハンは結果として七十数パーセントの死傷率」で、それは「現場では全員死んでるというイメージです」と語るとともに、連隊長として実際に戦闘に参加した須見新一郎元大佐の証言をとおして、「敗戦の責任」は貧弱な装備で戦わされ勇敢に戦った何人かの連隊長にかぶせられ、「そのころの日本陸軍の暗黙の作法として、責任をとらせたい相手の卓上に拳銃を置いて」自殺を強要されたことを紹介したのです。そして、「このばかばかしさに抵抗した」須見元大佐はこのために退職させられたとし、彼のうらみはすべて「無限にちかい機能をもちつつ何の責任もとらされず、とりもしない」、「参謀という魔法の杖のもちぬしにむけられていた」と書いたのです。実際、現場の連隊長に責任を取らす一方で、企画者だった関東軍の作戦参謀は転任させられただけであり、たとえば「少佐参謀の辻政信」は、後に「大きく起用されてシンガポール作戦の参謀」となり、「華僑の大虐殺」を行っていたのです（『この国』・I）。

こうして幻の小説『ノモンハン』は『坂の上の雲』での分析を踏まえて、「昭和初期」の日本の問題にも鋭く迫る大作となることが十分に予想されたのです。しかしこの長編小説の取材のためもあり、元大本営参謀でシベリア抑留から戻ったあとには、商事会社の副社長となり再び政財界で大きな影響力を持つようになった瀬島龍三氏と司馬が対談をしたことが、この長編小説の挫折を招くことになりました。すなわち、『文藝春秋』の昭和四十九年正月号に掲載されたこの対談を読んだ須見元大佐は、「よくもあんな卑劣なやつと対談をして。私はあなたを見損なった」とする絶縁状を送りつけ、さらに「これまでの話した内容は使ってはならない」とも付け加えていたのです。

この話を伝えた文芸評論家の半藤一利氏は、「かんじんの人に絶縁状を叩きつけられたことが、実は司馬さんの書く意欲を大いにそぎとった」のではないかと推測しています（『司馬遼太郎とノモンハン事件』）。小林竜夫氏はおそらく司馬は抵抗する気概を持っていた須見元大佐を小説の主人公として構想していたのではないかと想定し、「須見のような人物を登場させることはできなく」なったことが、小説の挫折の主な理由だろうと説明しています（『モラル的緊張へ――司馬遼太郎考』）。たしかに、惚れ込んだ人物を調べつつ歴史小説を書き進めていた司馬のような作家にとって、主人公を失うことは大きく、この小説を続けることは難しかったと思えます。

それとともに注目したいのは、司馬が作家の井上ひさし氏との対談で、この時の司令官であった小松原中将が、ソ連駐在武官であったことを紹介しながら、「ソ連軍の装備が、往年のロシア軍とは違って機械化されていると報告すると、あいつは恐ソ病だといわれて出世が止まったそうです。だから報告しなかった」と説明していることです（『国家・宗教・日本人』）。

「ロシアの官吏は文官であれ、武官であれ」、彼らの怖れたのは「専制者の意向や機嫌をそこなうこと」であり、「ロシア国家」のためという「思考法をとる高官はまれであった」と記した司馬は、ロジェストウェンスキーのような「独裁者はかならずしも強者ではなく、むしろ他人の意見の前に自己の空虚さを暴露することを怖れたり、あるいは極端に自己保存の本能のつよい精神体質の者に多い」と痛烈に記していました（Ⅶ・「宮古島」）。しかし、この長編小説の連載を始めた頃には幻の小説『ノモンハン』の構想を持ち始めていたことを考えあわせるならば、このような鋭い批判の矛先には、皇帝の絶対的な権力を譲られたロシアの司令官だけではなく、「統帥権」を背景に絶対的な権力を持つにいたる日本の参謀たちにも向けられていたのはたしかだと思えます。

つまり、藤岡信勝氏は「司馬史観」の特徴の一つとして、「官僚批判」を挙げていましたが、司馬が批判しているのはたんなる官僚ではなく、権力を背景に「自国中心」の「愛国」的な教育を行わせた当時の文部官僚や、そうして差し出された若者たちの生命を惜しげもなく戦場で散らせた高級軍人に向けられていたといえるでしょう。

実際、日露戦争以降の「軍神」の歴史を辿った司馬は、「つづいて大東亜戦争の象徴的戦士として真珠湾攻撃のいわゆる『九軍神』がえらばれ」たが、「日本の軍部がほろびるとともに、その神の座もほろんだ」と結んでいました。

こうして司馬は、「ナショナリズムは、本来、しずかに眠らせておくべきものなのである。わざわざこれに火をつけてまわるというのは、よほど高度の（あるいは高度に悪質な）政治意図から出る操作というべきで、歴史は、何度もこの手でゆさぶられると、一国一民族は潰滅してしまうという多くの例を残している（昭和初年から太平洋戦争の敗北までを考えればいい）」と、拓川と同じように「愛国心」教育の危険性を強く指摘したのです（『この国』・I）。

四、「昭和初期の別国」と「第三帝国」――「自国の絶対化」と戦争の讃美

この意味で興味深いのは敵と戦う際には避難民を轢き殺してでも進めと語った参謀が東北人であったことにふれて司馬が、「戊辰戦争で『賊軍』にされた藩から、多くの軍人が出ている」と続け、「かれらは西国諸藩出身よりも、より以上に『勤王屋』になり」、「狂信性を加えた」としながらも、その理由を「一種の史的コンプレックスからぬけるために、非常な精神家になる場合が多かった」と説明していたことです（「百年の単位」）。実際、「生きて虜囚の辱めを受けず」という有名な「戦陣訓」を通達した東条英機もかつて「賊軍」の汚名を着せられた南部藩の出身だったのです。

しかも司馬は、インパール作戦を発動した東条英機の「国民に対する大演説」をラジオで聞いた後で「大工さんだったか左官さんだったか忘れましたが、とにかく普通のおじさんが『アホかいな』と言ったのです」とし、「いかに難しい漢語を使っていようと、それは何の実感もなく空疎なものだということ」を知っていたと書いていましたが、「東条の大演説」にも蘇峰の手が入っていた可能性が強いのです（『昭和』）。

すなわち、昭和十年代に「もっとも先鋭的に国民の士気を鼓舞」して、「言論界の長老として、明

治初期の民権論の鼓吹者としての経歴がまったく汚れてしまうほどの役割を積極的に果たした」として、徳富蘇峰を厳しく批判した保坂正康氏は、東条英機首相の秘書官から「直接聞いた話」として、「東条さんの議会演説の草稿は陸軍省軍事課などでまとめたのだが、それが日本語としての威厳を保ち、国民に説得力をもつよう手直ししてもらうため、私はいつも徳富蘇峰さんのところに通っていましたよ」という話を紹介しているのです（『大本営発表は生きている』）。

司馬も「日露戦争の終わりごろからすでに現れ出てきた官僚、軍人」などの「いわゆる偉い人」には、「自分がどう出世するかということ」には「多くの関心」があったが、「地球や人類、他民族や自分の国の民族を考える、その要素を持っていなかった」と記し、さらに言葉を継いで東条英機には真の「愛国心があったのだろうか」と問い、「実際は日本をつぶすために走り回った」という厳しい評価を記したのです（『昭和』）。

こうして、司馬は「統帥権を握った者たちは、その果てにどこに行くかわからないほどの野望を持った」とし、うまくいかなくなると、「集団ヒステリーというよりも、統帥権の執行者自身がヒステリーになって、たれかをスケープゴートにしてしまう。たれか弱いやつをたたく。国民を引っぱたいておまえが悪いんだ、おまえがだらしがないんだとしてしまう。国民はぜいたくしているかいないかと、よく言われました。これはいじめているわけですね」と書いて、日本でも単一的な原理が支配した際には戦争への歯止めがきかなくなったことを厳しく指摘したのです。

そして、「住民のほとんどが家をうしない、約一五万人の県民が死んだ」太平洋戦争時の沖縄戦にふれつつ、「本土において、本土決戦用の兵力をひきい、心ゆくまで本格的に決戦すべきである」と本土決戦を主張した終戦時の陸軍大臣・阿南《あなみ》惟幾《これちか》の言葉を引用した司馬は、「これが、軍隊の本質そのものといっていい」とし、「軍隊というものは本来、つまり本質としても機能としても、自国の住民を守るものではない」と記したのです（『街道』・Ⅵ）。

実際、憲兵組織が「完全に日本の各階層に浸透して」いた中で、東条内閣を打倒する運動にかかわった松前重義は、戦死が確実と思われる南方の戦線に「二等兵」として送られていました。しかも松前がこのような処遇を受けたのは、内村鑑三の強い影響のもとに、彼が一八六四年のデンマーク・オーストリア戦争の敗北の後で、小国デンマークの荒廃した国土や人心を「報復の戦争」へと駆り立てるのではなく、植林と教育で救った人物がいたことを示しつつ、自分の著作『デンマークの文化を探る』で平和の重要性を説いたことが、「反戦思想と烙印」されたためだったのです（『二等兵記』）。

東条英機には「確固たる歴史哲学がなかった」と批判した松前重義は、「彼の思想は国家至上主義であった」とし、彼に反対するものは、「すべて乱臣賊子」と見て、「弾圧は国のためである、と確信していたに相違ない」と書いています。「戦争」が正当化されるとき、それを冷静に批判する者も、「すべて乱臣賊子」と見られるようになるのです。

しかも、西欧列強との対決が強く意識されるようになると、自国を盟主とする「共栄圏」の理念が、日本帝国において生まれていました。つまり、「大東亜戦争」の直前には、当時の代表的な知識人が「新しい世界史の哲学」を目指した座談会で、「米英の不遜横暴」を批判し、「八紘一宇の理念」による「大東亜共栄圏の倫理性」と「封建体制から急速に国民国家の体制」に変わることができた日本の指導性を強調しながら、英米に対する「総力戦」の意義を説いていました（『世界史的立場と日本』）。

それゆえ、司馬は「われわれはヒトラーやムッソリーニを欧米人なみにののしっているが、そのヒットラーやムッソリーニすら持たずにおなじことをやった昭和前期の日本というもののおろかしさを考えたことがあるだろうか」と問いつつ、「政治家も高級軍人もマスコミも国民も神話化された日露戦争の神話性を信じきっていた」と厳しく批判したのです（『歴史の中の日本』）。

実際、『わが闘争』においてヒトラーは、第一次世界大戦の敗戦後にドイツで制定されたワイマール憲法下の平和を軟弱なものとして否定するとともに、フランスを破った普仏戦争を「ドイツ帝国の建国からして、全国民を感激させる事件の奇蹟によって、金色に縁どられて輝いていた」とし、その後を継いだ第三帝国の意義を強調して、ドイツ民族の「自尊心」に訴えつつ、情緒的な用語を用いて「復讐」への「新たな戦争」へと突き進んだのです。

この意味で注目したいのは、幕末の「神国思想は、明治になってからもなお脈々と生きつづけて熊本で神風連《じんぷうれん》の騒ぎをおこし、国定国史教科書の史観となり、昭和右翼や陸軍正規将校の精神的支柱」となったと痛烈に批判していた司馬が、真珠湾の攻撃を「太平洋戦争の開幕のときの不意打ちによって、日本のインテリは溜飲を下げた」が、「それは嘘の下がり方なんです」と書いていたことです（『昭和』）。

一方、神風連の乱が起きた年に、熊本でのキリスト教への誓いに最年少で参加していた徳富蘇峰は、敗戦の色が濃くなった「大東亜戦争」の末期の一九四五年に最も激しく「神風」の精神を唱えるようになっていたのです。すなわち、「我が神聖固有の道を信じ、被髪・脱刀等の醜態、決して致しまじく」との誓約の下に団結して立ちあがった「神風連の一挙」を蘇峰は、「欧米化に対する一大抗議であった」とし、「大東亜聖戦の開始以来、わが国民は再び尊皇攘夷の真意義を玩味するを得た」とし、「この意味から見れば、彼らは頑冥《がんめい》・固陋《ころう》でなく、むしろ先見の明ありしといわねばならぬ」と高く評価したのです（近世日本国民史『西南の役（二）――神風連の事変史』）。

五、「共栄圏」の思想と「強大な帝国」との戦争――「欧化と国粋」のサイクル

ただ、このような激しい思想的な変化は、蘇峰にだけ生じたわけではなく、近代化の中で激しい「欧化と国粋」の波に揺れたロシアでも、このような人物を多数輩出していたのです。たとえば、シベリアに流刑されるまではロシアの「国粋的な思想」を厳しく批判していたドストエフスキーも、明治一〇年に起きた露土戦争に際しては、『アンナ・カレーニナ』で主人公に非戦論を唱えさせたトルストイを批判して、スラヴ民族の解放としての露土戦争の意義を主張するようになるのです。

バルカン半島の覇権が争われたクリミア戦争は、アジアの覇権を争った「大東亜戦争」との類似点が多いように思えますが、ことに興味深いのは、クリミア戦争後の思想的な混乱の中でロシアにおいても、「大東亜共栄圏」を先取りする形で「全スラヴ同盟」の理念が生まれていたことです。

すなわち、敗戦によって急速に強まった体制批判に対処するために、ロシア政府はアレクサンドル

二世のもとで「農奴解放」を含む法制度や教育改革などの抜本的な改革に取り組み始めました。しかし、しばらくすると特権階級化していた貴族たちの反対でこれらの改革は、ほとんど骨抜きにされて、戦前と同じ様な体制に逆戻りし、傷つけられた「自尊心」の回復を「外」に求めて新たな戦争の準備が唱えられるようになっていたのです。

この時期の問題については、「大地主義」の理念を掲げて穏やかな改革を主張した雑誌『時代』の創刊から廃刊までをドストエフスキーの作品を中心に分析した前著『欧化と国粋――日露の「文明開化」とドストエフスキー』で詳しく分析しました。それゆえここではペトラシェフスキー事件でドストエフスキーと共に逮捕されたダニレフスキーの主著で明治二年に雑誌に連載された『ロシアとヨーロッパ――スラヴ世界のゲルマン・ローマ世界にたいする文化的および政治的諸関係の概観』を簡単に見ておくだけにとどめます。この書の第一章でダニレフスキーは、クリミア戦争はこの前年に叔父のナポレオン一世の権威を背景にして即位していたナポレオン三世によって起こされたものであり、彼にとってこの戦争は「ナポレオン王朝を不信と悪意をもって見ているヨーロッパと和解させる」ために必要であったと強調したのです。

さらに、「なぜヨーロッパはロシアを憎むのか」と題された第二章では、一八一二年のナポレオンによるモスクワ侵攻はヨーロッパの利益をロシアが守ろうとしたために起きたのだと主張する一方で、ポーランドの分割や二月革命以後のハンガリー出兵の際には、オーストリアやプロシアなど西欧の諸国も関わっていたにもかかわらず、ヨーロッパがギリシア正教を受容したロシアを自分たちの同胞と見なしていないために、不公平な「二重基準」が用いられ、ロシアのみがその反動性を強く非難されていると力説しているのです。

そしてダニレフスキーはトルストイの『戦争と平和』に言及しながら、大国フランスを破ったロシア人の勇敢さと優秀さを称えて、ダーウィンの進化論を歪めた「弱肉強食」の思想を正当化する西欧列強から滅ぼされないためには、「祖国戦争」でヨーロッパを救うとともに抑圧されたスラヴ民族にも独立への自信を与えたロシアを盟主とする「全スラヴ同盟」を結成して、西欧列強と対抗すべきだと強調したのです。

それまでの西欧の慣習では当然とされていた日本の賠償要求に対して、欧米社会は自分たちの場合とは異なる「二重基準」で対応したことを司馬は憤慨していましたが、このようなダニレフスキーの論理は、西欧列強の「弱肉強食」の思想を批判しつつ、アジア解放の正当性を主張した「大東亜共栄圏」の理念と驚くほどに似ているのです。

つまり、初めは熱烈な「西欧派」の論客として出発した徳富蘇峰の場合もダニレフスキーと同じように、西欧の実態を知ったあとではその「二重基準」への強い怒りから、その反対の極である「国粋派」の論客に変化したといえるでしょう。

この意味で注目したいのは、日本の近代化の過程を分析した梅棹忠夫氏が、「ヨーロッパ列強の圧力に対抗して」近代化を迫られた「アジアの他の国ぐに」や「アフリカや中東」でも、「国民国家の建設と、ミニ帝国の建設とが、同時並行的にからまりあって進展していた」と指摘していることです

(『近代世界における日本文明――比較文明学序説』)。このような梅棹氏の指摘を考慮するとき、イランとの戦争に際してはアメリカの「同盟国」として援助を受け軍事大国となったイラクが、さらなる領土を求めてクウェートに侵攻してそれが厳しく批判されると、今度は「イスラム圏の団結」を呼びかけていたことは、「明治国家」や「ロシア帝国」がたどった軌跡に重なってきます。

しかもこれに対する「文明国」の側の対応もきわめて似ています。それまで「イスラム革命」に対する防波堤として、「民主的」で重要な「同盟国」と位置づけられていたイラクは、アメリカなどの「石油利権」を侵したことで、一転して「野蛮国」とされて厳しい「経済制裁」の対象となり、さらには劣化ウラン弾などの最新兵器による激しい攻撃を受けることになったのです。

司馬遼太郎は日露戦争後に「国粋」の流れが強まった日本の歴史を分析して、「戦争は勝利国においてむしろ悲惨である」と記しました(『歴史の中の日本』)。「多民族国家」アメリカもその例外ではなく、軍事大国ソ連との「冷戦」に勝利した後では「国粋」の流れが強まり、自国を「文明」としながら、「野蛮な敵」との「新しい戦争」へと突き進んでいるように見えるのです。

一方、湾岸戦争が勃発して「国際貢献の是非をめぐって」日本が揺れていたころに司馬は、後輩の青木彰氏への手紙で、「小生はモトは非正規ながらも軍人ですから、よく訓練された軍隊を修羅場へやりたいところです。自分自身、フセインの部隊と一戦交えたい衝動もあります」という激しい言葉を書き連ねていました。しかしその後で戦争という手段で「世界が成功したことがない」と続け、「すかさず拳銃を抜いたアメリカも、西部劇的幻想がありすぎる」とし、「ガン・マンは、佇立《ちょりつ》せざるをえず、佇立がながびくほど、経済として痩せほそってゆきます」と厳しい批判も加えていたのです（『司馬遼太郎からの手紙』）。

六、「司馬史観」の成熟――「特殊」としての平和から「普遍」としての平和へ

司馬は『坂の上の雲』において太平洋戦争を行った「日本の政治的指導層の愚劣さをいささかでもゆるす気になれないのだが」と断りつつも、東京裁判におけるインド代表の判事パル氏のアメリカ批判を引用して、「白人国家の都市におとすことはためらわれたであろう」として、広島と長崎への原爆投下を厳しく批判していました（Ⅲ・「開戦へ」）。

しかし、「遅まきの帝国主義国」であるアメリカのブッシュ政権は、二発の原子爆弾の投下によって戦前の「野蛮」な日本の民主化に成功したことを例に挙げつつ、自国の文明性を強調して、「ならず者国家」に対しては核兵器の先制使用も辞さないと宣言して、「国連」による査察の徹底を求めた国際世論に反してイラクへの攻撃を行ったのです。そして日本政府も、「同盟国」である超大国アメリカの戦争を助けることが「常識」として、紛争解決の手段としての戦争を禁じた「憲法」との整合性についての議論もないままに、自衛隊の多国籍軍への参加をも決定してしまいました。

しかし、これまでの考察を踏まえて日英同盟を結んだ外務大臣・小村寿太郎の言葉を再考察するならば、キリスト教保守派の基盤の上に立つブッシュ政権が、「固有の伝統」や「愛国心」を強調するようになった日本との軍事同盟を重視するのは、日本をアジアの「イロコワ族」として、「当面の敵」

である「イスラム圏」の勢力を弱めるまでであると思われます。そして、その後は日露戦争以後の日米関係のように、保守的な傾向を強める日本への批判が高まることは、避けられないように見え、そしてその時には、「自国」の「自尊心」を侮辱されたと感じた日本において、反米意識が再び高まることも充分に予想されるのです。

一方、宮崎駿氏などと行った鼎談で司馬は、二〇世紀の大きな特徴の一つとして「大量に殺戮できる兵器を、機関銃から始まって最後に核にまで至るもの」を作ったことを挙げて、「兵器は全部、人を殺すための道具ながら、これが進歩の証《あかし》」とされてきたことを激しく批判したのです（『時代の風音』）。そして、日本が戦後ずっと「被爆国として、様々な形で核反対をしてきた」ことを積極的に評価した司馬は、日本は「核反対の先唱者であるという血まみれの意識を常に持つ」べきであると語り、さらにイデオロギーにとらわれない形で、しかも中央からではなく地方の草の根のレベルから核兵器反対の声を集めるべきだと記したのです（「中央と地方」『歴史と風

爆心地からの原爆ドームと広島市街［毎日新聞社提供］

土』)。それはインドとパキスタンなどの国々に続き核拡散の危険性が増している現在、焦眉の課題といえるでしょう。

宇都宮徳馬氏は原爆がもたらした惨状を描いた新聞記事などの発表をアメリカ軍が禁止していたことを明らかにするとともに、自国民の生命に対しては責任を負うべき日本政府が非人道的な原爆の使用に対する戦争責任を告発しなかったために、第一次世界大戦で用いられた毒ガスの使用は、「戦争犯罪」として裁かれたが、核兵器使用の非人道性は、アメリカ国内ではいまだによく理解されておらず、現在でもその使用は「戦争犯罪」にはあたらないとされていることを厳しく批判しています(『軍拡無用——二一世紀を若者に遺そう』)。

実際、日本のこのような「二重基準」のために原爆使用の非を問われなかったアメリカは、「自国の正義」に従わない「ならず者国家」に対する枯れ葉剤や劣化ウラン弾などの使用も正当化し続け、それに対する反発や怒りがテロなどの温床ともなっているように思われます。

この意味で注目したいのは、「復讐の権利」を主張しあいながら、「富国強兵」につとめてきたことが戦争の大規模化につながったことを対話的な方法によって明らかにするとともに、日本は「世界連邦を提唱し、世界平和実現の先駆者となるべきではないか」と洋学紳士に述べさせてもいた中江兆民の『三酔人経綸問答』を、司馬が敬愛していた仏文学者の桑原武夫が、「明治の文明を代表する最高の作品」と位置づけていたことです。そして桑原はそのような兆民の理想は、「しだいに近代日本の地表に近づき、大戦の戦火ののちに戦後の平和憲法となった」として、そこには現在の国際連合の理念を先取りするような考えが述べられていたことを強調したのです（校注、『三酔人経綸問答』）。『坂の上の雲』を書く中で近代戦争の発生の仕組みを観察し続けていた司馬も、「私は戦後日本が好きである。ひょっとすると、これを守らねばならぬというなら死んでも（というとイデオロギーめくが）いいと思っているほどに好きである」と書いていました（『歴史の中の日本』）。

そして戦後にできた新しい憲法のほうが「昔なりの日本の慣習」に「なじんでいる感じ」であると語った司馬は、さらに、「ぼくらは戦後に『ああ、いい国になったわい』と思ったところから出発しているんですから」、「せっかくの理想の旗をもう少しくっきりさせましょう」と語り、「日本が特殊の国なら、他の国にもそれも及ぼせばいいのではないかと思います」と主張するようになるのです（「日本人の器量を問う」『国家・宗教・日本人』）。

しかも歴史小説を書きつづける中で近代の戦争の実態をたじろぐことなく見続けてきた司馬は、このときそれまで知り得た知識の上に、単に抽象的な形で「戦争」反対と唱えるのではなく、未来の地球文明のモデルとなりうるような「普遍」としての「平和」の理念が、多様性を許容していた江戸後期の日本にあり、それが明治以降の日本で受け継がれてきたことを具体的に明らかにしていたのです。すなわち、『ひとびとの跫音』と同じ年に書き始めた『菜の花の沖』で、主人公の高田屋嘉兵衛に日本とロシアの軍制の違いについて「日本の場合、どういう怨みがあっても、自国を固めることはあっても、不法に他国を攻めるようなことがない」と語らせた司馬は、「こういうことを大見得でもって言えたのは、江戸期の日本だったればこそであったろう」と記して、多様性を有した「後期江戸文明」の中で育ったこの嘉兵衛の理念が中江兆民や正岡子規の叔父である加藤恒忠など明治初期の思想家たちに受け継がれていることを強調したのです。

しかもこのような司馬の平和観は、文明による「野蛮の征伐」だけでなく、「自然の征服」をも目指していた近代西欧文明の自然観の批判の上に成立していたのです。すなわち、西欧列強の「国民国家」史観に依拠するようになった福沢諭吉は、バックルなどと同じように「人間」による「自然」の「支配」も認めて、「水火を制御して蒸気を作れば、太平洋の波濤を渡る可し」とし、「智勇の向ふ所は天地に敵」のない以上は、「山沢、河海、風雨、日月の類は、文明の奴隷と云う可きのみ」と『文明論之概略』において断じていました。

このような福沢諭吉の自然観に対しては、比較文明学の視点から神山四郎氏が、これは「バックルから学んだ西洋思想そのものであって、それが今日の経済大国をつくったのだが、また同時に水俣病もつくったのである」と批判し、「明治には『奴隷』と思った自然から今はしっぺ返しを受けている」と指摘しています（『比較文明と歴史哲学』）。実際に、無理矢理に「支配」された自然は、現在温暖化をはじめとする地球の環境の悪化となって人類の生存をすらも脅かすようになってきているのです。

この意味で注目したいのは、自国には多量の核兵器を所有し、今もなお臨界前核実験や最新兵器の開発を続ける一方で、「他国」の核保有にはきわめて厳しい批判を行っているアメリカ政府が、差し迫った地球温暖化の問題には関心を示さず、京都議定書の批准をも拒んでいることです。このようなアメリカ政府の自然観は、その高度の科学力や強い経済力とは裏腹に、「文明」による「野蛮」の支配や征伐を当然とした一九世紀的な歴史観から抜け出ていないと言えるでしょう（六一頁の「国家の序列化の図」参照）。

一方、すでに夏目漱石は「西洋の文明」を目的とすると明言した福沢諭吉の文明観を厳しく批判していました。すなわち、それまでの日本を「半開」とみなした福沢諭吉は、明治一二年には日本が「開国二十年の間に、二百年の事を成した」と書いて、「文明開化」の速度を誇るようになります。しかし、夏目漱石は「明治の思想は西洋の歴史にあらわれた三〇〇年の活動を四〇年で繰返している」と記し、「現代日本の開化」が「皮相上滑りの開化」であるとして日本の「近代化」を西欧文明の物真似として鋭く批判したのです。

『坂の上の雲』を書き終えた後では司馬もこのような漱石の批判を受け継ぐかのように、「日本は維新後、西洋が四百年かかった経験をわずか半世紀で濃縮してやってしまった」と記して、「文明開化」の問題点を鋭く意識するようになるのです（『歴史の中の日本』）。そして昭和六一年の「樹木と人」という講演で「チェルノブイリの原子炉」の事件に言及した司馬は、「大気というものは地球を漂流していて、人類は一つである、一つの大気を共有している。さらにいえばその生命は他の生物と同様、もろいものだという思想を全世界に広く与えた」と語っています（『十六の話』）。

歴史家のトインビーは第一次世界大戦後に近代西欧の歴史観を「自己中心の迷妄」と厳しく批判して、「文明」を単位とする新しい歴史観を打ち立てていました。「自国」を「公」とした近代の歴史観が、「自己」（自民族、自国）の絶対化と、「他者」（他民族、他国）の支配を正当化するだけでなく、人間による自然の奴隷化をも正当化することに気づいた司馬も、「公」としての「地球」という比較文明学的な新しい視野を獲得することになったのです。

それゆえ平成五年の対談で司馬は、「ぼくは年をとって、漱石が好きという以上に恋しくなっています」と言い、「漱石において、ラブレターも書けて地球環境論も論じられる、そういう文章日本語が成立したわけです」と語って、漱石の意義を高く評価したのです。そして「地価高騰と病的な投機意識の蔓延」によって、「社会そのものが化物になって」しまうような日本の精神状態を作り出したのは、「明治以後の土地制度のあいまいさによる」とした司馬は、「われわれの社会はよほど大きな思想を出現させて、『公』という意識を大地そのものに置きすえねばほろびるのではないか」と記しています。地球を「公」とすべきとするこのような新しい「司馬史観」の広い視野が、「国益」という視点から「自国中心的な考え」を教育してきた古い歴史観や自然観と完全に訣別していることは明白でしょう。


ただ、司馬は平成三年に書いた編集者への手紙で「いま、漱石の『それから』に凝っています」と書き、「トシをとると、おやおやというくらいにおもしろいですね」とも書いています（関川夏央『司馬遼太郎の「かたち」――「この国のかたち」の十年』）。

これほどに司馬が漱石に傾斜していった大きな原因の一つは、漱石が日露戦争後の日本社会を描いた作品において、きわめて鋭く戦後の日本社会とその問題点を描いていたことに気づいたためと思われます。たとえば漱石は『それから』において、当時の日本を次のように厳しく批判していたのです。「奥行を削って、一等国だけの間口を張っちまった。こう西洋の圧迫を受けている国民は、頭に余裕がないから、碌《ろく》な仕事は出来ない。悉《ことごと》く切り詰めた教育で、そうして目の廻る程こき使われるから、揃《そろ》って神経衰弱になっちまう。自分の事と、自分の今日の、只今の事より外に、何も考えてやしない。考えられない程疲労しているんだから仕方がない。精神の困憊《こんぱい》と、身体の衰弱とは不幸にして伴っている。のみならず、道徳の敗退も一所に来ている」。

おそらく『それから』の文章を読んだときに司馬は、日露戦争後の日本と、バブル経済が崩壊し「弱肉強食」の論理のもとに弱者の切り捨てが行われるなかで、「自分の事」以外は「考えられない程疲労している」現在の日本人の状況との驚くほどの類似性を感じるとともに、自分が青春を過ごした「昭和初期」の日本と「平成初期」の日本が似ていることに強い危機感をも抱いたのだと思います。

司馬は亡くなる直前に行った経済評論家の田中直毅氏との対談で、「少なくとも土地をいたぶったという意味での倫理的な意味で決算をしておかないと、次の時代はこない」と語っていました（『日本人への遺言』）。この時司馬は、「国際化」に対応するために個性の尊重を謳いながら、多発するようになった青少年犯罪を「行きすぎた欧化」のせいであるとして、実質的には、「権威」や「国家」への「服従」を求める「国粋」的な傾向を強めている教育のもとで、日本の国民は再び、ノモンハン事件の頃のような「従順な臣民」になり始めているのではないかという強い批判をしていると思われます。

明治期の日本には「帝国」化することなく自立した「小国」を目指す流れもあったことを紹介した

田中彰氏は、「明治維新以来、百三十年の歴史の結実としての『日本国憲法』が『大国主義』を主張する人びとによっていまや邪魔にされはじめている」と指摘し、このような傾向に対する危機感は自分たちよりも司馬のほうが、「より切実だったにちがいない」と書いています（「〈雑談『昭和』への道〉のことなど」『昭和』）。

それゆえ司馬は、「ひとつの国が単純なひとつの文化で支配されているような状態では、結局その国、あるいはその社会は衰弱するだろう」として、「自己の多様性を、なんとかつくり出さなければいけないのではないか」と記すとともに、「相手の国の文化なり歴史なりをよく知って、相手の痛みをその国で生まれたかのごとくに感じることが大事」と強調したのです（『昭和』）。

私たちは司馬遼太郎の遺志を尊重するならば、地球の温暖化など地球規模の問題を解決するためにも、「自国の正義」を主張しつつ、「戦争」によって問題を解決しようとする一九世紀的な古い文明観から脱却して、「地球」を「公」とし、「平和」を重視する「文明観」を、日本の伝統の上に成り立った「普遍的な理念」として誇りをもって世界へと発信すべきでしょう。

あとがき

市民講座で「ロシア文学の研究者である先生がなぜそれほどに司馬遼太郎にこだわられているのか」という質問を出されたことがあります。その折りには急だったことや時間的な制約のために充分な説明をできなかったので、ここではそのことについて少し触れておきたいと思います。

私が「司馬史観」の問題に取り組むきっかけとなったのは、司馬遼太郎氏が亡くなった後で藤岡信勝氏が、司馬の歴史観の生成過程にある『坂の上の雲』を取りあげてこれを日露戦争を讃美した長編小説であると断じ、そこから「司馬史観」の特徴を抽出した評論が掲載されたことです。それは私がかつてこの長編小説を読んだときに受けた印象とは正反対のものであり、そのような結論が導き出されていたことに愕然としたのです。

その後少しずつ司馬作品を読み直すなかで、自分の読み方に大きな間違いはなかったことを再確認しつつも、『ひとびとの跫音』や『菜の花の沖』などの作品をも読めば、そのうちに明白になるような歴史観の違いをなぜ藤岡氏が無視して『坂の上の雲』をそれほどに讃美しているのかが当初は不思議でした。しかし、司馬はその晩年には、自分たちはすでに「単一の文化の時代のなかに住んでいるのではないか」という強い「脅え」と、「これからの時代はどうなるのか」という心配をも記していました。

それゆえ、「司馬史観」論争や「歴史教科書」問題の経過を見ている中で、藤岡氏たちが目指しているのは『坂の上の雲』をきちんと読み解くことではなく、「情念」に訴えることのできる『坂の上の雲』に書かれている文章を利用することで、日露戦争の戦勝百周年に当たる二〇〇五年を再び戦争のできる「強い軍事国家」に変えるための「改憲」の年にしようとしているのではないかという強い危惧の念を抱くようになったのです。

青木彰氏は「『公』は時代によって僭称《せんしょう》」されるとし、「昭和前期の『公』は軍人に占領」されたと指摘しましたが、「僭称者」のテーマはロシア文学の重要な主題の一つでもあり、プーシキンも『ボリス・ゴドゥノフ』の主要人物を皇帝の息子であると「僭称」して権力を得たと厳しく批判していました。それゆえ、私も「自由主義史観」が「司馬史観」を「僭称」することにより、大衆的な人気の高い司馬氏の権威を利用しつつ、権力を背景にして教育改革をしようとしていることに強い怒りを感じたのです。

このような問題意識から「司馬史観」の変化とその意義を論じた『この国のあした――司馬遼太郎の戦争観』を出版しましたが、その後でこの書をテキストとした連続講義を世田谷市民大学やかわさき市民アカデミーで持てたことは、司馬遼太郎の戦争観についての考察を深める上で貴重な機会となりました。また、これらの講義では定員を超える一六〇名以上の方や三〇〇名近い受講生の方々の熱心な反応や率直なご意見、さらに熱い期待の込められたご感想を頂き、『空海の風景』や『ひとびとの跫音』を中心に、司馬遼太郎の教育観をまとめたいという新しい意欲が生まれました。

しかし、講義で言及した中島誠氏の『司馬遼太郎と「坂の上の雲」』からは、「情念」に強く訴える力を持つ司馬遼太郎のこの長編歴史小説が、日本における「戦争論」の流れを決める「二〇三高地」であることに改めて気づかされ、早急に「司馬遼太郎の平和観」の現代的な意義を明らかにする必要性を痛感しました。また、三つの戦争を比較しながら考察した青木彰氏の遺著からは、真の「司馬史観」の確立への熱い思いとともに、司馬遼太郎における戦争観の深まりについての様々な示唆を得て、本書の方向性を定めることができました。

本書で論じた個々のテーマについては、比較文明学会、比較思想学会、日本比較文学会、日本ロシア文学会、東海大学文明学会、麗澤大学比較文明文化研究センター、東海大学異文化交流研究会、ドストエーフスキイの会、日本価値観変動研究センター、世田谷文芸散策会、トインビー・地球市民の会などで発表し、様々な視点から貴重なご意見やご指摘を頂きました。

また、「ロシアの社会と文化」を論じた大学の講義では、学生諸君の反応を見ながら日露戦争を論じたことで、現在の日本に対する若者たちのいらだちや将来への不満を間近に感じることができました。さらに、本書の構想がほぼまとまった後で、東海大学エクステンションセンターで『坂の上の雲』を中心に、司馬遼太郎の戦争観の変化についてじっくりと連続講義を行うことができたのも幸いでした。

こうして本書が成立するにあたっては、市民講座や学会、講演会などで準備や司会の労を執られた多くの方々にたいへんお世話になっています。また、本書の執筆に際しては多くの文献から知的刺激を受けることができました。誌面の都合上そのすべてを掲載することはできませんでしたが、この場をお借りしてこれら著者や関係者の方々、そして受講生の方々に深い感謝の意を表します。

また絶対的な権力を軍部が有して抵抗することすら難しかった時期に、東条英機を批判して南方の戦場へと送られた東海大学の創立者松前重義博士は、坂本龍馬、横井小楠、高杉晋作などは「明治維新の曙もみないで、ひたすらに新しい時代の来訪を夢見ながら死んでいった」が、「歴史の舵を誤らしめなかった」として、教育によって平和な国家を創設しようとされました。本書をそのような理念と深いゆかりのある雑誌『望星』の発行所から出版することができたのも幸いでした。

ただ、司馬作品の研究に本格的に取りかかってからまだ一〇年にならず、歴史の専門家でもないので、不備な点や思い違いもあると思われます。今後とも研究を深めて「司馬史観」の真の意義を明らかにしたいと祈念しておりますので、忌憚のないご批判やご意見を頂ければ幸いです。

最後になりましたが、本書をよくするためにいろいろと骨を折られた編集の佐野弘二、寺田幹太の両氏と東海教育研究所の方々に深く感謝致します。妻の春子には、今回もワープロの打ち込みや校正などの労をかけたことも記しておきます。

主な歴史的人物一覧

主人公

秋山真之（一八六八～一九一八）、正岡子規の親友、日本海軍を勝利に導いた名参謀だが、戦後は僧侶になろうとして果たせず、長男を僧侶とする。

秋山好古（一八五九～一九三〇）、真之の兄、近代化した騎兵隊を率いて、日清・日露戦争で活躍。戦後は爵位を拒否して、地方の中学校の校長となる。

正岡子規（一八六七～一九〇二、本名常規）、『ホトトギス』を創刊し、「写生」を重視した短歌と俳句の改革を通じて、近代日本語の確立に大きな寄与を果たすが、若くして没。

あ

明石元二郎（一八六四～一九一九）、情報将校、日露戦争時に反政府活動を組織。日韓併合後は、憲兵隊司令官として、朝鮮を弾圧。

アレクサンドル一世（一七七七～一八二五）、ロシア皇帝。「祖国戦争」でナポレオンを破った後に、「神聖同盟」を提唱。

アレクサンドル二世（一八一八～八一）、ニコライ一世の息子。クリミア戦争後に「大改革」を行うが、ポーランド反乱を厳しく鎮圧し、スラヴ同胞の解放を掲げて露土戦争を起こす。

アレクサンドル三世（一八四五～九四）、ロシア皇帝。ニコライ二世の父親で貴族の封建的特権を擁護した。

伊藤博文（一八四一～一九〇九）、政治家、初代内閣総理大臣、大日本帝国憲法の作成に関わる。韓国統監を勤めるが、ハルビンで暗殺される。

伊東祐亨（一八四三～一九一四）、神戸の海軍塾で学び、日清戦争では連合艦隊司令長官として清の艦隊を破る。

井上馨（一八三五／三六～一九一五）、第一次伊藤内閣で外相となり、鹿鳴館などの極端な欧化政策で非難を浴びた。

ウィッテ（一八四九～一九一五）、ロシアの政治家。日露戦争に反対して政権から遠ざけられるが、ポーツマス会議ではロシア側全権となる。

ウヴァーロフ（一七八六～一八五五）、ロシアの政治家。「正教、専制、国民性」の「三位一体」の愛国的な教育制度を導入。

植木枝盛（一八五七～九二）、自由民権運動の指導者。福沢諭吉などから影響を受けて「憲法草案」を起草。

内村鑑三（一八六一～一九三〇）、キリスト教指導者。「不敬事件」で一高を退職。日清戦争を「義戦」とするが、日露戦争前には反戦を唱える。

大町桂月（一八六九～一九二五）、評論家。与謝野晶子を厳しく批判。

大山巌（一八四二～一九一六）、西郷隆盛の従兄弟。日清戦争で活躍。『不如帰』の浪子の父親のモデルとなる。日露戦争では満州軍司令官。

か

勝海舟（一八二三～九九）、幕末の幕臣。神戸海軍塾を創設して多くの弟子を育てる。坂本龍馬の師。

桂太郎（一八四七／四八～一九一三）、陸軍の軍制改革を実施。日露戦争時の首相。軍備拡張政策をとるが、護憲運動で退陣。

加藤恒忠（拓川、一八五九～一九二三）、正岡子規の叔父。秋山好古の友人。外交官。子規の死後養子となる正岡忠三郎の実父。

ガポン（一八七〇～一九〇六）、ロシアの司祭。皇帝への請願デモを組織して「血の日曜日」事件をひき起こす。

木下尚江（一八六九～一九三七）、社会運動家。日露戦争前には反戦運動を展開。小説『火の柱』で好戦的な世論作りを批判。

陸羯南（一八五七～一九〇七）、加藤恒忠や原敬の友人。正岡子規の恩人。谷干城の援助で新聞『日本』を創刊して、「国民主義」を唱え、徳富蘇峰の「帝国主義」に反対する。

クロパトキン（一八四八～一九二五）、ロシアの軍人。陸軍大臣を務め、日露戦争時には極東軍総司令官となるが、左遷される。
ゲルツェン（一八一二〜七〇）、ロシアの思想家。亡命先で雑誌『北極星』など発行して、反政府運動を助ける。主著に『過去と思索』。
ゴーゴリ（一八〇九〜五二）、ロシアの作家。『死せる魂』では、農奴制を痛烈に批判するが、晩年にはロシアの専制政治を擁護するようになる。
幸徳秋水（一八七一〜一九一一）、中江兆民に師事。一九〇一年に著書『廿世紀之怪物帝国主義』で、「愛国心」教育と「帝国主義」の関連を指摘。大逆事件で処刑される。
小村寿太郎（一八五五〜一九一一）、日清戦争時の臨時代理公使。桂内閣で外相を務め、日英同盟を締結。日露戦争後にはポーツマスで日本全権として講和を達成。第二次桂内閣では日韓併合を実施。

さ

坂本南海男（直寛、一八五三〜一九一一）、坂本龍馬の甥、民権運動家、後にキリスト者となる。
坂本龍馬（一八三五〜六七）、神戸海軍塾の塾長を勤めた後、亀山社中を設立して、薩長同盟を成立させる。彼の「船中八策」は、議会の設置など近代的な諸概念を含み、自由民権運動にも影響を与えた。
下瀬雅充（一八五九〜一九〇九）、下瀬火薬の発明者。
シリヤスク（一八五五〜一九二四）、フィンランド過激抵抗党・党首。明石の援助を受けて、帝政ロシアの打倒をはかった。

た

高田屋嘉兵衛（一七六九〜一八二七）、江戸時代の大商人。平和を「江戸文明」の伝統として説き、ロシアとの「文明の衝突」を回避させる。
高橋是清（一八五四〜一九三六）、財政家。日露戦争時に外債調達に奔走。大蔵大臣となるが、二・二六事件で死亡。
高浜虚子（一八七四〜一九五九）、俳人、正岡子規に師事。
滝川幸辰（一八九一〜一九六二）、治安維持法に強く反対した刑法学者。滝川事件で京都大学を追放される
谷干城（一八三七〜一九一一）、熊本鎮台司令官。欧化政策に反対して大臣を辞任。防御中心の軍備を主張し、日露戦争の開戦に反対する。
ダニレフスキー（一八二二〜八五）、ロシアの生物学者、思想家。ペトラシェフスキー事件で逮捕されるが、クリミア戦争後には『ロシアとヨーロッパ』を著して、西欧中心史観を厳しく批判。
玉木文之進（一八一〇〜七六）、松下村塾創立者、吉田松陰と乃木希典の師。萩の乱で自殺。
丁汝昌（?〜一八九五）、中国、清末の海軍提督。
寺内正毅（一八五二〜一九一九）、日露戦争時の陸軍大臣、初代朝鮮提督として、独立運動を弾圧、米騒動で首相を辞職。
トインビー（一八八九〜一九七五）、イギリスの歴史家。第一次世界大戦後に、自国中心的な近代の歴史観を批判して、「文明」を単位とする新しい歴史観を提唱。主著『歴史の研究』。
東郷平八郎（一八四七／八〜一九三四）、海軍大将、元帥。バルチック艦隊を破った連合艦隊の司令長官。
東条英機（一八八四〜一九四八）、陸軍大将。「戦陣訓」を制定、太平洋戦争時の首相・陸軍大臣。
徳富蘇峰（一八六三〜一九五七）、ジャーナリスト。『国民新聞』を創刊して平民主義を最初は唱えるが、後に「帝国主義者」として「忠君愛国」思想を唱え、『大正の青年と帝国の前途』などの著作で戦争への覚悟を求める。
徳冨蘆花（一八六八〜一九二七）、蘇峰の弟。司馬遼太郎にも強い影響を及ぼした人気作家。兄とは鋭く対立する。主な作品に『トルストイ』、『不如帰』、『黒潮』、『寄生木』、『みみずのたはこと』など。
ドストエフスキー（一八二一〜八一）、ロシアの小説家。検閲制度などを批判してシベリアに流刑されるが、クリミア戦争後に西欧の「生存闘争」の原理を強く批判する。作品に『地下室の手記』、『罪と罰』など。

トルストイ（一八二八〜一九一〇）、ロシアの小説家。日露戦争を強く批判。『戦争と平和』や『アンナ・カレーニナ』などの作品が蘆花を通して紹介され、白樺派などに強い影響を与えた。

トレポフ（一八五五〜一九〇六）、皇帝の相談役として発言力を有したロシアの警察官僚。

な

中江兆民（篤介、一八四七〜一九〇一）、ルソーの民約論を日本に紹介した思想家。主な作品に『三酔人経綸問答』。

長岡外史（一八五八〜一九三七）、日露戦争時の参謀本部次長。樺太占領を計画して大陸侵略へのきっかけを作る。

中村正直（敬宇、一八三二〜九一）、啓蒙思想家。ミルの『自由之理』やスマイルズの『西国立志編』を翻訳。

夏目漱石（一八六七〜一九一六）、正岡子規の親友。イギリス留学後に『我が輩は猫である』で作家としてデビュー。『三四郎』や『それから』では、日露戦争後の日本社会を鋭く分析し、批判した。

ナヒーモフ（一八〇二〜五五）、クリミア戦争でトルコ艦隊を撃破したロシア海軍の提督。

ナポレオン一世（一七六九〜一八二一）、フランス革命で頭角を現し、ヨーロッパの武力統一を試みるが、「祖国戦争」でロシアに敗北。「諸国民の解放戦争」後に退位する。

ナポレオン三世（一八〇八〜七三）、ナポレオン一世の甥。クーデターで皇帝となるが、クリミア戦争のきっかけをつくるなど多くの戦争に関与、普仏戦争に敗れて退位。

ニコライ一世（一七九六〜一八五五）、「暗黒の三〇年」とも呼ばれるきわめて保守的な政治を行ったロシアの皇帝。

ニコライ二世（一八六八〜一九一八）、日露戦争時のロシア皇帝。皇太子の時に大津事件で巡査に襲われ負傷。一〇月革命後に処刑される。

乃木希典（一八四九〜一九一二）、山県有朋に寵愛された軍人。日清戦争に従軍し、台湾総督を経て、日露戦争では司令官として苦戦の末、旅順を攻略する。学習院院長のときに妻静子とともに昭和天皇に殉死。

は

バックル（一八二一〜六二）、イギリスの歴史家。「文明」による「野蛮」の征伐を正当化する。主著に『イギリス文明史』。

服部中庸（一七五六〜一八二四）、本居宣長の弟子。「皇国」の構造を図を用いて説明する。

原敬（一八五六〜一九二一）、政治家。寺内内閣が米騒動で退陣した後の最初の政党内閣で、首相を務める。一九二一年暗殺される。

ヒトラー（一八八九〜一九四五）、普仏戦争を賛美し、ドイツ民族の優越性を唱えて、第三帝国を建設。第二次世界大戦を引き起こす。

ピョートル一世（一六七二〜一七二五）、ロシアの「文明開化」を行い、「大帝」の称号を与えられる。

広瀬武夫（一八六八〜一九〇四）、秋山真之の親友、海軍軍人。ロシア留学時にはロシア文学にも親しむ。旅順港閉塞作戦で戦死し、「軍神」と讃えられる。

福沢諭吉（一八三四／三五〜一九〇一）、思想家。自由民権運動に大きな影響を与えたが、バックルなどの影響で「国権」重視の思想に移行。

プーシキン（一七九九〜一八三七）、ロシアの国民詩人。多くの友人が一八二五年のデカブリストの乱に参加し、その後は秘密警察の監視下におかれる。主著に韻文小説『エヴゲーニイ・オネーギン』。

プレーヴェ（一八四六〜一九〇四）、農民蜂起を弾圧し、ユダヤ人の虐殺にも責任のある帝政ロシアの内務官僚。対日強硬策を主張。

ペトラシェフスキー（一八二一〜六六）、フランスの空想社会主義者フーリエを敬愛して、ロシアの検閲制度や農奴制度を批判した。

ま

マカロフ提督　（一八四九〜一九〇四）、平民出身で名著を多く著したロシア旅順艦隊司令長官。機雷により戦死。

マッツィーニ　（一八〇五〜七二）、イタリアの統一と「国民国家」の形成を説いた革命家。

マハン　（一八四〇〜一九一四）、米国の軍人。秋山真之の戦術にも影響を与えた海軍史の大家。

メッケル　（一八四二〜一九〇六）、ドイツ陸軍将校。陸軍大学で「先制攻撃」をも可能とした「プロシャ方式」を教授。

松前重義　（一九〇一〜九一）、工学博士。熊本生まれ、東条英機を批判して南方の戦場へと送られる。内村鑑三に私淑して、平和教育実現のために東海大学を創設。著書に『現代文明論』など。

美濃部達吉　（一八七三〜一九四八）、憲法学者。天皇機関説を唱えて、一九三五年に不敬罪で告訴される。

宮崎滔天　（一八七〇／七一〜一九二二）、徳富蘇峰の大江義塾で学ぶ。後に孫文を知り、中国革命を援助する。

武者小路実篤　（一八八五〜一九七六）、作家。志賀直哉などと『白樺』を創刊。トルストイの影響下に「新しい村」の運動を始める。

陸奥宗光　（一八四四〜九七）、坂本龍馬の元で海援隊に参加。外務大臣として日清戦争にも深く関わる。

本居宣長　（一七三〇〜一八〇一）、江戸中期の国学者。『古事記伝』で「儒教道徳」を「漢心」として批判。

元田永孚　（一八一八〜九一）、漢学者。『教学大旨』を著して、欧米流教育を批判、「教育勅語」の草案を作成して、教育の方向性を決める。

森有礼　（一八四七〜八九）、初代文部大臣。一八八九年に伊勢神宮への不敬を理由に暗殺される。

森鷗外　（一八六二〜一九二二）、作家、評論家、軍医総監。『青年』では乃木希典を間接的に批判、「沈黙の塔」で大逆事件後の検閲を批判する。

や

山鹿素行　（一六二二〜八五）、『中朝事実』を書いて乃木希典に強い影響を及ぼした江戸中期の漢学者。

山県有朋　（狂介、一八三八〜一九二二）、「軍人勅諭」や「教育勅語」などの制定に関わり、自由民権運動を弾圧、長州閥を偏重した権力者。

山本権兵衛　（一八五二〜一九三三）、海軍の人事刷新を行い、連合艦隊を整備して、日本海海戦の勝利に貢献。その後二度首相となるが、シーメンス事件で失脚。

横井小楠　（一八〇九〜六九）、坂本龍馬にも影響を与えた幕末の思想家、一八六九年に暗殺される。徳富兄弟の伯父。

与謝野晶子　（一八七八〜一九四二）、歌人。旅順攻撃に際して、弟の無事を祈る詩を書いて批判された。

吉田松陰　（一八三〇〜五九）、松下村塾で高杉晋作などの弟子を育てた幕末の思想家。安政の大獄で処刑される。

吉野作造　（一八七八〜一九三三）、民本主義を掲げて、「大正デモクラシー」の先頭に立った政治学者。

ら

ルーズヴェルト　（一八五八〜一九一九）、米国第二六代大統領。日露戦争の調停にあたる一方、海軍力を増強してカリブ海地域の支配を強化。

ロジェストウェンスキー　（一八四八〜一九〇九）、ニコライ二世の寵臣。バルチック艦隊司令官、日本海海戦で捕虜となる。

本書関連年表 I （日本の開国から日清戦争終結まで）

●日本と世界の動き

一八五三年	米・ペリー提督、浦賀に来航、露・プチャーチン提督、長崎に来航
一八五四年	ロシアとトルコの間でクリミア戦争（〜五六年）
	三月　日米和親条約、英仏がロシアに宣戦布告
	一二月　日露和親条約
一八五五年	トルストイ『セヴァストーポリ』（〜五六年）
	ニコライ一世死去、アレクサンドル二世即位
一八五八年	安政の大獄（〜五九年）
一八五九年	秋山好古、加藤恒忠（拓川）、松山に生まれる
	【→『坂の上の雲』『ひとびとの跫音』】
一八六〇年	福沢諭吉、咸臨丸のアメリカへの使節団に加わる
	大老井伊暗殺される
一八六一年	露・農奴解放令、ロシア艦対馬占領、宣教師ニコライ来日、南北戦争（〜六五年）
一八六二年	福沢諭吉、幕府使節団の通訳として訪欧、ドストエフスキー、初めての西欧旅行
一八六三年	徳富猪一郎（蘇峰）熊本に生まれる
	長州藩、攘夷を決行、薩英戦争、天誅組の変、リンカーン、奴隷解放宣言
一八六四年	禁門の変、四ヶ国連合艦隊下関砲撃、デンマーク・オーストリア戦争
一八六五年	トルストイ『戦争と平和』（〜六九年）
一八六六年	福沢諭吉、『西洋事情』　プロイセン・オーストリア戦争、ドストエフスキー『罪と罰』
一八六七年	坂本龍馬、暗殺される
	一〇月土佐藩、大政奉還を建白↗
	一二月王政復古の大号令
一八六八年	この年、夏目金治郎（漱石）と正岡常規（子規）が生まれる【→『坂の上の雲』】
	秋山真之、松山に生まれる、健次郎（蘆花）生まれる
	戊辰戦争（〜六九年）、五ヵ条のご誓文、神仏分離令
一八六九年	一月横井小楠暗殺される→森鷗外『津下四郎左衛門』
	五月戊辰戦争終結、ダニレフスキー『ロシアとヨーロッパ』執筆
一八七〇年	普仏戦争（〜七一年）、ナポレオン三世退位
一八七一年	廃藩置県、岩倉使節団、欧米へ出発　ドイツ帝国成立
一八七二年	福沢『学問のすゝめ』（初編）、八月学制を発布
	一〇月徴兵令を制定、太陽暦を採用
一八七三年	福沢、明六社結成に参加、征韓論破れ、西郷、板垣、政府を去る、徴兵反対一揆
一八七四年	一月民選議院建白、二月佐賀の乱、台湾出兵
一八七五年	福沢『文明論之概略』、六月讒謗律・新聞紙条例が布かれる
一八七六年	蘇峰花岡山の結盟に参加、三月廃刀令
	一〇月熊本神風連の乱、秋月の乱、萩の乱
一八七七年	西南の役　福沢「丁丑公論」執筆、露土戦争（〜七八年）
一八七八年	福沢『通俗民権論』、『通俗国権論』発行、大久保利通暗殺、自由民権高まる
一八七九年	福沢『民情一新』
一八八〇年	四月集会条例、この年国会開設請願運動激しくなる
一八八一年	坂本南海男（龍馬の甥）など「日本憲法見込案」起草
	政変、一八八九年の国会開設の詔勅
	アレクサンドル二世暗殺され、三世即位する
一八八二年	福沢「時事新報」創刊、一月軍人勅諭頒布、三月立憲改革党結成、中江兆民『民約論』翻訳
一八八三年	坂崎紫瀾、民権派の新聞『土陽新聞』に龍馬の伝記↖

一八八四年　小説『汗血千里駒』を掲載
漱石、子規、大学予備門入学、加波山の蜂起
自由党解散、甲申政変、清仏戦争（〜八六年）

一八八五年　福沢「脱亜論」発行、蘇峰『第十九世紀日本之青年及教育』自費出版

一八八六年　蘇峰『将来之日本』刊行

一八八七年　蘇峰、民友社設立、雑誌『国民之友』創刊、保安条例公布、坂本南海男ら逮捕される

一八八九年　森有礼、暗殺される、大日本帝国憲法発布

一八九〇年　漱石、子規、東京帝国大学文科入学
第一回帝国会議、「教育勅語」渙発

一八九一年　五月、皇太子ニコライ大津で襲撃される
内村鑑三の不敬事件、福沢「痩我慢の説」執筆

一八九二年　蘇峰『吉田松陰』（初版）、（五〜九月、翌年刊行）

一八九四年　ニコライ二世即位、五月北村透谷自殺
七月二九日清国軍を攻撃
八月一日清国に宣戦布告、9月黄海海戦で勝利
11月旅順を占領

一八九五年　二月清国北洋艦隊降伏、子規日清戦争に従軍、下関で講和条約、台湾割譲、台湾で第一次植民地戦争（〜九六年）、三国干渉、漱石松山中学に赴任

本書関連年表 II（日清戦争後から日中戦争まで）

一八九六年　蘇峰、欧米旅行に出発（〜九七年七月、帰国後勅任参事官に就任）

一八九七年　子規『ホトトギス』創刊、蘆花『トルストイ』出版、『不如帰』（〜九九年）、足尾銅山鉱毒事件

一八九八年　米西戦争、ハワイを合併、フィリピン・グアムを領有 ↘

一八九九年　福沢『福翁自伝』、ボーア戦争（〜一九〇二年）

一九〇〇年　蘆花『不如帰』刊行、漱石、ロンドン留学、義和団事件

一九〇一年　福沢諭吉『丁丑公論・痩我慢の説』刊行、蘇峰の批判と福沢の反論、二月福沢諭吉死去、幸徳秋水『帝国主義』発行

一九〇二年　蘆花「黒潮」（一月二六日〜六月）、子規「病牀六尺」発表、死去、日英同盟締結

一九〇三年　四月「小説　寄生木」の主人公・小笠原善平がはじめて蘆花を訪問

一九〇四年　木下尚江、『火の柱』を東京毎日新聞に連載（一月〜三月）、二月、日韓議定書
二月八日　日本の連合艦隊、旅順を奇襲
二月一〇日、ロシアに対して宣戦布告
二月二四日〜五月三日、旅順口閉塞作戦
八月、トルストイの「悔い改めよ」と題する非戦論が『平民新聞』に掲載される
九月遼陽を占領、徴兵令改正、兵役年限の延長
一〇月二六日〜三一日、第二回旅順総攻撃
一一月二六日〜一二月五日、第三回旅順総攻撃

一九〇五年　一月一日、旅順陥落、一月二二日、ロシアで「血の日曜日事件」、韓国、義兵闘争
五月二七〜二八日、日本海海戦、六月ポチョムキン号の反乱、七月ロシアの全権ヴィッテ　ポーツマスに出発、九月五日、ポーツマス条約調印、日比谷焼打ち、国民新聞社も襲撃を受ける
一〇月二六日、ペテルブルクに労働者代表ソビエト成立、ニコライ二世、立法権を持つ議会招集を宣言（翌年、この一〇月宣言を修正）
漱石『吾輩は猫である』を発表

一九〇六年　漱石『坊っちゃん』『草枕』発表、蘆花、六月トルストイ ↖

を訪ねる、雑誌『黒潮』を創刊、第一高等学校で講演した「勝利の悲哀」を掲載する、一二月『巡礼紀行』

一九〇八年	蘇峰、改訂版『吉田松陰』、漱石、朝日新聞社に入社、『坑夫』『三四郎』、島崎藤村『春』
一九〇九年	漱石『それから』、伊藤博文、ハルビンで暗殺 蘆花『寄生木』出版
一九一〇年	漱石『門』、六月大逆事件、八月日韓併合 漱石〝修善寺の大患〟、関寛斎、蘆花を訪問、一一月トルストイ死去、雑誌『白樺』創刊、石川啄木「時代閉塞の現状」
一九一一年	一月幸徳秋水など処刑、二月一日蘆花、第一高等学校にて「謀反論」講演、四月、書院を秋水書院と命名 漱石「現代日本の開化」を講演、中国、辛亥革命
一九一二年	蘆花「みみずのたはこと」起稿、七月明治天皇崩御 九月乃木大将殉死、一〇月関寛斎自殺
一九一三年	二月、政府による三度目の議会停止、激昂した群衆、国民・二六・やまと各新聞社を襲撃
一九一四年	漱石『こゝろ』、第一次世界大戦（〜一八年）
一九一五年	対華二一ヵ条の要求
一九一六年	漱石『明暗』、死去、蘇峰『大正の青年と帝国の前途』 吉野作造、民本主義を唱える
一九一七年	ロシア革命　蘇峰『公爵桂太郎伝』
一九一八年	米英仏などとともにシベリア出兵（〜二二年、米英仏は二〇年六月までに撤兵）
一九二三年	司馬遼太郎（福田定一）、大阪市に生まれる 関東大震災
一九二四年	蘆花、虎ノ門事件に関し難波大助の助命に関する意見書を宮内省あて上申
一九二五年	治安維持法、普通選挙法公布
一九二七年	蘆花『富士』の第三巻刊行、死亡、芥川竜之介自殺 ↘
一九三〇年	司馬遼太郎（福田定一）、浪速区内の難波塩崎尋常小学校に入学
一九三一年	満州事変
一九三二年	満州国成立、五・一五事件
一九三三年	蘇峰『公爵山県有朋伝』、滝川事件 日本、国際連盟から脱退、ヒトラー内閣成立
一九三六年	二・二六事件、司馬、天王寺区の私立上宮中学校に入学
一九三七年	文部省『国体の本義』発行、日中戦争（〜四五年）

本書関連年表 III（司馬遼太郎関係）

一九三八年	司馬、市立図書館に通い始める、四月国家総動員法
一九三九年	ノモンハン事件、第二次世界大戦（〜四五年） 蘇峰『昭和国民読本』
一九四一年	旧制弘前高等学校を受験失敗、国民学校令公布 真珠湾を奇襲、太平洋戦争（〜四五年）
一九四二年	国立大阪外国語学校蒙古語学部に入学、蘇峰『宣戦の大詔』、日本文学報国会の会長となる
一九四三年	学生の徴兵猶予停止
一九四四年	四月満州の陸軍四平《へい》戦車学校に入校、一二月戦車第一連隊の第三小隊長となる
一九四五年	本土防衛のため、満州から栃木県佐野市に移駐 広島・長崎に原爆投下、ポツダム宣言受諾
一九四六年	新日本新聞社に入社、二年後に産業経済新聞社に入社
一九五〇年	朝鮮戦争（〜五三年）
一九五六年	「ペルシャの幻術師」
一九五八年	「梟のいる都城」（後に『梟の城』と改題）（〜五九年）
一九六二年	『竜馬がゆく』（〜六六年）、『新選組血風録』（〜六三年）、『燃えよ剣』（〜六四年）↖

一九六五年　米、北ベトナム爆撃開始（～七三年）
一九六六年　『峠』（～六八年）、「九郎判官義経」（後に『義経』と改題）（～六八年）
中国に文化大革命起こる
一九六七年　『殉死』（「要塞」「腹を切ること」）
一九六八年　『坂の上の雲』（～七二年）
ソ連・東欧軍、チェコ侵入
一九六八年　『世に棲む日々』（～七〇年）
大学紛争激化
「日本は無思想時代の先兵」（梅棹忠夫との対談→『日本の未来へ』）
一九七一年　『街道をゆく』（～九六年）
一九七二年　『翔ぶが如く』（～七六年）、沖縄返還、日中国交正常化
一九七三年　『空海の風景』（～七五年）
一九七四年　『沖縄・先島への道』（『街道をゆく』第六巻）
一九七六年　『胡蝶の夢』（～七九年）、『土地と日本人』（対談集）
一九七七年　『項羽と劉邦』（～七九年）、『天下大乱を生きる』（小田実との対談集）
一九七九年　『菜の花の沖』（～八二年）
イランでホメイニ師が指導権を握る
『ひとびとの跫音』（～八一年）
ソ連軍がアフガニスタン侵攻（～八八年）
一九八〇年　イラン・イラク戦争（～八八年）
一九八二年　『箱根の坂』（～八三年）
一九八三年　米軍グレナダ侵攻
一九八四年　『韃靼疾風録』（～八七年）
『この国のかたち』（～九六年）、『風塵抄』（～九六年）
一九八七年　「雑談『昭和』への道」放映（→『「昭和」という国家』）
一九八九年　「太郎の国の物語」放映（→『「明治」という国家』）
米軍パナマ侵攻
一九九〇年　『東と西』（対談集）イラクがクウェート占領
一九九一年　一月、湾岸戦争、五月、ユーゴスラヴィアで内戦、九月、ソ連邦崩壊（バルト3国独立）
一九九二年　『時代の風音』（堀田善衛・宮崎駿との鼎談）
一九九三年　『八人との対話』『十六の話』
一九九五年　『九つの問答』（対談集）
阪神淡路大震災、地下鉄サリン事件
一九九六年　『国家・宗教・日本人』（井上ひさしとの対談集）
二月一二日死去、「司馬史観」論争勃発

※本年表は『坂本龍馬――維新前夜の群像2』（池田敬正著、中公新書）、『福沢諭吉』『中江兆民』（共に『世界の名著』、中央公論社）、『徳冨蘆花集』（明治文学全集、筑摩書房）『徳富蘇峰・山路愛山』（中央公論社）および『司馬遼太郎の跫音』（中公文庫）などを元に編集し、日本史と世界史の出来事を『新日本史主題史年表』と『新世界史主題史年表』（清水書院）、『（新版）ロシアを知る事典』（平凡社）などをもとに加えたものである。
なお、太陽暦が採用される一八七二年までは太陰暦の日付によった。

本論関連の主な発表文献

1 「司馬遼太郎の日露戦争観――『坂の上の雲』を中心に」『Autour de Tsoushima(1905): Faits et imaginaires』【邦訳『対馬をめぐって（一九〇五年）――事実と幻想』】［二〇〇五年］

2 「『司馬史観』の深化と比較文明学――『坂の上の雲』を中心に」『比較文明研究』［第一〇号二〇〇五年］

3 「司馬遼太郎の平和観――『坂の上の雲』から『空海の風景』へ」『比較思想研究』［成田山臨時大会号、二〇〇四年］

4 "The Acceptance of Dostoevsky in Japan―― A Dialogue Between Civilizations", Comparative Civilizations Review No.51, Fall 2004

5 「司馬遼太郎と梅棹忠夫の情報観と言語観――比較文明学の視点から」『東海大学外国語教育センター紀要』［第二四輯、二〇〇四年］

6 「司馬遼太郎の福沢諭吉観――『公』の概念をめぐって」『文明研究』［第二二号、二〇〇四年］

7 「ナショナリズムの克服――『ひとびとの跫音』考」『異文化交流』［第五号、二〇〇四年］

8 「司馬遼太郎の徳冨蘆花と蘇峰観――『坂の上の雲』と日露戦争をめぐって」『COMPARATIO』［第八号、二〇〇四年］

9 「司馬遼太郎のトルストイ観――『坂の上の雲』と『戦争と平和』をめぐって」『比較思想研究』［第三〇号、二〇〇四年］

10 「『明治国家』から『日本帝国』へ――司馬遼太郎の歴史認識」『比較文明』［行人社、第一九号、二〇〇三年］

11 「司馬遼太郎の夏目漱石観――比較の重要性をめぐって」『異文化交流』［第四号、二〇〇三年］（日本ペンクラブ「電子文藝館」）

12 「司馬遼太郎のドストエフスキー観――満州の幻影とペテルブルクの幻影」『ドストエーフスキイ広場』［第一二号、二〇〇三年］

主な引用・参考文献

1 司馬遼太郎作品

あ『アメリカ素描』新潮文庫 ◎『以下、無用のことながら』文藝春秋 か『古往今来』文春文庫 さ『司馬遼太郎からの手紙』（上下）、朝日文庫 ◎『司馬遼太郎が考えたこと』新潮文庫 ◎『司馬遼太郎全集』全六八巻、文藝春秋 ◎『春灯雑記』朝日文芸文庫 ◎『十六の話』中公文庫 た『手掘り日本史』文春文庫 は『風塵抄』（全二巻）中公文庫 ら『歴史と視点』新潮文庫 ◎『歴史と小説』集英社文庫 ◎『歴史と風土』文春文庫◎『歴史の中の日本』中公文庫 ◎『歴史を紀行する』文春文庫 ◎『ロシアについて――北方の原形』文春文庫

2 司馬遼太郎の対談集（かっこ内に対談者を示す）

か『九つの問答』（井筒俊彦、中村喜和、リービ英雄他）朝日新聞社 ◎『国家・宗教・日本人』（井上ひさし）講談社 さ『時代の風音』（堀田善衛・宮崎駿）朝日文芸文庫 ◎『世界のなかの日本』（ドナルド・キーン）中公文庫 た『天下大乱を生きる』（小田実）風媒社 ◎『中国を考える』（陳舜臣）文春文庫 ◎『土地と日本人』（野坂昭如、石井紫郎、ぬやまひろし他）中公文庫 な『日本語と日本人』（赤尾兜子、井上ひさし、大野晋他）中公文庫 ◎『日本人と日本文化』（ドナルド・キーン）中公新書 ◎『日本人の内と外』（山崎正和）中公文庫 ◎『日本人の顔』（江崎玲於奈、沈壽官、都留重人他）朝日文庫 ◎『日本人への遺言』（田中直毅、宮崎駿他）朝日文庫 ◎『日本人を考える』（梅棹忠夫、梅原猛、陳舜臣、桑原武夫、貝塚茂樹、今西錦司他）文春文庫 ◎『日本とは何かということ――宗教・歴史・文明』（山折哲雄NHK出版 ◎『日本の未来へ――司馬遼太郎との対話』（梅棹忠夫編著、米山俊直、松原正毅論文収録）NHK出版 は『八人との対話』（大江健三郎、立花隆他）文春文庫◎『東と西』（ライシャワー、クックス、開高健、網野善彦、樋口陽一他）朝日文芸文庫 ら『歴史歓談』（朝尾直弘他）中央公論新社

3 書籍・論文

あ 青木彰『司馬遼太郎と三つの戦争――戊辰・日露・太平洋』朝日新聞社 ◎飛鳥井雅道『文明開化』岩波新書 ◎飛鳥井雅道『坂本龍馬』講談社学芸文庫 ◎飛鳥井雅道『明治大帝』ちくま文庫 ◎阿部軍治『徳富蘆花とトルストイ――日露文学交流の足跡』彩流社 ◎井口和起『日露戦争の時代』吉川弘文館 ◎石原慎太郎・八木秀次「〝坂の上の雲〟をめざして再び歩き出そう」『正論』産経新聞社 ◎磯田道史「日本人の良薬」『一冊の本』、朝日新聞社 ◎伊東俊太郎『比較文明』東京大学出版会 ◎伊東俊太郎監修、吉澤五郎・染谷臣道編集『文明間の対話に向けて 共生の比較文明学』世界思想社 ◎井上勲『文明開化』教育社 ◎今井清一『大正デモクラシー』中央公論社 ◎入江曜子『日本が「神の国」だった時代――国民学校の教科書をよむ』岩波新書 ◎岩間徹編『ロシア史(増補改訂版)』山川出版社 ◎上田正昭編著『司馬遼太郎回想』文英堂 ◎内村鑑三『内村鑑三全集』岩波書店 ◎宇都宮徳馬『軍拡無用――二一世紀を若者に遺そう』すずさわ書店 ◎宇野田尚哉「成立期帝国日本の政治思想」『比較文明』第一九号、行人社 ◎梅棹忠夫『近代世界における日本文明――比較文明学序説』中央公論社 ◎梅原猛『空海の思想について』講談社学術文庫 ◎栄沢幸一『「大東亜共栄圏」の思想』講談社現代新書 ◎大江志乃夫『バルチック艦隊』中公新書 ◎大江志乃夫『世界史としての日露戦争』立風書房

か 加藤周一『日本の内と外』文藝春秋 ◎鎌倉英也『ノモンハン・隠された「戦争」』NHK出版 ◎上垣外憲一『暗殺・伊藤博文』筑摩書房 ◎鹿野政直『福沢諭吉』清水書院 ◎鹿野政直『日本の近代思想』岩波新書 ◎神川正彦『比較文明の方法――新しい知のパラダイムを求めて』刀水書房 ◎川勝平太『日本文明と近代西洋――「鎖国」再考』NHKブックス ◎河上徹太郎、竹内好他『近代の超克』、冨山房百科文庫 ◎ギゾー『ヨーロッパ文明史――ローマ帝国の崩壊よりフランス革命にいたる』安士正夫訳、みすず書房 ◎教学局編纂『我が風土・國民性と文學』(國體の本義解説叢書) ◎清沢洌『暗黒日記』岩波文庫 ◎國弘正雄「司馬史観を悪用する藤岡信勝氏へ」『現代』講談社 ◎ゲルツェン『過去と思索』金子幸彦・長縄光男訳、筑摩書房 ◎小池滋『英国流立身出世と教育』岩波新書 ◎幸徳秋水『日本の名著』第四四巻、中央公論社 ◎高野雅之『ロシア思想史――メシアニズムの系譜』早稲田大学出版会 ◎神山四郎『比較文明と歴史哲学』刀水書房 ◎小林竜雄『司馬遼太郎考――モラル的緊張へ』中央公論社 ◎小森陽一・成田龍一編著『日露戦争スタディーズ』紀伊國屋書店

さ 齋藤博『文明への問――文明学の基礎づけのために』東海大学出版会 ◎坂本多加雄『近代日本精神史論』講談社学術文庫 ◎作田啓一『個人主義の運命――近代小説と社会学』岩波新書 ◎桜井哲夫『「近代」の意味――制度としての学校・工場』NHKブックス ◎『挿絵で読む「坂の上の雲」をゆく』(上下)産経新聞ニュースサービス ◎『司馬遼太郎が語る雑誌言論一〇〇年』中央公論社 ◎『司馬遼太郎の跫音』中公文庫 ◎篠原一・和田あき子編著『高度成長の光と影――政治と文学の窓をとおして』かわさき市民アカデミー双書 ◎清水孝純『日本におけるドストエフスキー『ロシア・西欧・日本』朝日出版社 ◎M・ジャンセン『坂本竜馬と明治維新』平尾道雄・浜田亀吉訳、時事通信社 ◎白井久也『明治国家と日清戦争』社会評論社 ◎隅谷三喜男『大日本帝国の試練』中央公論社 ◎関川夏央『司馬遼太郎の「かたち」――「この国のかたち」の十年』文藝春秋

た 立花隆「私の東大論」『文藝春秋』◎田中彰『小国主義――日本の近代化を読みなおす』岩波新書◎田中彰『吉田松陰――変転する人物像』中公新書 ◎谷沢永一『司馬遼太郎の贈りもの』PHP文庫 ◎ Danilevsky,N.Ya.,Rossiya iEvropa,izd.Glagol i izd. S-Peterburgskogo universiteta,SPb ◎堤彪『比較文明論の誕生』刀水書房 ◎俵木浩太郎『文明と野蛮の衝突――新・文明論の概略』ちくま新書 ◎トインビー『歴史の研究』長谷川松治訳、社会思想社 ◎外川継男「内村鑑三のロシア観」、藤原彰編『日本とロシア』彩流社 ◎外川継男「明治維新前後の日本人のロシア観」中村喜和・トマス・ライマー編『ロシア文化と日本――明治・大正期の文化交流』彩流社 ◎徳富蘇峰『蘆花自伝』中央公論社 ◎徳富蘇峰『弟 徳冨蘆花』中央公論社 ◎徳富蘇峰『徳富蘇峰・山路愛山』(『日本の名著』第四〇巻)中央公論社

◎徳富蘇峰『大正の青年と帝国の前途』筑摩書房 ◎徳冨蘆花『徳冨蘆花集』、日本図書センター ◎徳冨蘆花『明治文学全集』（第四二巻、解説、神西清）、筑摩書房 ◎ドストエフスキー『ドストエフスキー全集』新潮社 ◎トルストイ『トルストイ全集』河出書房新社 **な**中江兆民『三酔人経綸問答』桑原武夫・島田虔次訳・校注、岩波文庫 ◎中島誠（文）・清重伸之（絵）『司馬遼太郎と「坂の上の雲」』現代書館 ◎中島誠『司馬遼太郎と丸山真男』現代書館 ◎中村元『仏教と平和――釈尊の原点にかえって』大本山成田新勝寺 ◎中村政則『近現代史をどう見るか――司馬史観を問う』岩波ブックレット ◎夏目漱石『夏目漱石全集』岩波書店 ◎成田龍一『司馬遼太郎の幕末・明治――「竜馬がゆく」と「坂の上の雲」を読む』朝日新聞社 ◎ノビコフ・プリボイ『ツシマ――バルチック艦隊の壊滅』上脇進訳、原書房 **は**林茂『近代日本の思想家たち――中江兆民・幸徳秋水・吉野作造』岩波新書 ◎K・B・パイル『新世代の国家像――明治における欧化と国粋』松本三之介監訳・五十嵐暁郎訳、社会思想社 ◎原卓也編著『ドストエフスキーとペトラシェフスキー事件』集英社 ◎原暉之『シベリア出兵――革命と干渉1917～1922』筑摩書房 ◎ハンチントン『文明の衝突』鈴木主税訳、集英社 ◎半藤一利『清張さんと司馬さん――昭和の巨人を語る』（NHK人間講座）◎半藤一利『ノモンハンの夏』文春文庫 ◎半藤一利『昭和史』平凡社 ◎ Richard Peace, "Dostoevsky's Notes from Underground",（Bristol Classical Press, 1993）池田和彦訳『ドストエフスキーの「地下室の手記」を読む』のべる出版企画 ◎平岡敏夫『日露戦後文学の研究』（上下）、有精堂 ◎平山洋『福沢諭吉の真実』文春新書 ◎ビン・シン『評伝　徳富蘇峰――近代日本の光と影』杉原志啓訳、岩波書店 ◎福沢諭吉『福沢諭吉選集』岩波書店 ◎ヒトラー『わが闘争――民族主義的世界観』（上下）、平野一郎・将積茂訳、角川文庫 ◎平川祐弘『西欧の衝撃と日本』講談社学術文庫 ◎藤岡信勝『汚辱の近現代史』徳間書店 ◎古屋哲夫『日露戦争』中央公論社 ◎保坂正康『大本営発表は生きている』光文社新書 ◎堀田善衛『若き日の詩人たちの肖像』（上下）集英社文庫 **ま**前田哲男『戦争と平和――戦争放棄と常備軍廃止への道』ほるぷ出版 ◎正岡子規『子規全集』講談社 ◎松永昌三『福沢諭吉と中江兆民』中公新書 ◎松前重義『二等兵記』東海大学出版会 ◎松本健一『司馬遼太郎――歴史は文学の華なり、と。』小沢書店 ◎御手洗辰雄『山県有朋』時事通信社 ◎森鴎外『森鴎外選集』岩波書店 ◎文部省『國體の本義』 **や**安川寿之輔『福沢諭吉のアジア認識――日本近代史像をとらえ返す』高文社 ◎柳富子『トルストイと日本』早稲田大学出版会 ◎山住正己『教育勅語』朝日選書 ◎山本新『周辺文明論――欧化と土着』刀水書房 ◎吉澤五郎『世界史の回廊――比較文明の視点』世界思想社 ◎米原謙『植木枝盛――民権青年の自我表現』中公新書 ◎米原謙『徳富蘇峰――日本のナショナリズムの軌跡』中公新書 ◎米山俊直『私の比較文明論』世界思想社 **ら**ロトマン『文学と文化記号論』、磯谷孝編訳、岩波書店 **わ**和田春樹・和田あき子『血の日曜日』中公新書

4 雑誌など

あ『異文化交流』（第一号～第六号）、東海大学異文化交流研究会 **さ**『司馬遼太郎がわかる』（アエラムック、朝日新聞社）◎『司馬遼太郎全作品大事典』新人物往来社◎『司馬遼太郎の「戦国時代」』河出書房新社 ◎『司馬遼太郎――幕末～近代の歴史観』河出書房新社 ◎『司馬遼太郎の世界』文藝春秋 ◎『司馬遼太郎の世界』志村有弘編、至文堂◎『司馬遼太郎を読む』（小説トリッパー）週刊朝日別冊 **た**大航海』第一三号 ◎『徳冨蘆花の生涯』徳冨蘆花記念文学館 **ら**『遼』（第一号～第一四号）司馬遼太郎記念館

（これ以外の主な参考文献については、拙著『この国のあした』や前記の拙論を参照）

筆者紹介

高橋誠一郎 たかはし・せいいちろう

1949年二本松市に生まれる。東海大学文学部修士課程修了。
現在は東海大学外国語教育センター教授。
日本ペンクラブ会員。

著書と主要論文

『この国のあした——司馬遼太郎の戦争観』(のべる出版企画)
『欧化と国粋——日露の「文明開化」とドストエフスキー』(刀水書房)
『「罪と罰」を読む(新版)——〈知〉の危機とドストエフスキー』(刀水書房)
『日本の近代化とドストエーフスキイ——福沢諭吉から夏目漱石へ』
(『日本の近代化と知識人——若き日本と世界Ⅱ』東海大学出版会)
『ヨーロッパ『近代』への危機意識の深化(1)——ドストエーフスキイの西欧文明観』
(『講座比較文明』第1巻、朝倉書店)

司馬遼太郎の平和観 『坂の上の雲』を読み直す

平成17年(2005年)4月23日発行　第1版1刷発行

著　者——高橋 誠一郎
発行人——街道 憲久
発行所——東海教育研究所
〒160-0022 東京都新宿区3-27-4 新宿東海ビル
電話 03-3352-3494
発売所——東海大学出版会
〒257-0003 神奈川県秦野市南矢名3-10-35
電話 0463-79-3921
装丁・本文デザイン 株式会社ポンプワークショップ
印刷・製本——図書印刷株式会社
定　価——本体1,800円+税

2005 Printed in Japan ISBN4-486-03134-2
落丁・乱丁の場合はお取り替えいたします。

ホームページ　http://www.tokaiedu.co.jp/bosei/
Eメール　eigyo@tokaiedu.co.jp